"……그래서 너희 둘은 어떻게 하고 싶니?"
"여기 있게 해주세요!"
"나도!"
즉답.
뭐, 아랄은 그저 미네의 판단을 따랐을 뿐일 테지만.

내가 손가락을 딱, 하고 튕기자
레이코, 미네, 아랄이 나타났다.
제각기 내가 제작한 목검을 들고서…….
"어…….."
그리고
지배인 녀석을
흠씬 패준 뒤
포박했다.

꾸욱….
타악….
!

CONTENTS

POTION
DANOMI D
IKINOBI
MASU

포션빨로 연명합니다! 7

DESIGN:
MUSICAGOGRAPHICS

제51장 사업 개시

이튿날 아침, 레이코에게 아이들을 맡기고서 부동산 업체에 갔다.

상황도 모르는데 아이들을 데리고 갈 수는 없는 노릇이고, 물론 아이들만 남겨둘 수도 없다. 나보다 레이코가 아이를 더 잘 다루는 데다 아이들 입장에서도 인상이 사나운 나보다는 레이코가 더 낫겠지. 그 위압감을 아이들보다는 부동산 업체에 쓰는 편이 더 효율적이다.

……이게 바로 적재적소다 이 말이야, 젠장!

그래서 아침 일찍 찾아갔다. 우리 건물을 취급했던 그 부동산 업체에게.

"실례합니다~!"

응, 사정을 알아보지도 않고 무작정 싸움을 걸지는 않는다.

그러나 변고가 일어났던 건물을 잠자코 팔아넘긴 것이라면 용서하지 않겠다.

자, 결과가 어떻게 되려나…….

**

"그랬군요. 그럼 전 경영자와 만나봤자 소용없겠네요……."

"예, 아마도……."

우리 건물을 담당했던 사람은 직원이 아니라 사장(피고용인이 아니라 이 부동산 업체의 주인)이었다.

팔리지 않아서 골머리를 썩고 있던 건물을 현금으로 사려고 하는 타지에서 온 소녀, 아니, '자칫 지뢰가 될지도 모르는 사안'을 직원에게 맡기는 것은 위험하다고 판단하여 직접 담당했겠지.

그 사장에게 자세한 내막을 들어봤는데…….

그 고아원은 신앙심이 깊은 어느 개인이 옛날부터 운영해왔다고 한다. 건물도 말끔하게 보수하거나 새로이 지어왔던 모양이다. 그렇게 영주의 지원과 영민들의 기부금, 고아들의 노동과 텃밭에서 수확한 작물 등으로 가난하지만 큰 문제 없이 존속해왔다는데…….

그 운영자가 나이가 들어 은퇴한 뒤 고아원을 이어받은 남자가 일을 저질렀다고 한다.

아니, 저질렀다기보다는 애당초 그럴 목적으로 고아원 운영을 이어받았다고 봐야겠지.

영주가 내려주는 소소한 지원금과 기부금. 그리고 고아들의 노동.

폭리를 탐할 만한 액수는 도저히 아니다.

그렇다면 어째서 악당이 고아원 운영에 손을 댔는가?

……응, 고액으로 팔 수 있으며, 금세 보충이 되는 상품이 그곳에 있었기 때문이다.

그 상품의 이름은 '아이'.

물론 명목상으로는 '양자'로서 보내진다. 그러나 실상은 무일푼으로 부려지는 노예.

영내에서는 여러모로 문제가 불거질 수 있지만, 먼 영지의 상단에 보내진다면 그 정보가 이곳에까지 흘러들기가 어려울 것이다. 또한 이곳 영주가 타 영지의 사정에 참견하기는 어려울 테고.

그래, 어젯밤에 미네트, 아니, 미네가 말했던 내용과 일치한다.

……그리고 어떤 계기로 그 일이 발각되어 고아원이 폐쇄되었다고 한다.

그랬구나. 여신의 철퇴를 먹여줄 필요도 없이 이미 악행이 발각되었구나.

"영주님께서 악당한테 법의 처분을 내리셨습니다. 하지만 예산이 모조리 횡령되었을 뿐만 아니라 인신매매 같은 짓을 저질렀다는 악평이 자자한 고아원을 선뜻 인수할 사람이 나타나지 않았지요. 제아무리 영주님께서 선한 분이라 하더라도 금전적인 지원을 끝없이 할 수는 없는 노릇인지라 고아원을 유지하는 건 절망적이었고……. 전 운영자가 통탄해하며 책임을 지고 남은 고아들을 맡아줄 만한 곳을 필사적으로 찾았습니다. 마지막으로 남은 4명의 아이 중에서 나이가 많았던 남자애 둘은 영주님께서 견습 병사로 거둬주셔서 병영 생활을 하게 되었고, 나머지는 다른 도시의 고아원으로 보내졌습니다. 그것을 끝으로 고아원은 폐쇄되었지요. 이 건물을 판 매각금 중 일부는 전 경영자의 노후자금으로 쓰였고, 나머지는 어려운 부탁을 들어준 관계자들과 마지막 두 아이를 받아준 고아원에 사례금 명목으로 건네졌습니다."

아~…….

고아원을 이어받았던 그 악당을 빼고는 아무도 잘못이 없다 이 말이네.

이제 와 그 아이들을 전 경영자에게 떠맡기는 건 어렵겠네…….

애당초 남자애인 아랄은 이곳 출신도 아니다. 그저 미네를 구입했던 상단이 다른 곳에서 사들인 아이일 뿐이다.

"죄송합니다. 그래서 이제 와서 그 노인한테 걱정을 끼치고 싶지 않으니 그 건은 부디……."

알고 있다고, 젠장!

"알겠습니다. 전 경영자한테 아무런 책임이 없고, 부동산 업체한테도 아무런 귀책 사유가 없으니 알아서 대처하도록 하죠."

"진심으로 죄송합니다……. 만약에 괜찮으시다면 하인으로라도 고용해주시길……."

우리가 돈에 쪼들리지 않는다는 걸 알고서 이런 이야기를 하는구나…….

건물을 사들이면서 주머니를 탈탈 털었다는 듯한 내색을 했는데 상인의 눈은 속일 수가 없었나. 우리에게 아직도 돈이 남아 있다는 걸…….

뭐, 전 재산을 쏟아 부으면서까지 집을 사는 사람은 없지, 보통은. 생활비 같은 걸 확실히 남겨두는 게 당연하니까.

그래도 뭐, 맞는 말이긴 하지만, 자신과 아무 관계도 없는 고아를 위해 중요한 고객의 심기를 거슬리는 위험을 무릅쓰면서까지 그런 말을 하다니……. 좋은 사람이겠지, 아마도.

알겠다고 알겠어, 어이구!

**

"……그래서 너희 둘은 어떻게 하고 싶니?"

현재 상황, 원장 선생님과 다른 고아들의 소재지 등을 자세히 설명한 뒤에 미네와 아랄의 의사를 확인했다.

나이를 제법 먹었으니 이제 인생을 스스로 결정할 수 있겠지.

……적어도 생면부지에다가 어젯밤에 처음 만난 우리가 멋대로 결정해서는 안 된다. 다른 사람의 인생을 결정하라는 그런 무거운 짐을 짊어지는 건 딱딱 질색이라고.

가슴은 딱딱하긴 하지만……. 으, 시끄러워!

그리고…….

"여기 있게 해주세요!"

"나도!"

즉답.

뭐, 아랄은 그저 미네의 판단을 추종했을 뿐일 테지만.

……당연한가. 9살짜리 소녀와

6살짜리 남자애가 평범하게 살아나갈 수 있을 만큼 이 세상은 녹록지 않다.

아무리 이곳 영주님이 귀족치고는 선인이라고 해도, 이곳에 상식적인 사람들이 비교적 많이 산다고 해도…….

이곳은 지구에 비해 문명 수준이 현저히 낮고, 약육강식, 다시 말해 약자는 강자의 먹잇감이 될 수밖에 없는 세계이니까.

그 '강자'를 정의하는 기준은 완력, 지력, 경제력, 군사력, 정치력 등 다양하긴 하지만…….

"여길 또 고아원으로 쓸 작정이니?"

레이코가 그렇게 묻자 나는 고개를 가로저었다.

"으으응. '고아를 돌보기 위한 사업'을 할 생각은 눈곱만큼도 없어. 그저……."

"그저?"

"이제부터 벌일 사업을 위해 고아들을 고용하여 더부살이를 시킬 뿐이야."

"……별반 다른 게 없는 것 같은데……."

아니, 전혀 다르다.

우리가 고아들을 보살피는 게 아니라 고아들이 우리의 뒷바라지를 하게 할 것이다.

그래, '여신의 눈' 아이들에게 식사 준비와 빨래 등 모든 집안일을 시켰던 때처럼.

귀찮은 일들은 고아들에게 모조리 맡기고서 나는 느긋하게 살

거다.

그 대가로 집세와 식비는 받지 않을 것이고, 또한 추가로 급료도 지불할 테니 문제는 없다. 정당한 고용 관계이니까.

그리고 나는 '고아를 구제하기 위해 사업을 벌이고 있는 마음씨 착한 여성'으로서 뭇 남성들로부터 호감을 사게 되겠지. 이로써 구혼 활동도 순조롭게 진행될 것이다!

후하.

후하하하하하하!

"아~……."

그리고 모든 내막을 알아차리고서 기가 막힌다는 반응을 보이는 레이코.

그래, 레이코는 나의 모든 것을 이해해주고 있다.

"카오루의 꿍꿍이가 뭔지 알아차린 나 자신이 한심해……."

시끄러워!

"그래서 생활비를 벌기 위해 일을 하도록 하겠습니다."

나는 모두에게 그렇게 설명했다.

현재 나와 레이코는 누군가의 뒷바라지를 받을 필요가 없고, 9살짜리와 6살짜리에게 빨래를 떠넘길 생각도 없다. ……현재는 아직.

특제 액상 세제(포션)를 사용하는 빨래를 맡기는 건 역시 문제가 있고…….

요리는 한동안 잘 가르친 뒤에 맡기면 되려나.

아니, 이건 모두 이 아이들의 장래를 위해서야. 생활력을 키워주기 위한 것일 뿐 다른 뜻은…… 있긴 하지만.

뭐, 지금은 어린 노동력을 다른 방면에 투입할 작정이다.

……그래, 오래된 현안인 '소소하게 생활비를 버는 것처럼 보이기 위한 수익 사업'을 시작할 작정이라는 거다.

"우선 예전에 고아원에서 해왔던 텃밭을 부활시킬 거야. 우리의 식량으로 충당하고서 남는 양을 파는 거지. 낚시도 할 거야. 이것도 우리가 먹을 양을 제외하고서 나머지를 내다 파는 거야. 물론 생물이 아니라 가공하여 상품 가치를 올린 뒤에."

그래, 항구 도시에서 아이들이 낚은, 얼마 안 되는 생선들이 좋은 값에 팔릴 리가 없다. 그래서 말리거나 훈제를 하거나 절이거나 졸이는 등 다양하게 가공하고 조리하여 상품 가치를 올릴 것이다.

가공 제품이나 조리를 한 요리라면. 더욱이 음식에 깐깐한 일본의 가공 식품이나 조리법을 아는 우리가 만들어낸 제품이라면 고급품으로서 술집이나 고급 여관, 요리점 등에 비싸게 팔 수 있을지도 모른다. 이 세계에도 생선 알이나 이리 등을 먹는 습관이 있기는 할 테지만, 일본처럼 세련된 조리법은 없겠지.

물론 레이코는 그와 관련된 지식을 익혀둔 상태다. 언젠가 이 세계로 전생할 것을 알고서 70년 동안이나 준비한 사람은 역시 다르구나! ……젠장!

아이들이 필사적으로 애쓰는 모습을 보인다면 호인(好人)들이 많이 거주하는 듯한 이 도시에서 반드시 팔릴 것이다.

아이와 동물이 눈물샘을 자극하면 반드시 팔린다! 지구의 영화계처럼…….

또한 아이템 박스에 넣어두면 상할 일이 없으므로 팔지 못한 상품을 폐기할 일도 없다. 한꺼번에 대량으로 만들어 보존해두면 수고를 덜 수가 있겠지.

건어물이나 훈제를 만들 때 쭉 옆에 붙어서 작업해야 할 필요는 없고, 화력을 조절하는 건 직원에게 맡겨두면 된다.

응, 나와 레이코는 시간을 크게 들이지 않고 돈을 그럭저럭 벌 수 있을 듯하다.

건물은 소유, 물은 공짜. 그리고 야채와 해산물은 자급.

물론 포션으로 야채 생장 속도를 촉진시키거나, 일본의 최신식 낚시도구를 흉내 내는 소소한 치트 능력은 사용할 생각이다. 낚시는 직원들의 오락이나 휴식, 기분 전환도 겸하고 있으니 필사적으로 시킬 생각은 없긴 하지만.

"또한 우리 고향에서는 사용되고 있지만 이 부근에는 아직 보급되지 않은 물건을 만들어서 판매할 거야."

그래, 문명 수준이 비교적 낮은 이 세계 사람들이 놀라지 않을 만한 물건, 즉 오하지키(납작한 구슬, 조가비, 잔돌 등을 손가락으로 튕기며 노는 놀이. 혹은 그 도구), 유리구슬, 딱지, 팽이, 인형, 도기 인형, 겐다마(실에 달린 공을 기구의 뾰족한 부분에 꽂거나, 넓은 부분에 올리며 가지고 노는 놀이도구), 화투, 요요 같은 물건들을 차례대로 조금씩 제작해보려고 한다.

물론 순조롭게 팔린다면 금세 베끼려는 사람이 나올 것이다. 그러나 우리는 가격을 꽤 낮게 매길 수 있고, 가장 먼저 고안한 사람이 우리임을 확실히 밝혀둔다면 입에 풀칠이나 하려는 고아, 아니, '전 고아'의 장사를 방해하려는 상인은 거의 없겠지.

그 부분은 이 도시 주민들의 민도(民度)에 기대를 걸어보도록 하자.

뭐, 잘 안 풀린다면 그때는 다음 수를 생각하면 될 테니…….

"'리틀 실버', 사업 개시!"

""""오오~!!""""

레이코, 미네, 아랄이 힘차게 대답했다.

……그래, 파워풀하게 사업을 개시했다. 사업은 전투라고!

이 도시에서 제조 · 판매업을 하려면 상공 길드(라 부르기에는 너무 부끄러운, 뭐, 시골 마을에 있는 자그마한 상공회 같은 곳)에 가입하고서 그곳을 통해 영주님에게 세금을 납부해야만 한단다.

뭐, 당연하겠지.

직공이나 상인에게서 세금을 거두지 않는 영주는 없을 테니까…….

하지만!

이곳이 고아원이었을 때는 '사정이 녹록지 않은 고아원이 필사적으로 애를 쓰고 있으니까', 혹은 '돈을 벌려는 목적이 아니라 고아들이 배를 곯지 않도록 하기 위한 활동이니까'라는 이유로 과세 대상에서 제외되었다고 한다. 고아나 원장이 벌어들인 수입이나 텃밭에서 수확한 작물에 대해서는…….

뭐, 하잘것없는 금액이었을 테고, 또한 고아원에서 세금을 거두는 것은 분명 외부에 자랑할 만한 일은 아니다. 원래는 세금을 거두기는커녕 도리어 거둬들인 세금으로 지원하는 편이 맞겠지.

그래서 내가 무슨 말을 하고 싶으냐면.

……우리 사업이 면세 혜택을 받을 수 있지 않을까, 하는 생각이 들었다.

다행이라고 하기에는 조금 어폐가 있긴 하지만 우리에게는 고아가 둘이 있다.

아니, 부모가 없더라도 우리 가게에 취직하여 근무한다면 '그저 부모를 일찍 여의었을 뿐인 어엿한 사회인'이다. 그리고 우리가 보호자나 혹은 후견인이 되어줄 테니 더는 고립된 상황이 아니며 고독하지도 않다. 그래, 단어가 어떻게 정의되었던 간에 이 아이들은 더 이상 '고아'가 아니다! 레이코와 아이들에게 그렇게 떠들어댄 지 얼마 지나지 않았건만 금세 손바닥을 뒤집게 되었다.

그래, 영주님에게 '고아들의 자립을 위해 지원 사업을 시작하고 싶다'는 뜻을 전하려고 한다. 물론 어휘 능력을 최대한 발휘하여 편지를 받은 사람이 '음, 고아원을 시작하려는 모양이로군' 하고 받아들일 수 있도록 내용을…….

사기는 아냐. 거짓말은 적지 않을 거니까, 단 한 줄도.

그리고 귀족치고는(어디까지나 귀족치고는) 비교적 선량한 사람인 듯한 영주님은 아마도 우리를 면세 대상으로 삼아주겠지. 그런 취지의 부탁을 확실히 적어놨으니 그 부분이 빠진 답장을 받을 걱정은 없다.

뭐, 예전에도 그렇게 해줬다고 하고, 일부러 사비를 들여 이 건물을 사들여서 고아원을 연다면(그렇게 착각해준다면) 동일한 조치를 취해주더라도 전혀 이상할 게 없다.

나는 돈을 악착같이 벌려는 게 아니라…… 아니, 맞긴 하지만……, 만약에 세금을 납부하게 된다면 매출을 계산하고 회계장부 및 각종 서류를 작성해야만 하니 성가시다는 거다. 또한 영주 쪽 관계자들이 우리의 금전 흐름을 완전히 파악하게 될 테고, 의도치 않게 탈세라도 하게 된다면 큰일이 벌어질 수 있다.

그 부분을 확실히 해두지 않고서 사업을 대충 시작할 경우……, 우리가 돈을 버는 것 같다는 냄새를 맡자마자 영주 쪽에서 세금을 내라고 강제할지도 모르고…….

또한 설령 영주님에게 그럴 생각이 없더라도 그의 수하나, 혹은 그들과 연줄이 있는 상인, 아니면 콩고물을 바라는 불한당들이 쓸데없이 훼방을 놓을 가능성도 있다.

고아원이 돈줄이 될 만한 무언가를 쥐고 있음을 알고 나면 그것을 쉽사리 빼앗을 수 있다고 생각하는 사람이 많을 테니까.

……우린 고아원이 아니긴 하지만.

어쨌든 정보가 새어나갈 구멍이나 빈틈은 적으면 적을수록 좋다는 뜻이다.

'리틀 실버'는 물론 우리 조직명이다.

그래, 상호도, 건물 이름도, 회사명도, 사업자 이름도 아닌 조직명.

겉보기에는 고아들을 더부살이 형태로 고용하는 영리단체.

……그래, '영리단체'다. 결코 자선단체나 비영리단체가 아니다.

만약에 누군가가 이름의 유래를 묻는다면 이렇게 대답할 거다.

아이들은 모두 자그마한 은광석이다.

비록 금(골드)은 아닐 수도 있으나 그래도 모두 어엿한 가치가 있는 '은'이다. 결코 함부로 다뤄도 되는 존재가 아니다.

장래에 커다란 은괴가 될 수도 있고, 은은한 빛깔을 갖출 수도 있고, 그리고 개중에는 표면의 은박이 벗겨지면서 속에 감춰진 금이나 보석이 모습을 드러낼 수도…….

그러한 '작은 은괴'를 지키며 키워내는 곳이라는 의미에서 '리틀 실버'…….

……진짜 유래?

우리는 상품 대부분을 일본 화폐로 수백 엔 상당, 다시 말해 소은화 몇 닢쯤 받고서 팔 작정이거든.

돈을 그렇게까지 마구 벌어들이고 싶은 생각은 없다.

……그보다는 거액을 벌어들이는 건 남몰래, 발각되지 않도록

뒤에서 할 생각이다. 겉으로는 어디까지나 이익을 그다지 중시하지 않는 '성실한 상회'로서 운영해나갈 거다.

그리고 고아를 지원하는 '리틀 실버'는 우리 조직의 얼굴 중 하나에 불과하다.

우리는 그 밖에도 다양한 얼굴을 가질 예정이다.

신제품 개발 · 제조 부문.

새로운 것을 발명하거나 제작하기보다 '그 제품을 만들거나 팔아도 문제가 없는지 확인하는 것'을 주요 업무로 삼을 예정이다.

제조할 때는 일단 포션 용기 제작 능력이나 마법에 크게 의존하지 않으려고 한다. 그러지 않으면 손수 제작한 물건과 능력으로 만들어낸 물건의 품질이 크게 차이나겠지. 이 세계의 올바른 경제 활동을 교란시키고 싶지 않다.

……물론 아이들로 하여금 '기술을 익히게 하려는 의미'도 있다.

그리고 우리는 시대에 맞지 않는 공예품(오파츠)을 마구 만들어낼 생각이 없다.

미래의 고고학자를 곤란하게 만들고 싶지 않다. 그래서 이곳의 기술로도 무난하게 만들 수 있을 법한 자질구레한 물건이나 아이디어 상품을 제작할 것이다.

아니, 물론 나나 레이코가 쓸 물건을 만들 때는 어느 정도 어쩔 수 없긴 하지만 말이야. ……응, 그건 어쩔 수 없어!

판매 부문.

아이들이 소소하게 파는 것과는 별개로 대량 판매를 위한 루트를 개척한다.

비합법적인 일은 하지 않는다. 아이들을 중심으로 벌이는 소매업이나 소규모 위탁 판매와는 별개로 도매업을 하겠다는 뜻이다.

영주님이 '그건 면세 대상이 아냐!' 하고 불만을 토로할 것 같긴 하지만 뭐, 어떻게든 되겠지!

영주님도 어린 아가씨가 이 건물을 사들일 만한 재력을 갖고 있음을 이상하게 생각하고서 당연히 우리의 뒷배를 봐주는 누군가가 있으리라 여기고 있겠지.

……구체적으로 말하자면 방탕한 딸이 거금을 마음대로 쓰도록 내버려 두는 부자 부모라든지, 그만한 돈쯤은 어린애 용돈쯤으로 여기는 권력자라든지…….

그러니 '이곳을 사들이는 데 쓴 돈을 부모님께 갚아야만 해서 장사를 하고 있습니다. 고아원 토지와 건물을 구입하기 위해 쓴 빚을 갚기 위한 장사라서 현재 돈을 벌기는커녕 빚에 허덕이고 있습니다' 하고 말하면 납득해 줄 것 같다.

왜냐면 사실이니까. 사비로 이곳을 사들여 고아들을 위한 사업을 벌이려고 하는 두 소녀를 악당으로 취급하지는 않겠지. 부정하게 돈을 벌고자 이렇게 어리석은 짓을 벌이는 자는 없을 테니까.

별로 돈에 쪼들리지도 않으면서 왜 모험을 무릅쓰면서까지 판을 키우냐고?

아니, 이 또한 안전 조치 중 하나다.

소소한 소득으로는 출처를 설명할 수가 없는 값비싼 무언가를 입수해야만 할 때.

푼돈이라도 갈취하려거나, 이 토지와 건물을 빼앗으려고 하거나……, 그리고 아이들, 미네와 아랄을 상품으로서 손에 넣으려고 하는 녀석이 나타났을 때.

그런 사태에 대비하여 '나름의 뒷배'를 마련해두는 편이 낫지 않을까 싶었다.

장사를 조금 크게 벌이면 나름 우리 편을 들어주는 상인이 나타나겠지.

새로운 상품을 판다면 나쁜 의미가 아니라 돈이 된다고 여겨 도와주려는 사람이 생길지도 모른다.

응, '돈 냄새'는 적도 꼬이게 하지만, 아군 역시 꼬이게 한다.

그러니 그쪽은 '표면'이 아니라 '배후'라고 해야 하나, '수면 아래'라고 해야 하나, 뭐, 일반인들에게는 그다지 눈에 띄지 않도록…….

어쨌든 '아무런 뒷배도 없는 미성년자(로 보이는 자)들끼리 벌이는 장사'는 규모에 상관없이 벌레들을 꼬이게 한다. 소액 장사에는 양아치들이, 고액 장사에는 폭력단이나 악덕 상인, 악덕 귀족 같은 부류들이…….

그리고 그들을 피하기 위해서는 다른 조직이나 상인이 침을 발라두게 하는 편이 유효하다. 그러니 먼저 '비교적 건전하게 운영되고 있는 곳'과 제휴를 맺어두는 편이 낫다. 우리가 큰 돈벌이는 못 되지만 그럭저럭 돈줄은 될 만한 상대라고 여기게끔 하여.

더욱이 고아원처럼 운영되는 상점과 거래를 하게 되면 '착한 상인'으로서 대외적인 평가를 높일 수 있을 테니 윈윈이다.

"카오루, 너, 누군가가 미네와 아랄을 또 상품으로서 노릴지도 모른다는 소리를 했는데, 세상의 시선으로 보자면 너나 나도 충분히 '괜찮을 가격으로 팔아넘길 수 있는 상품'이라는 걸 아니? 그리고 행이랑 배드도 말치고는 값비싸잖니? 아마도 우리보다도 더 높은 가격이 매겨질 것 같은데……. 그리고 우리한테 부자 부모가 있는 것처럼 꾸민다면 몸값 따윌 노리는 녀석들이 우릴 눈독 들일 가능성이 있어."

"아……."

좋았어. 방범시설을 추가하자. 미네와 아랄에게 뭐라도 들려야겠다.

'공격은 최선의 방어'라는 심정으로…….

**

"……그걸 우리 가게에서 팔아달라는 거니?"

"예. 저희가 보살피고 있는 아이들이 만든 겁니다. 사주셔도 좋고, 상점에 진열하게만 해주셔도 좋습니다. 물론 팔리면 수수료를 제하고서 대금을 저희한테 넘겨주시는 조건도 괜찮고요."

"으~음……."

오늘은 영업 활동을 하는 날이다.

나와 레이코, 그리고 미네와 아랄에게도 거들게 하여 제작한 민예품.

연어를 물고 있는 곰 조각, 액막이 시사(사자 모양을 한 토기, 액운을 물리치는 부적의 의미가 있다), 팽이, 하고이타(제기처럼 생긴 하고를 나무채로 쳐올리고 받는 놀이), 데마리(일본에서 예부터 전해지는 전통 공) 등등…….

팽이와 하고이타, 데마리 등은 갖고 놀 수 있는 실용품 외에도 장식품으로 놔둘 수 있는 화려한 것들도 준비해왔다.

물론 팽이와 하고이타에 그림을 그린 사람은 레이코. 나와 아이들에게는 그런 재능이 없었어…….

이런 상품들은 제작하는 데 고도의 기술이 필요하지 않다. 이와 비슷한 것이 이미 수백 년 전부터 만들어지고 있을지도 모른다. 고대 로마에서도 내부에 깃털이나 공기를 채워 넣은 공을 사용했다고 하니까.

'놀이'를 향한 인간의 욕구는 굉장하거든.

그래도 모든 놀이가 전 지역에 널리 보급되었을 리는 없다. 단순한 놀이도구가 아닌 '질을 깐깐하게 따지는 사람', '화려한 장식품을 원하는 사람'까지도 배려한 이국적인 상품들.

……잘 먹힐 것 같은데 말이야…….

겐다마와 오하지키, 콩주머니, 유리구슬, 딱지, 인형, 도기 인형, 화투, 요요 등은 다음 기회에.

아니, 어차피 인기를 끈 상품은 금세 남들이 따라할 테고, 한

번에 그렇게 많은 물품들은 감당할 수가 없다.

더욱이 개중에는 바로 제조하기가 어려운 것도 있다. 대나무나 등나무를 확보하지 않으면 제작하기 어려운 것, 유리를 값싸게 구해야만 하는 오하지키나 유리구슬, 종이가 필요한 딱지(흙딱지나 납딱지 등은 별개지만), 품질이 좋은 실과 바늘이 필요한 인형……, 그리고 도기 인형, 넌 난도가 너무 높아!!

아니, 그야 포션 용기로서 만들어내면 되긴 하지만 우리가 쓸 물건이라면 모를까, 다른 사람에게 판매할 상품, 표면적으로 생활비를 벌기 위한 주력 상품들을 제작하는 데 그런 방법을 쓸 수는 없다.

"으으으으음……."

잡화점 아저씨가 아직도 고민하고 있다.

그리고…….

"좋아. 밑지는 셈 치고 이 아저씨도 고아들을 위해서 조금이나마 협력해주마!"

좋았어, 판로 개척에 성공했다!

크크크, 야망을 향해 또 한 걸음 다가갔다…….

이렇게 조금씩 판로를 개척해나가는 것이다.

물론 도구뿐만 아니라 가공식품 쪽도 손을 대고 있다.

우리가 직접 어획을 하면 시간이 걸리고, 또한 어획물의 수량이나 종류, 크기 등이 제각각인지라 지금은 가공용 해산물을 시장에서 구입하고 있긴 하지만.

……크기와 종류가 전혀 다른 생선 대여섯 마리 정도를 낚아서 뭘 어떻게 가공하냐고.

동일한 크기에다가 동일한 어종이어야만 동시에 가공할 수가 있다. 크기가 제각각이면 건조하거나 훈제하는 데 필요한 시간을 통일시킬 수가 없으니 어쩔 수가 없단 말이야.

응, 내 생각이 얕았어…….

그래서 시장에서 동일한 크기의 생선을 사들여 훈제나 일광 건조, 하룻밤 건조를 하여 가게에 납품하고 있다.

물론 납품하는 곳은 생선 가게가 아니다. 그런 곳에 상품을 넘긴다면 값을 후려치지 않는다고 해도 좋은 가격을 받을 수가 없다. 당연하다. 더욱이 생선 가게에서도 건어물쯤은 직접 만들고 있다. 우리보다는 품질이 떨어지긴 하지만…….

그렇다고 해서 일반 가정용으로 파는 건 너무 힘들다. 수고스럽다고 해야 하나, 구애받는 시간 때문에.

더욱이 손님 입장에서도 도심에서 조금 떨어진 이곳까지 사러 오기가 귀찮을 테지. 도심 근처에 가게를 낼 생각도 없다.

그래서 직접 팔고 있다. ……술집이나 음식점에.

인기가 생기면 한 가게에서 매일 10개 이상은 팔린다. 그리고 일반 가정에 팔 때보다 가격을 높게 매겨도 괜찮다. 애당초 현재 인원이 얼마 되지 않는지라 매일 훈제나 건어물을 그렇게 많이 만들어낼 수도 없다. 단골 가게를 몇 군데 확보하면 충분하다.

그리고 주문 생산이 아니라 그날 만들어낸 양을 적당히 팔고 있다.

매일 주문량을 채우고자 일에 쫓기는 건 마음이 편치 않아서 싫다. 아이들에게도 마감일에 쫓기는 만화가 같은 삶을 살게 하고 싶지 않다. 그런 생활을 하면 마음이 피폐해지잖아, 응.

그래서 그날 생산한 양만을 적당히 가지고 가서 판매한다.

물론 그러한 배짱 장사가 가능한 이유는 상품이 호평을 얻었기 때문이다.

뭐, 건어물은 '날씨가 나빠서', '괜찮은 생선을 구하지 못해서', '아이가 열이 나 생산할 겨를이 없어서' 등등 납품하지 못하는 이유는 얼마든지 댈 수 있다. 그에 불만을 토로하는 사람도 없겠지.

……사실은 여유가 있을 때 잔뜩 만들어둔 뒤에 아이템 박스 안에 보관해두면 되긴 하지만 말이야.

아, 레이코의 마법으로 생선을 순식간에 건조시키려는 계획은 실패로 끝났다.

응, 역시나 숙성이라는 화학 변화라고 해야 하나, '감칠맛을 이끌어내기 위한 단계'가 필요한 모양이다. 그냥 건조시키기만 하면 되는 것이 아니었다.

……응, 알고 있었다.

생선구이도 마법과는 상성이 좋지 않았다. 겉은 새까맣게 타버렸고 속은 안 익었다.

조림은 더욱더 상성이 나빴다. 화력을

낮춘 불마법으로 계속 가열해야만 해서 너무 성가시다. 나는 딱히 상관없지만 레이코가 비명을 질렀다.

……응, 알고 있었다.

애당초 마법을 사용하는 것을 전제로 제조 공정을 세우면 아이들에게 기술을 익히게 한다는 목적에서 일탈하고 만다. 더욱이 평범하게 햇볕에 말리거나 장작불로 훈연하는 쪽이 더 편하고 맛있다면 굳이 마법을 쓸 의미가 전혀 없다. ……기껏해야 장작 비용을 절약하거나, 레이코에게 무언가 징벌을 내릴 때 빼고는…….

건어물 · 훈제 공정에서 마법이 요긴하게 쓰이는 때는 소금을 만들 때뿐이다.

소금물은 바로 근처, 벼랑 아래에 무한히 있다. 아직 공해 등에 오염되지 않은 깨끗한 바닷물이.

마법을 써서 소금물로부터 분리 · 추출하거나, 화력으로 수분을 증발시키는 등 방법은 다양하다.

……물론 레이코의 마법보다는 내 능력으로 생성해내는 편이 더 간단하긴 하지만, 세상만사 너무 편한 것만 쫓아서는 안 되겠지. 레이코에게도 활약할 기회를 줘야 하고…….

소금만은 타국에서 값싸게 들여오고 있다고 설명할 수가 있다. 사람들은 우리가 이방인이자 유복한 집안의 딸이라고 여기고 있으니 어떤 연줄이 있으리라 생각하겠지. 장래에 아이들이 스스로 사업을 벌일 때는 어딘가 구매처를 마련해두면 된다. 언젠가 소규모로 소금을 만들어내는 방법을 알려줘도 되고.

아니, 소금을 남들처럼 구입하려면 값이 꽤 비싸단 말이야. 그래서 '남들이 그다지 수상쩍게 여기지 않고, 마음만 먹으면 구매처를 마련할 수 있는(비싸긴 하지만)' 소금은 마법으로 만들기로 한 것이다.

이 정도는 허용 범위 안이다, 응.

그리하여 지극히 평범하게 만든 해산물 가공품도 몇몇 술집이나 음식점(그 가게들을 레스토랑이나 식당이라고 부를 만큼 나는 뻔뻔하지도 몰염치하지도 않다)에 납품하고 있다. 앞으로 두세 군데 더 늘리고 싶긴 하지만, 지금 납품하고 있는 우리 상품의 평판을 확인한 뒤에 생각해볼 일이다. 생산 능력에도 한계가 있으니까.

"……왠지 생각했던 것만큼 생활이 편하고 우아하질 않네……."

"당연하지! 귀족 영애도 아니고, 대상인의 딸도 아닌 평민 소녀가 편안한 생활을 누리면 그게 더 이상하잖……."

레이코가 갑자기 반박하기에 타이르려고 했더니…….

"근데 우리 말이야. 이미 취미 삼아 채산성도 없는 일을 벌이고 있는 부잣집 아가씨……라고 여겨지는 거 아냐?"

윽…….

"어, 뭐, 그건 상인이나 높은 양반들이 그렇게 착각해주는 편이 여러모로 편해서 그렇게 했을 뿐 사실 그런 뒷배는 없고, 내가 저축해둔 옛날 재산은 봉인해뒀다가 무언가 특별한 사태라도 벌어지지 않는 한 쓰지 않기로 했잖아. 이제부터 우린 집을 소유하고 있는 것 말고는 지극히 평범한 평민으로서 수중에 땡전 한 푼도 없는 상황에서 시작하는 거야. 뭐, 돈이 조금 모이면 '서민의 자그마한 사치'쯤은 부릴 테지만. 그리고 지하사령부(비밀기지)에서는 포션 생성 능력으로 제작한 사치품을 무제한으로 만끽하거나 사용할 수 있고……."

그래, 지상부에서는 만약의 사태에 대비하려는 의미도 있지만, 일단은 어엿한 '이 세계의 주민'으로서 살아가려고 생각하고 있다.

지금은 미네와 아랄이 있으니 물론 그렇게 살아가야만 하지만 애당초 그럴 작정이었다. 레이코도 그 점은 합의했고.

……그렇지 않았다면 이렇게 선뜻 미네와 아랄을 받아들이지 않았을 것이다.

우리 둘이서만 사는 것과 이 세계의 주민이자 우리의 비밀을 알려줄 수가 없는 미네, 아랄과 함께 사는 것은 난도라고 해야 하나, 신경 써야 할 부분이라고 해야 하나, 생활 환경이 근본적으로 바뀌고 마니까.

……그래, 자체 하드모드도 정도껏 하라는 말도 있잖아.

그래도 뭐, 이것도 괜찮겠지.

이세계라고 하면 뭐니 뭐니 해도 마왕 토벌 아니면 슬로우 라이프.

물론 우리는 후자를 택했다.

모처럼 찾아온 기회이니 우리는 이 위험한 슬로우 라이프를 택했다는 말씀.

음음!

"……그래서 행과 배드를 데리고 왔어!"

"뭐가 '그래서'인지 잘 모르겠어……."

내 뜬금없는 대사에 당혹스러워하는 미네와 아랄 앞에 마방에 맡겨뒀던 행과 배드가 있다.

마방에 맡겨 교외 목장에서 지내게 하니 두 말과 만날 기회가 전혀 생기질 않았다.

도심 어딘가에 갈 작정이라면 마방 사람을 시켜 목장에서 행과 배드를 데리고 오게 하거나, 우리가 직접 교외 목장에 가는 것보다 목적지까지 걸어가거나 여객 마차를 타는 편이 훨씬 빠르다.

다시 말해 멀리 나가지 않는 한 행과 배드가 활약할 기회가 전혀 없다는 뜻……, 그리고 현재 우리는 멀리 나갈 예정이 없다.

……당연히, 울만도 하겠지. 행과 배드…….

그래서 행과 배드는 달아날 걱정도 없고, 내가 말하는 대로 움직여주니 이곳에서 다 함께 살아도 괜찮지 않을까 싶었다. 주변에 민가도 없고, 숲 바로 앞까지 초지가 펼쳐져 있으니 방목도 가능하고……. 더욱이 파수꾼 노릇도 해줄 수 있으니까.

다행히도 예전에 헛간으로 사용한 것으로 보이는, 마구간으로 쓸 만한 작은 건물도 있다.

물론 마음을 담아서 보살피기는 할 테지만, 전문가가 아니라서 목장 직원처럼 완벽하게 해줄 수는 없다.

그러나 그 대신에 나와 레이코는 행과 배드와 대화를 할 수 있고, 부상이나 병에 걸리면 포션을 써줄 수 있다. 그래서 문제는 없을 듯하지만 그것은 본인……, 본마들의 희망에 따라야겠지.

그래서 우리 집에서 사는 것과 마방이 운영하는 목장에서 느긋하게 사는 것 중 어느 쪽이 좋으냐고 물었더니 당연하다는 듯이 우리 집을 택했다. 두 말이 자신의 의사로.

음음.

그리고…….

"……그래서 '체험 근무'는 이제 끝. 우리가 어떤 곳에서 어떤 일을 하고 있고, 또 무엇을 목표로 하고 있는지 대강 알았으리라 봐. 그래서 다시 한번 묻겠어. 이 집에서 계속 일할 건지, 아니면 지금까지 일한 품삯을 받아서 다른 곳으로 갈지 결정하도록 해. 단, 이 집에서 일하기로 정했을 경우에는 이곳에서 보고 들은 '심상치 않은 일'에 관해 함구해야만 한다는 조건을 지켜줘야겠어. 그리고 장래에 독립하여 가게를 가지게 된다면 여기서 익힌 것들을 모두 활용해도 좋아. 곰곰이 생각하고서 사흘 이내에 대답을……."

""여기서 계속 일하겠습니다!!""

"즉답이냐!"

그래서 미네와 아랄은 정식으로 우리 직원이 되었다.

그렇다면…….

“여기가 지하실 입구. 재고 물자를 꺼낼 때, 제작한 상품을 보관할 때……, 그리고 도적이나 우릴 노리는 악당들이 습격했을 때 구해줄 사람이 올 때까지 기다리기 위한 곳이야. 문을 닫으면 눈에 띄지 않아서 발견하기 어렵고, 안쪽 빗장을 걸어두면 바깥에서는 힘을 주어 잡을 만한 곳이 없어서 좀처럼 열지 못할 거야. 빗장을 걸어둔 상태에서 평소에 문을 여닫을 때 쓰는 손잡이를 억지로 당기면 쉽게 부서지도록 해놨거든. 그리고 여기로 내려온 뒤에는 계단 걸쇠를 풀어서 여기로 내려오려는 침입자가 추락하도록 해둬. 그리고 낙하지점에는 독을 바른 대나무를 부착한 대를 놔두도록 하고. 우린 다른 출입구를 사용할 테니 너희가 걱정할 필요는 없으니까.”

“………….”

왜 굳은 얼굴로 입을 꾹 다물고 있는 거니, 미네…….

“후에에…….”

아직 6살밖에 안 된 아랄은 눈이 휘둥그레졌다.

두 사람에게는 제1층까지만 개방한다. 현재는 그보다 더 아래층을 개방할 예정은 없다.

그리고 몇 초 뒤에 잠자코 있던 미네가 중얼거렸다.

“숨거나 농성하는 건 좋지만, 반격에 나서서 적들을 적극적으로 죽이면 안 되나요?”

…너는 궁병이니(Fate 시리즈의 아처)!

"기필코 꼭 한 명은 죽이겠어요. 이 몸을 방패 삼아 반드시 카오루 님과 레이코 님을 지키겠습니다. 그러니 제가 의무를 다하여 죽은 뒤에는 부디 아랄을……."

내 뇌리에 다른 두 고아의 모습이 스쳤다. 그리운 옛날 그 모습이 고스란히…….

"난 그런 걸 바라지 않아!"

내가 갑자기 호통을 치자 두 사람이 흠칫 놀라 겁을 먹었다.

……으, 너무 겁먹은 거 아냐……, 으, 됐어, 안다고! 젠장…….

얼굴에 힘을 빼고서 미소를 지으며 부드러운 눈빛으로…….

으, 왜 더욱 겁을 집어먹은 거냐!!

어쨌든 해야 할 말을 해두도록 하자.

"우린 스스로의 몸쯤은 지켜낼 수 있어! 어린애가 목숨을 내던지면서까지 목숨을 지켜줄 필요가 없단 말이야, 어른을 우습게 보지 마! 아이는 잠자코 어른들의 보호나 받기나 해. 억지로 어른인 양 행세하지 말라고. 아직 10년은 일러!"

내 말이 신랄하다고? 아니, 이런 애들은 아무리 당부해도 부족하단 말이야. 이런 건 이 세계에서의 '제1시즌' 때 충분히 깨달았다.

이번에는 광신도를 만들지 않는다. 아이는 아이답게 성장시킬 거다.

"……어? 어른이라니……. 여기에 우리 말고 또 다른 사람이 있나요?"

……시끄러워!

"에엥, 두 분 모두 15살? 레이코 님은 그렇다 치더라도……."

그러니까 시끄럽대도! 키는 레이코와 그리 크게 다르지 않잖아! ……키는!!

빌어먹으을!!

헉헉헉…….

찌릿!

"아, 아아아, 옙! 아, 알겠습니다, 15살이네요, 예, 15살!!"

……좋아, 알면 됐어, 알면…….

"그리고 이걸 갖고 있도록 해."

나는 두 사람에게 똑같은 생긴 펜던트를 건넸다.

"목에 걸고서 옷 속에 넣어두도록 해. 다른 사람이 보면 금붙이인가 싶어서 빼앗으려 들 수도 있으니까. ……이건 장신구가 아니라 호신용품이니 타인한테 보여줄 필요가 없거든."

"부적인가요?"

미네가 그렇게 물었다.

뭐, 보통은 그렇게 생각하겠지…….

"으으응, 이건 마음을 달래주는 그런 장식이 아니라 실용품. 사용법을 잘 보도록 해……."

나는 교육용으로 제작한 펜던트를 주머니에서 꺼냈다. 생김새는 똑같지만 어디까지나 이건 교육용 견본에 지나지 않는다. 그래서…….

"적한테서 습격을 받으면 우선 이 부분을 상대방한테 겨누고서 여길 눌러. 그러면……."

푸쉿!

"이처럼 소량이지만 안개 같은 게 힘차게 분출될 거야! 누를 때는 살짝만 누르면 돼. 상대가 많을 경우에는 주변에 빙 뿌리도록 해. 이건 견본이라서 물이 분출됐지만, 두 사람한테 건네준 펜던트에서는 눈에 쐬거나, 코나 입으로 흡입했을 때 땅바닥을 구를 정도의 고통을 맛보게 하는 독무가 뿜어지니까 반드시 정말로 위급할 때만 사용하도록 해! ……뭐, 후유증은 남지 않으니 나쁜 녀석들에겐 주저하거나 사양하지 말고!"

"으……, 응……."

"그리고 이 부분을 집어서 뽑으면……."

삐~, 삐~, 하는 귀여운 소리가 났다.

"진짜 펜던트에서는 엄청난 굉음과 '유괴범이에요, 도와줘~!' 하고 크게 외치는 소리가 번갈아 나오니 누군가가 납치하려고 할 때나 도움을 요청하고 싶을 때 거리낌 없이 쓰도록! 이따가 미네가 다시 한번 아랄한테 자세히 설명해주도록 해."

"아, 예!"

음음, 이 정도면 되겠지.

선불리 납 구슬이 튀어 나가는 사출 무기 같은 걸 쥐여줬다가는 오인 사격이나 조작 실수 등으로 무고한 사람을 다치게 하거나, 스스로를 다치게 할지도 모른다. 그러니 만약의 사태가 벌어지더라도 후유증이 남지 않을 만한 호신용품을 줬다.

더욱이 이 아이들이 사람을 죽이게 하는 건 되도록 피하고 싶다.

이런 세계이니 순진한 말을 할 생각은 없다. 그런 건 조금 더 큰 뒤에, 달리 방법이 없는 어쩔 수 없을 순간이 닥칠 때까지는 최대한 미루는 편이 낫다.

더욱이 만약에 누군가가 이 아이들을 노린다면 돈줄로 삼기 위해서겠지. 결코 원거리에서 저격하여 헤드샷을 날리거나, 일격필살을 노리지는 않을 거다. 그러므로 유괴만 방지할 수 있으면 족하다. 적을 섬멸하는 건 훗날 나와 레이코가 담당하면 된다. 그러니…….

"정말로 신변에 위험을 느꼈을 때만 그 물건을 쓰도록 해. 갖고 놀거나, 장난삼아 써도 되는 물건이 아냐. ……그래도 써야 할 때는 과감하게 쓰도록! 돈을 갖고 있으면서도 아깝다며 너무 절약한 나머지 병에 걸리거나 굶어 죽는 건 현명한 걸까?"

붕붕붕!

음음, 전력으로 고개를 가로젓고 있군. 왠지 머리가 떨어져 나갈 것 같아 무서우니 그쯤 해두면 안 될까?

좋았어, 이렇게까지 말해뒀으니 괜찮겠지.

이제 남은 일은 막 시작한 사업을 궤도에 올리는 것뿐. 규모를 확대하거나 다른 사업을 개시하는 건 그 뒤다.

일단은 시작한 사업이 흑자를 거두고 있고 그럭저럭 운영되고 있음을 마을 사람들에게 보여주는 것이 급선무다. 흑자 기업은 신뢰할 수가 있다. 사업을 할 때 가장 중요한 요소인 '신용'이 생긴다는 거시…….

제52장 표적이 된 고아원

예전에 이 도시를 두고 상식적이라고 했었다.

분명 그건 거짓말이 아니다.

상식적인 국왕, 상식적인 영주, 상식적인 길드, 그리고 상식적인 주민들.

……응, 대체로는 말이야.

그래, 물론 착한 사람만 있는 나라 따윈 존재하지 않는다. 설령 있다고 해도 주변 인접국들의 먹잇감이 되어 금세 멸망하겠지.

그리고 물론 착한 사람만 있는 도시도 존재하지 않는다. 그러므로 당연히 이 도시에도 나쁜 녀석, 멍청한 녀석, 그리고 인간쓰레기가 존재한다.

"여, 네놈들, 고아인 주제에 제법 벌어들이고 있잖아. 아이들끼리 운영하기에는 여러모로 위험하니 이제부터는 우리가 보살펴주마. 여러모로, 그래, 여러모로 보살펴주지……."

아아아, 왔다, 왔어. 너무나도 노골적인 녀석들이…….

오늘은 계약을 맺은 술집과 음식점에 가공 해산물(건어물, 훈제, 해조류 등. 발효 식품이나 육수용 제품은 아직 손을 대지 않았다)을 납품하려고 미네와 아랄을 데리고 왔다. 앞으로 두 사람에게 납품을 맡길 때가 있을 테니 안면이나 익혀두게 하려고 말이다. 물론 레이코도 함께.

한 차례 납입하고서 받는 대금은 그리 큰 금액이 아니니 벌레들이 꼬일 일이 거의 없을 테고, 설령 상품이나 대금을 빼앗기더라도 별일은 아니다. ……어차피 나중에 몇 배로 되갚게 할 테니까.

그렇게 여겼건만 이렇게 빨리 등장할 줄이야. 더욱이 도심 한복판에서……. 아마도 어린애인 줄 알고 얕잡아보고 있겠지.

미네와 아랄은 그렇다 치더라도, 나도 12살쯤으로밖에 보이지 않는다. 이런 내가 주도권을 쥐고 있는 것처럼 보이니 레이코 역시 발육이 조금 빠를 뿐 나와 같은 또래라고 여기더라도 이상하지는 않다.

뭐, 상품이나 판매 대금을 이번 한 번만 갈취하려는 게 아니라 정기적으로 돈을 뜯기 위해, 다시 말해 우리를 자기들 돈줄로 삼기 위해서 접근한 걸 테지만.

이런 녀석에게는 단단히 본때를 보여줘야만 하지. 우리의 특이성은 드러내지 않고서.

본때를 몇 번쯤 보여주면 미네와 아랄만 돌아다니더라도 감히 두 사람에게 손을 대려는 사람은 나타나지 않을 거다.

그리고 저 양아치 삼인조가 자기들 판단만으로 이런 짓을 벌였는지, 아니면 누군가의 수하인지 확인해야만…….

"마침 잘 만났네요."

"쓰레기들한테 손을 빌려야 할 정도로 덜떨어지진 않았어."

응, 누구에게든 비교적 온건하게 말하는 나와 달리 레이코는 적으로 인식한 상대에게는 매몰차게 말하지.

……정말로 전혀 달라진 게 없네……. 이런 성격으로 일본에서 풍파에 꺾이지 않고 인생을 평범하게 보냈을는지…….

뭐, 일본에는 레이코가 즉석에서 적으로 인식할 만한 사람이 그리 많지는 않았을 테니 나름 표정 관리를 했으려나.

적일지라도 상대가 적의를 드러내지 않는다면 레이코도 노골적으로 공격적인 말투로 말하지는 않았을 테니까. ……수면 아래에서는 꽤 야비한 공격이나 반격을 펼치고 있을지라도…….

어쨌든 내가 말하고 싶은 것은 딱 하나. '쿠온 레이코를 적으로 돌리지 마', 이것뿐이다.

"뭐, 뭐라? 이 빌어먹을 꼬맹이가! 감히 어른한테 까불어? 흠씬 패주고서 팔아넘겨 주마. 이 자식들!"

양아치가 그렇게 말하고서 레이코의 팔을 쥐었다.

좋아, 지금이야!

"살려주세요! 강도 유괴범이에요!! 폭행하고 유괴해서 팔아넘기겠다고 대놓고 협박하면서 억지로 끌고 가려고 해요. 어서 경비병을 불러주세요!!"

""""……어?""""

내가 크게 외치자 양아치들이 어리둥절해했다.

아니, 왜 놀라는 거야? 백주 대낮에 폭력과 유괴, 게다가 노예로 팔아넘기겠다고 선언했으니 도움을 요청하는 게 당연하잖아?

그야 물론 세상 물정을 잘 모르는, 피붙이도 뒷배도 없는 고아 따위가 도움을 요청해본들 모두들 무시할지도 모른다. 대부분 아무런 이득도 없고, 도리어 휘말려 호된 꼴을 당할 수도 있으니 얽히고 싶지 않을 테니까.

더욱이 애당초 고아들은 일반 시민에게 도움을 요청하지 않는다. 일반 시민에게 아무런 기대도 하지 않기 때문에.

제아무리 '비교적 착한 사람이 많은 도시'라 할지라도 고아와 본인의 안전을 비교한다면 당연히 본인이 더 중요하겠지. 푼돈을 기부하는 것과는 차원이 다르다.

……응, 안타깝기는 하지만 세상은 그런 법이지.

그러나 우리는 평범한 사업주와 직원들이며 옷차림도 말쑥하다. 지극히 평범한 일반 시민, 더욱이 4명 중 3명은 소녀이고 나머지 하나도 어린애다. 도움을 요청하는 간절한 외침을 무시할 사람은 없을 테고, 누가 보더라도 '평범한 가정에서 자라는 아이들을 유괴하려고 하는 양아치 삼인조'처럼 비칠 테지. 경비병을 부르러 달려가는 사람은 물론이고, 완력에 자신이 있는 사람, 무력하지만 의협심이 있는 사람들이 순식간에 주변을 에워쌌다.

"어? 어……, 어어어?"

양아치들이 당황하고 있지만 이미 늦었다.

"저거, '리틀 실버'의 카오루 짱이잖아! 무슨 일이냐!!"

"아, 점장 아저씨! 아니, 갑자기 이 사람들이 우리 경영권을 넘기라고……. 그리고 거역하면 흠씬 패주고서 팔아넘기겠다고…….”

거래처 중 한 곳인 술집 점장이 물어봐서 다시금 간략하게 사정 설명을…….

“뭐? 카오루 짱네 가게는 영주님으로부터 특별 허가를 받은 사업이잖아? 고아들을 위해 지원 사업을 벌이고 있는데……. 그런 상점에 해코지를 했다가는 엄청난 일이 벌어질 거 아니냐? 더욱이 아이들을 노예로 팔아넘긴다? 허 참, 천인공노할 중죄잖아…….”

자, 설명 감사합니다!

“응, 아마도요. 이 사람들의 단독 행위인지, 아니면 누군가한테서 명령을 받은 건지 확인하고서 경비병 아저씨들한테 맡길까 하는데요…….”

“““““에에에에에에엥!!”””””

양아치들이 경악했다.

뭐, 흠씬 패주겠다는 건 모르겠지만 팔아넘기겠다는 건 단순한 협박이었겠지. 아이를 협박하는 상투적인 표현이니까. 때리겠다, 혹은 팔아넘기겠다고 말이지.

그래도 성인 여성에게 ‘때리겠다’, ‘팔아넘기겠다’라면서 팔을 붙잡고 끌고 가려고 했다. 그저 농담이라고 넘길 수 있는 일이 아냐.

“네놈들이 강도 유괴범이냐!”

“어……, 아, 아냐, 우린 그저…….”

"아, 경비병 아저씨, 이 녀석들이에요!"

도시 중심부 근처라서 경비병 처소가 가깝다. 누군가가 신고하러 달려가 줬는지 경비병이 금세 왔다.

총합 6명. ……조금 지나치지 않나?

"카오루 짱 아냐! 이 녀석들, 카오루 짱한테 손을 대려고 했던 거냐! ……교수형이군."

"""""에에에에에에엥!!"""""

초장부터 그런 대사를 내뱉은 지휘관은 내 지인이었다.

교수형은 으름장에 불과할 테지만 뭐, 그냥은 넘어가지 않겠지.

나는 사재를 털어서 고아원 건물을 사들인 뒤 실제로는 영리 사업이긴 하지만, 자선사업을 벌이는 것처럼 활동하고 있는 아가씨다. 더욱이 영주님이 내 존재를 알고 있다는 사실도 이런 상황에서는 유용하게 작용한다.

그리고 물론 경비대 본부와 경비병 처소에 성의를 보이면서 여러모로 부탁도 해뒀다. 아이들이 곤란에 처하면 물리적으로 도와달라는 부탁 등등. 그래서 경비병 중 몇 명이 나와 면식이 있다.

또한 나와 레이코는 어려 보이더라도 어엿한 15살, 성인이라는 것도 알려뒀다.

그러므로 이번 건은 '영주님이 눈여겨보고 있는 자선사업가 성인 여성이 강도 유괴범에게 납치될 뻔한 사건'으로 처리…….

응, 대사건이다. 양아치들은 그저 '고아에게 겁을 줘서 푼돈이나 빼앗으려고 했을 뿐'이니 설교를 조금 듣거나 최악의 경우에는 며칠쯤 감옥에 구류되겠거니 예상했을 테지만, 그렇게 끝날 리가 없다.

"이 녀석들한테 지시를 내린 흑막이 있는지 철저히 조사해주세요."

"맡겨둬!"

응, 이런 세계에서 '철저하게 조사해달라'는 건 뭐, 가혹한 심문(고문)을 말하는 거지. 상식적으로 생각해서…….

"그리고 심문 결과도 알려주시고요."

"그래, 물론이다. 적의 존재는 파악해둬야만 하니까. 뭐, 카오루 짱이 나설 것도 없이 당연히 우리가 처분하도록 하지."

"후후, 잘 부탁드려요."

"오!"

그리하여 경비병들이 망연자실하는 양아치 셋을 끌고 갔고, 도시는 평온을 되찾았다.

도시에서 설치고 다니는 양아치나 범죄자들 사이에도 이번 사건이 금세 퍼져나가겠지. 정보에 둔감한 범죄자는 오래 살아남을 수가 없으니까.

좋았어. 이로써 미네와 아랄이 더욱 안전해졌구나.

앞으로 이런 바보들이 한두 번쯤 더 나와 준다면 단순한 잡범은 걱정하지 않아도 되려나.

그래도 이 세상에는 나쁜 녀석들이 차고 넘치니…….

**

“무단으로 옛 고아원에 살고 있는 고아들이 너희들이냐! 내가 여기서 살 수 있도록 말을 잘해 줄 터이니 앞으로 내 말을 들어!”

왔다아아아~!

도심에서 양아치들에게 얽힌 지 며칠이 지난 뒤 이번에는 이상한 작자가 집을 찾아왔다.

뭐, 겉모습은 딱히 이상하지 않다. 그다지 유복해 보이지 않는 상인처럼 생긴 남성이 홀로 왔다.

아무래도 완력으로 갈취하려고 온 건 아닌 듯하다.

그런데 응대하러 나온 나에게 다짜고짜 그런 말부터 꺼낸지라 ‘이상한 작자’라는 말밖에 나오질 않네…….

“저기~, 누구신지…….”

“난 고노셸 상회의 지배인인 다르슈다.”

아~, 정보에 어두운 중소상회 사람인가…….

“이번에 당신 혼자 판단하고서 온 건가요? 아니면 상회장의 지시를 받고?”

“상회장님은 이런 사소한 일에 관여하지 않으신다. 너희들을 돌봐줄 사람은 바로 나야.”

예, 예, 지배인이 용돈벌이나 하려고, 혹은 돈벌이가 될 것 같다고 보고한 뒤에 접수하려고 온 건가…….

상회장이나 총지배인은 우리를 알고 있으려나? 아니면 아무것도 모른 채 이 녀석이 독단으로 벌이고 있는 건가?

뭐, 어느 쪽이든 별반 차이는 없나.

"거절합니다."

"흥……."

다르슈라는 지배인은 내 말을 듣고도 딱히 놀라거나 화가 난 기색을 보이지 않았다. 어리석다는 듯한 눈으로 이쪽을 보고 있다.

뭐, 그런 얼토당토않은 말을 듣고도 잠자코 따를 거라고 생각하는 쪽이 더 이상하지. 아마도 대화의 주도권을 쥐기 위해서 한번 던져본 말 아닐까. ……혹은 우리를 어지간히도 얕잡아보고 있거나.

아마도 이 녀석은 몇 명쯤 있는 지배인 중 하나, 그것도 그들 중 말단에 불과할 테니 그만한 권한이나 정보를 갖고 있을 리가 없겠지. 그렇지 않다면 이 건물을 우리가 정식으로 구입했다는 사실과 영주님의 특별 허가까지 받았다는 사실 등을 모를 수가 없다.

……즉.

피라미라는 거지.

"너희들이 팔고 있는 건어물과 훈제 제조법을 알려줘라. 그렇게 하면 우리 가게에서 일하게 해주마."

이미 우리들끼리 돈을 벌고 있는데 도대체 뭐가 아쉬워서 저런 녀석 밑으로 들어가야만 하는 거야…….

더욱이 아마도 품삯 따윈 주지도 않은 채 아침과 저녁 두 끼니만 먹이는 심부름꾼 취급이나 받겠지.

아니, 차라리 심부름꾼은 일을 익혀서 언젠가 책임자나 지배인을 거쳐 독립한다는 꿈을 꿀 수라도 있다. 그야 문이 좁긴 하지만…….

장사 기술이나 지식은 이쪽이 더 위인 데다가 이미 독립하여 돈을 벌고 있건만 어째서 도중에 협박이나 들을 게 뻔한 곳에서 일해야만 하는 거냐고…….

완전히 벼락거지 신세잖아. 그렇다면…….

"제조법을 알고 싶다면 계약금으로 금화 500닢. 그리고 매상의 1할을 받겠습니다. 물론 상업 길드가 보증인으로서 중개해준 정식 계약을 체결한 뒤에……."

금화 500닢이라고 해서 거금으로 여길 수 있겠지만 일본 돈으로 환산하면 5000만 엔 상당이다.

이 기술로 왕도를 비롯해 각지의 커다란 도시에, 그리고 타국의 주요 도시에 지점을 개설하여 큰 장사를 벌인다면 건어물이나 훈제 시장의 점유율을 높일 수 있겠지. 그리고 유명한 간판 상품이 된다면 다른 상품 판매도 유리해진다. 그렇게 생각하면 그리 큰 액수도 아니겠지.

원료인 생선은 항구 도시에서 사들일 수 있으니 원가가 그리 비싸지는 않을 테니까. 더욱이 굳이 이 도시에서 원료를 사들일 필요도 없다. 다른 항구 도시나 작은 어촌에서 더 저렴하게 사들일 수도 있을 테고.

그리고 원료를 사들인 곳 근처에 가공소를 세우면 된다.

……하지만 이 남자는 우리를 일개 고아쯤으로 여기고 있으니 그런 돈을 지불할 생각 따윈 터럭만큼도 없겠네.

"헛, 무슨 맹랑한 소리를……. 내 말을 순순히 듣지 않으면 여기서 쫓아내 노예상한테 팔아넘길 줄 알아!"

……응, 알고 있었어.

"우린 부당한 요구를 따를 생각이 없습니다. ……그렇다면 자동적으로 당신은 우릴 노예상에게 팔아넘기겠다고 선언한 거나 다름없겠네요. 그러므로 정당방위로……."

내가 손가락을 딱, 하고 튕기자 레이코, 미네, 아랄이 나타났다. 제각기 내가 제작한 목검을 들고서…….

"어……."

우리는 지배인 녀석을 흠씬 패준 뒤 포박했다.

아니, 배 나온 데다 맨손인 아저씨 한 사람이 신체 나이 15살짜리 여자 둘 플러스 인정사정도 모르는 두 아이와 맞붙었으니 상대가 안 되겠지? 더욱이 우리 쪽은 모두 목검을 장비하고 있고.

……레이코가 내 목검도 건네줬거든.

"그럼 레이코는 이 남자를 감시해줘. 미네와 아랄은 경비병 처소에 가서 '자기 말을 순순히 따르지 않으면 노예상한테 팔아넘기겠다'라고 협박한 남자가 왔다고 신고하도록. 우리 가게 이름을 대고서 사관한테 직접 말하도록 해. 난 상공 길드에 가서 똑같이 알린 뒤에 고노셸 상회인지 뭔지 하는 곳에 가서 이 작자가 상회의 지시를 받은 건지 확인하고 올 테니까."

"응, 알겠어!"

"알겠어! 그럼 다녀올게!"

"어……. 자, 잠깐만! 그만, 가지 마! 기다려어어어~~!!"

그러나 이미 미네와 아랄은 뛰쳐나간 뒤였다.

"흐, 흥! 고아의 말 따윌 누가 믿어주겠나! 너희들이 날 습격하여 금품을 요구하길래 거부했더니 날 함정에 빠뜨리려고 없는 말을 지어냈다고 하면 넘어갈 일이다. 도리어 너희들이 범죄자로 붙잡혀서……."

응, 익숙한 패턴이다. 그러나…….

"아니, 그러니까 우린 여길 불법점거하고 있는 고아가 아니라 대금을 치르고서 건물을 사들인 뒤 영주님께 허가를 받아 정식으로 영업하고 있는 평범한 사업주라고요. 상공 길드에도 가맹했고……. 그리고 나랑 저 아이, 레이코는 15살이고 성인이에요. 다시 말해서 당신은 정식으로 운영 중인 남의 상점에 쳐들어와 비상식적인 요구를 일방적으로 했고, 우리가 거부하자 화가 난 나머지 성인 여성 둘과 아이 둘한테 '붙잡아 인신매매하겠다'라고 선언한 흉악범이 되는 거라고요. 그리고 이것이 고노셸 상회의 지침인지, 상회장의 명령에 따른 것인지를 경비병들이 철저히 조사하게 되겠죠."

"어……."

아까부터 저 남자는 '어……' 말고는 할 말이 없나보네…….

"아……, 안 돼. 그만둬! 그, 그랬다가는 주인 나리께……."

알게 뭐야~.

왠지 얼굴이 창백해졌다. 그러나 예기치 않은 문제가 발생한 것도 아닌데 말이야…….

그래, 스스로의 판단으로 행동한 결과에 불과하다. 그러니 동요할 것도, 후회할 것도 없을 터인데.

만약에 우리가 정말로 고아들이었다면 온갖 술수를 써서 먹잇감으로 삼을 작정이었겠지. 예상에서 벗어났다고 이제 와 우는소리를 해본들 소용없어. 자신의 지식 부족, 능력 부족 때문에 승부에서 패배했을 뿐이니 패배가 정해진 뒤에 '방금 건 무효!'라고 아우성을 쳐본들 누가 상대해주겠어.

이 세계는 정보가 전달되고 확산되는 속도가 느리다. 도중에 내용이 황당하게 왜곡되기도 하니 그런 점도 고려하여 약삭빠르게 처신해야만 한다. 정보도 제대로 모으지 않은 채 억측만으로 이런 행동을 벌이면 이런 꼴을 당하게 되는 거다.

물론 모두가 뭐든지 알고 있어야만 한다는 소리는 아니고, 정보에 어둡더라도 성실하게 해나가면 누구나 아무 문제 없이 견실하게 돈을 벌 수 있다.

다시 말해 견실한 방법이 아니라면 정보와 분석력은 필수라는 뜻이다. 변변한 능력도 없는 주제에 욕심을 부리면 이렇게 되는 거다.

"그럼 다녀올게!"

아우성치고 있는 상인 아저씨를 남겨두고서 상공 길드와 고노셀 상회로.

그리고 나는 두 곳의 창구와 매장에서 큰소리로 외쳐봤다.

"죄송합니다~! '리틀 실버' 사람인데요. 고노셀 상회의 지배인이 우리 가게에 와서 억지를 부리다가 잘 되질 않자 노예상한테 팔아넘기겠다고 협박을 해왔는데, 이거 이 도시의 상공 길드 가맹점이라면 누구나 당하는 일입니까? 일단 경비대에 신고하여 도움을 요청하긴 했는데요!"

응, 두 곳 모두 큰 소동이 벌어졌다.

관계자에게 붙잡히면 여러모로 캐물을까 봐 귀찮아서 후다닥 물러났다. 경비병을 상대하는 걸 레이코에게만 떠맡겨두면 미안하니 어서 돌아가야지.

그 뒤로 어떤 상회에서 1번, 동네 양아치가 1번, 합계 2번 정도 비슷한 일을 겪었다. 그러나 역시나 그 뒤로는 뜸해졌다.

상회 쪽은 자기네들 네트워크를 통해 정보가 퍼져나갔으리라 생각한다. 어쩌면 상공 길드가 조금 움직였는지도 모르겠다. 촌동네 상공회일지라도 역시나 이런 일을 간과할 수는 없을 테니까…….

그리고 양아치들 사이에서도 정보가 퍼져나가서 감탄했다.

뭐, 양아치나 범죄자들 중에서도 고아였던 사람이나 이곳이 고아원이었던 시절에 신세를 졌던 사람도 있겠지. 그러니 고아들을 위한 사업에 해코지를 하는 것을 달가워하지 않는 사람들도 있을 것이다.

……어쨌든 그거다.

'리틀 실버'는 이 도시에서 기반을 굳혔다는 뜻이다. 다른 상점, 일반인들, 그리고 양아치 업계를 상대로.

어지간한 바보나 자신만만한 야심가를 제외하고는 이제 우리 가게에 손을 대려고 하는 자는 없겠지. ……표면적으로는.

지금은 아직, 위험을 무릅쓰면서까지 손에 넣을 만한 매력이 우리 가게에는 없다.

지금은 아직.

제53장 레이코

나가세 카오루, ……아니, '카오루'는 변하지 않았네…….

뭐, 나는 그 사고로부터 수십 년이라는 세월을 겪었지만, 카오루는 아직 체감상 5년도 지나지 않았던가…….

나이를 먹어 아주머니가 되고, 할머니가 되고, 그리고 한 인간으로서 일생을 마친 나.

물론 나이를 먹어가면서 생각과 감성이 점점 성숙해졌으며…… 그리고 닳고 닳다가 시들어버렸다.

그러나 그것은 전부 육체의 노화와 처지의 변화, 주변 사람들의 대우, 그리고 영혼과 정신의 마모 때문이다.

기계도 수십 년이나 사용되면 마모되고, 망가지고, 녹슬고, 성능이 열화되어 툭하면 고장이 나는 고물로 변한다. 지극히 평범한 일이며 피할 수 없는 필연이다.

……그러나 천재 수리공(신님)이 나타나 새로운 몸에 영혼과 정신(소프트웨어)을 옮겨줬다면?

덤으로 내포 에너지를 거의 다 소모하고 쇠퇴한 영혼에 에너지까지 충전해줬다면?

충전율 120퍼센트 정도로.

젊고 건강한 육체, 에너지가 가득 채워지고 활성화된 영혼, 그리고 활기를 되찾은 정신체.

더욱이 신님이 서비스를 해줬는지 학생 시절부터 20대 초반까지의 기억을 마치 어제 일처럼 또렷하게 떠올릴 수가 있다. 그 결과…….

"마치 카오루와 헤어졌을 때로 되돌아간 것 같아……."

그래, 그 사고 이후의 기억은 오히려 뿌예져서 그런 기억이 있다는 정도로 인식하고 있고, 지금은 마치 예전 그 시절을 실시간으로 보내고 있는 듯한 느낌이…….

카오루와 어울릴 때 어긋나지 않도록 신님이 배려를 해준 건가?

정신체를 활성화할 때 그렇게 되도록 손을 쓴 건가…….

그리고 세심하게도 마지막까지 함께 해줬던 그이, 자식, 손주, 증손주들에 관한 기억까지도 선명하게 보존해줬다.

……꽤나 배려심이 있잖아.

카오루를 이런 사태에 휘말리게 한 분노를 조금은 사그라뜨려도 되려나…….

그러나 쿄코가 없는 것이 뼈아프네…….

우리는 셋이 모여야만 완성되는 'KKR'. 한 사람이 빠지면 밸런스가 나쁘다.

그야말로 요즘 여자애 같은 느낌이었던 쿄코는 문제에 휘말리는 담당이었다. 다른 애를 도우려다가 휘말린 게 대부분이지만.

대학 시절 때 갑질, 성희롱, 그리고 스토커 피해를 입은 여학생을 보면 무작정 돌진했던 쿄코. 그리고 당연히 상대 남자와 옥신

각신 다툰다.

소동이 커져 쿄코가 전형적인 '그저 소동에 휘말렸을 뿐인 가련한 여자애'로서 주변 사람들로부터 동정을 모으면……, 그때 카오루가 등장한다. 세 치 혀로 상대를 완벽하리만치 때려눕혀 재기불능으로 만들기 위해서…….

처음부터 카오루가 나서면 그 눈매 때문에 악당으로 여겨질 가능성이 있다. 그러므로 쿄코를 돕기 위해서 나섰다는 포지션이어야만 하지…….

그리고 나는 몰래 소지한 3대의 마이크로 레코더와 초소형 카메라로 은밀히 증거를 확보.

그 뒤에 친해진 학생과 사무직원 언니에게 '여차저차 이렇게 됐는데요. 경찰한테 신고할까 하려고요……. 그리고 잡지사에 근무하고 있는 사촌한테 상담을 하려고……' 하고 말하면 무슨 영문인지 며칠 뒤에 문제가 척 해결되어 있다.

내 사촌은 분명 잡지사에서 근무하고 있다. 접수처 안내 아가씨로.

……응, 거짓말은 안 했다. 전혀. 정말로 '상담이나 해볼까?' 하고 생각은 해봤으니까. 상담해봤자 아무 의미도 없긴 하지만…….

어쨌든 후방을 맡고 있는 나와 성실하고 착하지만 눈매 때문에 오해를 사기 쉬운 카오루(하지만 화가 나거나 적으로 돌리면 무서우니 꼭 오해라고 할 수만은 없지만)만 있어서는 너무 어둡다.

그 부분을 적절하게 중화하여 우리 '카오루 · 쿄코 · 레이코

(KKR)'이 다크 히어로, 아니, 다크 히로인처럼 보이지 않도록 해주는 존재가 바로 꾸밈없는 전형적인 밝은 캐릭터……로 보이는 쿄코다.

반마다 한 명쯤은 있는 분위기 메이커, 싹싹하고 정의감이 투철하고 남녀 모두에게 사랑받는 멋진 여자애……로 보이는 쿄코.

나와 카오루와 늘 함께 다니는데 평범한 여자애일 리가 없잖아…….

어쨌든 이것만은 말할 수 있다.

'니시조노 쿄코를 화나게 하지 마!'

아니, 뒤에서 사람들이 나와 카오루에게도 그런 소리를 하고 있다는 걸 알고 있다.

……그래도 다르다.

나와 카오루는 화나게 하더라도 치명상만 입고 끝난다.

……그걸 '끝난다'고 표현해도 될는지는 모르겠지만.

그러나 쿄코를 화나게 하면 그런 미적지근한 정도로는 끝나지 않는다.

쿄코에게는 악의가 없다. ……아마도.

그러나…….

세계가 파멸한다.

……아니, 뭐, 화나게만 하지 않는다면 문제는 없다. '선만 안 넘으면 아무 일도 없다' 이 말이다.

그러나 쿄코가 없으면 역시나 문제가 있다.

나와 카오루만 있으면 자꾸만 다크한 쪽으로 쏠리고 만다…….

그러므로 지금은 카오루가 하고 있는 일에 되도록 참견을 하지 않으려고 한다. 자칫 오버 부스트가 걸리면 큰일이 벌어질지도 모르니까…….

게다가 나는 아직 이 세계를 잘 모르는 문외한이다. 한동안은 카오루를 지원하는 데 애쓰도록 하자.

어서 쿄코가 와줬으면, 하는 생각이 들긴 하지만 바라서는 안 된다.

그건 즉 '쿄코가 지구에서 죽었다'는 뜻이니까…….

뭐, 나와 마찬가지로 이미 충분히 살아서 '인생의 본전'은 거뒀을 테지만.

제작 치트 능력이 있는 카오루와 달리 마법 치트 능력이 있는 나는 '상대가 눈으로 목격한 것을 타인에게 말할 수 없게 된 상황'을 제외하고는 남들 앞에서 능력을 써서는 안 된다.

뭐, 몰래 물 마법이나 불 마법을 생활할 때나 제품을 제조할 때 쓰는 건 상관없을 테지만.

여하튼 지금은 카오루와 함께 기반을 굳히고 아이들을 육성해야 한다.

자식과 손주, 증손주들을 상대했던 시절을 떠올려 본다.

아이들을 보살피고 상대하는 건 익숙하다. 또한 몇 명 키우는 것쯤은 별일도 아니다.

카오루도 예전에 고아들을 보살핀 적이 있다고 하니 익숙하겠지. 그렇다면 여유롭게…….

"……그런데 어째서 이렇게 칠칠치 못하게 생활하는 거냐고……."
"아니, 예전에도 식사 준비와 청소, 빨래는 전부 아이들이……. 그리고 미네와 아랄의 자활 능력을 키워주기 위해서 일부러……."
"입 다물어!"
이런. 키워야 하는 아이가 둘이 아니라 셋이었다…….

**

"일단 기반을 굳혔으니 아이들끼리 도심에 가더라도 안전할 거라고 봐. 이제 '고아'가 아니라 사업주가 고용한 점원이니까. 관리나 경비병한테서 보호받을 수 있는 대상이고, 손을 댔다가는 폭행 상해나 영리 유괴를 저지른 범죄자로서 붙잡힐 테고……."
"응, 게다가 카오루가 지참시킨 방범 도구가 있고……."
"아하하……."
카오루가 말한 대로 미네와 아랄을 뒷배도, 보호해줄 사람도 없는 일개 고아라고 여기는 사람은 이제 이 도시에 거의 없겠지. 그리고 그 사실을 아직 모르는 사람이나 타지에서 막 온 사람이 해코지를 하려고 하면 주변 사람들이 만류해줄 거다.
애당초 이미 두 사람은 고아처럼 입고 있지 않다. 누가 봐도 평

범한 가정에서 자라고 있는 아이나, 상점 심부름꾼이다. 양아치가 건들더라도 누구도 비난하지 않는 '인간의 범주에 속하지 않는 존재'가 아니다.

이로써 둘이서 도심으로 상품을 나르거나, 심부름을 시킬 수가 있게 되었다.

……그건 즉 나와 카오루가 둘이서 여러 일을 할 수 있는 시간이 생겼다는 뜻이다.

"……제2단계 개시?"

"응, 제2단계, 개시해야지."

내가 '운'을 떼자 빙긋 웃으며 그렇게 대답한 카오루.

이 대목에서 한 가지 중요한 조언을 해두기로 하자.

"아이 앞에서 그런 표정을 보여서는 안 돼. 무조건 울음을 터뜨릴 테니까……."

"시, 시끄러워!!"

응, 이런 충고를 할 때마다 카오루의 대답은 늘 같다.

변하지 않았구나, 아주 오래전부터…….

제54장 야망

"야망, 마망, 기분예보옹!"

"와피코(애니메이션「금붕어 주의보」의 등장인물. 이 애니메이션의 오프닝 제목이 와피코의 기분예보다)인지 엔진 회사 이름(야마하)인지 둘 중 하나만 해!"

음음, 무슨 말장난인지 알고서 딴죽을 걸어주는 사람이 있다니 행복해…….

"아니, 슬슬 '배후의 사업' 쪽도 시작해볼까, 해서……."

나는 어이없어하는 레이코에게 말했다.

응, '표면의 사업'은 이미 한계에 달했다.

아니, 파산할 위험에 처했다는 뜻이 아니라 15살짜리 신체를 지닌 두 여성, 9살짜리 소녀 하나, 6살짜리 소년 하나가 감당할 수 있는 작업량에는 한계가 있다.

더욱이 우리 상점은 블랙 기업이 아니다. 고생을 시키면서까지 돈을 모아야만 하는 것도 아니다.

……그야 생활하는 데 필요한 돈은 벌어야만 하지만, 그 정도는 현 상황에서도 충분히 벌고 있다. 건물을 빌린 게 아니라 소유하고 있으니 임대료가 들지 않고, 면세 혜택을 받고 있다는 것도 크니까, 응.

해산물과 해조류 가공식품, 완구와 민예품 등은 순조롭게 매상을 올리고 있다. 밭에 심은 작물도 곧 수확할 수 있게 되겠지. 내 '생장 촉진 포션'을 뿌렸으니 작황은 문제없고.

더욱이 아이템 박스의 수납 기능으로 뒤쪽 벼랑을 깎아 돌계단을 만든 뒤에 적당한 지점에서 내부를 파내어 커다란 구덩이라고 해야 하나, 2~3평쯤 되는 공간을 조성했다.

……응, '낚시를 할 수 있는 곳'을 만들었다는 뜻이다.

벼랑 안쪽을 판 곳이니 비가 내리는 날에도 낚시가 가능하다.

비가 어획량에 영향을 미치는지 어떤지는 잘 모르겠지만.

낚시는 수온이나 조석간만을 포함하여 다양한 요소에 영향을 받는다던데 잘 모르겠다. 비가 내리면 염분 농도가 옅어지거나 소리가 나서 영향을 미치는 건가…….

뭐, 어쨌든 생선도 시장에만 의존하지 않고 우리가 먹을 양을 그럭저럭 자급할 수 있겠지.

기생충이나 독소 등은 예전에 만들었던 팔찌가 있으니 안심.

아, 미네와 아랄에게는 이곳에서는 독을 가졌거나 기생충이 득실거릴 것 같은 생선도 별문제 없이 먹을 수 있지만, 다른 곳에서는 이렇게 먹어서는 안 된다고 따끔하게 훈육을 해둬야겠지. 목숨과 관련이 있으니 그 부분은 확실히 해둬야겠어. ……자칫 다른 곳에서 복어의 간 같은 걸 먹지 않도록…….

"카오루, 그건 위험해. 여기서도 독이 있는 녀석은 먹지 않는 편이 낫지 않을까? 무심코 깜빡했다가는 돌이킬 수 없는 일이 벌어지잖아……."

"으~음, 역시, 그런가……."

나와 레이코는 제쳐두더라도 아이들의 안전을 고려한다면 역시 너무 위험한가.

어쩔 수 없이 초보자의 솜씨로 복어 삼매경에 빠지겠다는 계획은 단념해야 하려나…….

"그건 지하 비밀기지에서 단둘이서만 먹도록 하자."

"아, 역시?"

레이코도 '절대로 안전한 복어 요리'는 먹고 싶은가 보다.

그런데 소문을 듣자 하니 '독을 먹었을 때 살짝 찌릿찌릿하게 마비되는 느낌을 참을 수가 없다'라는 상식에서 벗어난 극한의 세계가……. 내 포션이나 레이코의 치유 마법이 있으니 괜찮지 않을까?

그렇게 생각하며 레이코의 얼굴을 보니 웃고 있다. ……아마도 나와 같은 생각을 하고 있겠지…….

어쨌든 돌아와서, 상품 제조와 판매가 순조롭긴 하지만, 이 이상의 상품을 제조할 만한 노동력이 없다는 뜻이다.

악덕스러움은 레이코의 뱃속에 든 것만으로도 충분. 우리 '리틀 실버'는 화이트 기업이다!

……그래서 '표면의 사업'은 한동안 현상 유지. 복제 상품이 등장하여 매출이 악화되면 그때 다시 생각하면 된다.

어차피 새롭게 출시할 만한 상품은 아주 많다. 복제되더라도 별 타격은 없다. 더욱이 가공품의 품질이나 공예품의 디자인, 다양성은 남에게 뒤지지 않으니 말이지.

그리고 '배후의 사업' 말인데…….

살인청부업 같은 걸 시작하겠다는 건 아니다.

……아니, 우리라면 충분히 할 수 있을 것 같긴 하지만…….

그게 아니라 지금 같은 '소규모 상점을 상대하는 소규모 도매업'을 넘어 규모가 더욱 큰 사업을 눈에 띄지 않게 하려고 한다.

규모가 큰 사업이라고는 했지만 대량 생산을 하겠다는 뜻은 아니다. 단가가 그럭저럭 높은 상품을 그럭저럭 생산하겠다는 느낌으로.

너무 눈에 띄면 돈이나 노하우를 노리는 녀석들이 또 찾아올 테니까.

지금은 그런 녀석들이 오지 않지만, 우리가 '다소 위험을 무릅쓰더라도 손에 넣을 만한 가치가 있다'고 여겨진다면…….

역시 미성년자로밖에 보이지 않는 사람들만 모여 있을 뿐만 아니라 가장 어린애를 빼고는 모두가 소녀이니 누군가가 노릴 가능성이 압도적이긴 하겠지…….

그래서 일단 은밀하게 시작할 거다.

……뭐, 어차피 언젠가 정보가 퍼져나갈 테지만, 그때까지 무슨 대책을 세워둔다면 괜찮겠지.

그래서 왜 그런 사업을 시작하려고 하느냐면…….

그래, 지금도 충분히 흑자를 거두고 있고, 여차할 때 쓰려고 아이템 박스에 쟁여둔 '옛날'에 벌어둔 금화가 있다. 포션 용기로 벌

수도 있고……. 애당초 나와 식구들이 병이나 큰 부상을 입어 급하게 큰돈이 필요해지는 사태가 벌어질 리가 없다.

그런데도 여러 가지를 획책하고 있는 이유.

그것은 그거다.

'힘을 원하는가…….'

나 혼자라면 '왠지 분란이 벌어질 것 같으면 줄행랑치기' 필살기를 쓸 수 있다.

그러나 여럿이 있으면 그럴 수가 없게 된다.

그야 물리적으로는 가능하겠지. 필요한 물건을 죄다 아이템 박스에 집어넣은 뒤 거점을 폭파하여 증거를 인멸하고, 악당들이 아무것도 얻지 못하도록 조치한 뒤에 다 함께 도망친다거나.

그런데 기껏 쌓아 올린 것들을 모조리 버리고서 달아나는 건 악당에게 패배한 것 같아서 재미가 없다. 그리고 똑같은 짓을 되풀이하는 것도 싫다. 더욱이 그런 상황에서는 악당이나 권력자의 눈에 띄는 게 두려워 아무것도 하지 못하게 된다.

……그래, 내 포션 제작 능력도, 레이코의 마법의 힘도 모두 세레스가 준 것이다. 기껏 얻은 힘이건만 이 세계 사람들에게 아무런 은혜도 베풀지 못한 채 잠재워두고서 우리들만을 위해 살짝 사용하는 건 바라는 바가 아니다.

세레스가 이 세계의 사람들을 관리하는 진짜 여신님이고, '인간에게 섣불리 신의 은혜를 내려서는 안 됩니다' 하고 말했다면 이야기는 다르다.

그러나 세레스는 그저 이 세계의 왜곡(사람들의 올바른 성장을 저해하는 것이라는 추상적인 개념이 아니라 문자 그대로 '차원 공간의 왜곡')을 감시하고 복구하기만 할 뿐 인간과는 아무 관계가 없는 외부자다.

그러니 이 세계 사람들과는 전혀 관계가 없는 다른 이유로 얻은 이 능력을 이 세계에서 어떻게 사용하든 문제없다. 세레스는 신경도 쓰지 않겠지.

……아니, 사실 그 당사자가 그렇게 말했다.

그래. 그러므로 우리는 이 세계에서 신세계의 신……이 될 생각은 눈곱만큼도 없다.

그런 존재가 되면 정상적인 인생을 보내지 못할 테고, 어차피 이내 하이에나 떼가 꼬여서 종국에는 물어 뜯겨 죽임을 당할 게 뻔하다.

그러므로 우리는 '쉽사리 먹잇감이 되지 않는 나름의 자기방어 능력(나와 레이코의 개인적인 전투력과는 무관한 안전을 보장할 수 있는 위치)을 손에 넣는 것'이 목표다.

양아치나 불량배뿐만 아니라 돈을 가진 유력자, 관리, 그리고 하급 귀족도 함부로 해코지할 수 없는 위치.

……그래, 구체적으로 말하자면 유력 상인 같은 존재가 되고 싶다고 해야 할까?

귀족은 안 된다. 귀족은 아무나 오를 수 있는 지위가 아니고, 권력을 두고서 사람끼리, 파벌끼리 전쟁을 벌이는 살얼음판 같은 세계에서 살아가는 건 사양이다.

더욱이 상하관계가 명확한 귀족이 된다면 윗사람의 명령을 따라야만 하고, 의무의 강제력이 너무나 강하다.

애당초 나와 레이코는 나이를 먹지 않으니 금세 의심을 사서 큰 일이 벌어지겠지.

불로장생은 부자나 권력자가 가장 군침을 흘리는 소재잖아…….

적어도 현재 모습이 20대였다면 '동안'이랍시고 10년이나 20년쯤은 버틸 수 있을지도 모른다. 그러나 이 대륙 사람들의 기준에서 12~13살쯤으로 보이는 이 모습으로는 몇 년밖에 못 버티겠지. 사람들이 '저 자매 말이야 전혀 성장하질 않잖아?' 하고 의심하기 시작하기까지…….

응, 흡혈귀 일족이 어린애를 동료로 삼는 것을 꺼리는 이유를 잘 알 것 같아. 아이가 있으면 금세 의심을 사니 이사를 해야 하는 빈도가 잦아져서 성가시겠지.

그래서 '같은 상대와 빈번'하게 만나야 하거나 '가계(家系)를 엄격하게 관리'받아야만 하는 신분은 절대로 안 된다. 외곽에 살면서 가끔 쇼핑을 하러 도심으로 나가는 정도가 딱 좋다.

옷이나 화장으로 남의 눈을 어느 정도는 속일 수가 있고, 도심으로 나가야 할 일이 생기면 아이들에게 맡겨도 된다.

그리고 어느 정도 세월이 지나면 한동안 타국에 나가있다가 그 뒤에 '카오루의 여동생'이나 '딸'이랍시고 돌아온다든가……. 으, 아니, 아니, 그런 먼 미래의 일을 생각해봤자 소용없나. 지금은 일단 은밀히 힘을 축적하다가 어느 날 갑자기 유력 상인으로 무대에 데뷔하는 것을 목표로 삼자.

초반에 사업을 은밀하게 벌이려는 이유는 아직 힘이 없을 때 먹음직스러운 사업을 벌이고 있으면 꼭 모여드는 녀석들이 있기 때문이다. 그러므로 우리가 할 일은…….

장사의 뜻 철저히 가슴에 묻어두고서 역량도 숨긴 채 그 어떤 돈이든 끝끝내 벌어야만 할지어다.(시대극 「오오에도 수사망」 속 유명 대사의 패러디)

……죽더라도 그 시신 거둘 자 없을지니.

그리고 '유력 상인'이라는 점이 중요하다.

결코 '대상인'이 아닌 '유력 상인.'

커다란 가게와 창고를 짓고서 대량의 상품을 취급하는 성가신 일 따윈 떠안을 생각이 없다.

소규모이지만 취급하는 상품에서 비롯되는 영향력 때문에 함부로 다룰 수 없는 상인.

큰 상점이나 귀족의 비호를 받고 있고, 그쪽 연줄이나 지인도 많고……, 그리고 섣불리 건드렸다가는 손을 크게 데이고 말 거라는 인식을 심어줄 수 있는 그런 위치.

그런 위치에 선다면 다소 '수상한 일'이나 '신기한 일', 그리고 사람들의 도움이 될 만한 일을 하면서도 평범하게 살아갈 수 있겠지.

"좋아, 우선은 중견 상인과 관계를 맺기 위해서 상품을 마련하도록 하자. 그 뒤에 큰 상점이나 하급 귀족한테 먹힐 만한 상품을 차차 준비하기로 하고. 처음에는 기본적인 상품, 그리고 서서히 이 지역에는 없는 기묘한 상품을……."

그리고 우리 둘은 요상한 포즈를 취하고서 외쳤다.

""죠죠금씩, 기묘한 상품!""(죠죠의 기묘한 모험)

응, 아주 최고야!

"우선 이세계 내정 치트의 정석인 소금과 설탕과 향신료! 이건 능력으로 만들게. 밀가루나 옥수수 등 이곳에서도 유통되고 있는 부피가 큰 상품들을 능력으로 만들어내면 출처나 운송 수단을 추궁받았을 때 곤란해질 수 있어. 그에 비해 쉽게 운송할 수 있는 상품을 소량만 취급하면 어떻게든 얼버무릴 수 있으니까."

"……설탕은 현물이 아니라 과자, 기호품을 취급하는 편이 낫지 않니? 가공이 끝난 것으로. 설탕을 취급하면 입수 경로를 캐내고자 모여드는 자가 많을 거야. 설탕을 소량으로 사용하여 만든 과자를 취급한다면 입수 경로를 알아내어 가로채야겠다는 생각을 떠올리기가 어렵겠지. 과자를 팔아서 돈을 벌 수 있는 이유는 설탕이라는 '물자' 때문이 아니라 '기술' 때문이니까."

내가 방안을 내놓자 레이코가 의견을 밝혔다.

"과연……."

"소금은 우리 상점에서 요리를 하거나 가공품을 만들 때 사용할 양만 만들도록 하자. 이권 관계가 첨예한 것 같으니 우리 가공품에 쓸 양이라면 모를까 판매에 나선다면 무조건 분쟁이 벌어질 것 같아……. 그리고 카오루의 포션 제조 능력으로 '무에서 창조하는 것'은 자연의 이치에 반하는 것이니 굳이 필요가 없을 때는 안 쓰는 편이 나아. 소금은 바닷물에서 추출하도록 하자."

"어? 하지만 레이코의 마법으로 단숨에 대량의 바닷물을 증발시키면 염화마그네슘이 그대로 남거나, 다량의 수분을 함유한 따뜻한 공기가 상승 기류로 변해 국지적으로 급격한 기후 변화를……."

"수납 기능으로 분리하도록 하자."

"과연……."

"향신료는 값비싼 품목을 아주 소량만 취급해야겠네. 이런 걸 대량으로 취급했다가는 악당들이 꼬이게 될 테니……. 어디까지나 상단이나 귀족을 낚기 위한 미끼로만 쓰도록 하자. 그냥 유통시켰다가는 타 지역의 영주, 왕도의 귀족, 타국의 상인 등 여기저기에서 온갖 사람들이 몰려들어 수습할 수 없는 사태가 벌어질 거야."

"과연……."

"이 지역에는 없는, 원료도 원가도 알 수 없고, 보급하더라도 문제가 없고, 맛있는 요리법이 늘어나서 우리 입도 즐겁게 해줄 만한 것. ……다시 말해 간장이나 된장 같은 건 어때? 지하에서 담그면 되고, 다른 사람은 쉽게 흉내 낼 수 없을 테고, 어떻게 써 먹어야 좋을지도 모르는 상품을 노리는 자도 없을 테고……. 물론 제조법은 확실히 익히고 왔어. 첫 누룩은 카오루가 만들어줘야겠지만 말이야. 카오루의 능력을 뒷받침해주는 존재가 세레스 님이 맞다면 누룩 정도는 지구에서 조달해줄 거야."

"과연……."

안 돼, 아까부터 '과연'이라는 말밖에 하질 않잖아! 너무 편리해, 레이코!

이 대목에서 나도 아이디어를 내야만…….

맞다. 이세계 생산 치트의 정석이라고 하면 이거지!

"저기, 마요네즈……."

"마요네즈는 계란이 무서워서 안 돼. 현대 선진국에서 생산되지 않은 계란은 기본적으로 가열하지 않고 날것으로 먹으면 안 돼. 살모넬라균이 득실거릴 확률이 높거든. 오히려 계란을 날것으로 먹더라도 괜찮은 선진국이 이상한 거니까. 게다가 살균 밀봉 기술도, 냉장고도 없는 세계이니 금세 상하겠지. 계란이 비싸서 사람들이 아껴 쓰다가 소비 기한을 넘길 수도 있고, 아예 위생 관념이 뒤떨어질 수도 있고……. 게다가 충분히 휘저어두면 어느 정도는 보존할 수 있긴 하지만, 금세 조악한 모방품이 만들어질 거야. 대충 만든 제품이 대량으로 유통된다면 식중독 환자가 급증할지도 몰라. 그 책임을 우리한테 떠넘긴다면 버틸 재간이 있겠니? 그건 조금 골치 아프잖아?"

과연……. 으, 그건 '조금 골치 아픈 수준'이 아니잖아…….

젠장, 이럴 때의 정석인 '마요네즈 무쌍'을 펼치려고 했건만…….

"일본 사케……."

"술을 빚는 게 얼마나 힘든지, 또 기술과 설비가 얼마나 필요한지 알기는 하는 거야……? 양질의 물, 술을 빚는 데 적합한 쌀, 정미, 누룩, 효모, 온도 관리 및 기타 등등……. 게다가 설령 필요한 물자가 다 갖춰지더라도 어차피 실패할 게 분명해. 썩어서……. 카오루의 능력으로 조금만 만들어내는 거라면 모를까 자력 생산은 불가능해. 다른 곳에서 은밀히 들여왔다고 둘러대기에는 너무 무겁기도 하고. 이 세계의 용기는 너무 무르잖아."

젠장. 뭐, 우리가 마실 양만 포션으로 조금씩 만들기로 하자.

괜찮다고. 전생 때 이미 22살이었고, 이곳에서는 성인 연령이 15살이고, 그리고 15살의 몸으로 전생한 지 어언 5년이 지났……, 아니, 아니, 80년 가까이……, 아니, 아니, 아니, 아니!!

어쨌든 나는 이제 어엿한 성인이고, 애당초 이 세계에는 음주 연령 제한 따윈 없다.

으으음, 달리 좋은 방안이…….

"매실주!"

"브랜디로 빚어도 괜찮을지도 모르겠네."

오오, 드디어 채용됐다!

"일단 눈을 희번덕거리며 쟁탈전을 벌이거나, 입수 경로를 빼앗기 위해서 살인도 불사할 만한 상품은 배제하고, 중견 상점이 상대해줄 만한 상품을 준비하도록 하자. 향신료는 품목을 늘려 소량만 취급하고. 그리고 어느 정도 신용을 얻어 대형 상점이나 귀족을 소개받게 된다면……."

"""필살기를 시전한다!!"""

그래, 그 단계에서 강력한 상품을 선보이는 거다.

"그럼 그렇게 하기로!"

으음, 일단 그렇게 나가기로 하자.

**

"어? 아, 잠시만 기다려주세요!"

음, 오늘은 레이코와 둘이서 판로를 개척하러 나섰다.

미네와 아랄은 집에서 행과 배드, 밭을 돌보고 있다. 오늘은 '배후의 사업' 쪽 거래처를 새로이 개척하려고 나왔다. 그 두 사람에게 영업 활동은 아직 이르다.

그리고 '상품' 샘플을 가지고 방문한 이 도시의 중견 상회.

이 대륙 사람들의 기준으로 12~13살짜리 미성년자로 보이는 사람이 불쑥 영업을 하러 찾아오면 적당히 응대하는 게 보통이겠지. 그러나 여러 일들 때문에 이미 리틀 실버가 어느 정도 알려져 있으니(좋은 의미인지 나쁜 의미인지는 모르겠지만) 우리를 상대해준 사람은 독단으로 쫓아내도 될지 말지 고민이 되었던 모양이다.

응, 우리를 건드렸던 상인님들 덕분이지.

그리고 호출을 받고 나타난 윗사람은 최악의 사태를 우려했는지 우리를 안쪽에 있는 교섭용 방으로 안내해줬다.

……특별 취급이네. 아니, 딱히 기쁘지는 않지만.

"……그래서 상품을 팔고 싶다? 허나 우린 상품을 대량으로 취급하고 있는지라 얼마 안 되는 야채 같은 걸 들고서 찾아와본들……. 더 작은 상점이나 소매상에 가거나, 혹은 시장에 좌판을 깔고서 직접 파는 편이 낫지 않을까……."

우리를 상대해주고 있는 중간 관리자나 지배인으로 추정되는 사람이 그렇게 권했다.

우리를 내쫓기 위해서 대충 응대하고 있는 건 아닌 것 같다. 이 사람 나름대로 우리를 위해 현실적인 충고를 해주고 있는 거겠지. 아마도.

우리가 이번에만 사들여달라고 찾아왔다면 소량일지라도 구입해줬을지도 모른다. 그러나 앞으로 꾸준히 장사를 할 작정이라면 그에 적합한 판매처를 확보하는 편이 낫다. 그렇게 판단하고서 최적이라고 판단되는 곳을 권해준 거다.

그렇지 않다면 일부러 안쪽 방까지 들인 뒤에 제법 높은 사람이 상대해줬을 리가 없다.

……그러나 그것은 이 사람이 우리가 들고 온 상품을 '고아원에서 아이들이 재배한 소량의 야채, 스스로 낚은 생선 몇 마리'라고 여기고 있어서다.

그러므로…….

"이런 걸 팔고 싶은데요. 우리 영지……, 친가에서 보내온 것인데……."

나는 그렇게 말하고서 가방에서 샘플이 든 작은 병을 꺼내 탁자 위에 올려뒀다.

……대단히 정교하게 만들어진 유리병에 담긴, 희소한 향신료들을.

후추, 사프란, 시나몬, 육두구, 카다멈, 클로브…….

그래, 이 세계에는 인간을 비롯하여 지구에 있는 생물들도 서식하고 있으니 당연히 식물들도 있지. 그리고 물론 이 향신료들은 이 지역에서는 대단히 값비싼 품목이다.

"…………."

눈을 동그랗게 뜨고서 탁자 위에 놓인 작은 병들을 쳐다보는 상인.

……물론, 내가 일부러 흘린 '우리 영지'라는 말을 흘려들었을 리는 없겠지.

그래, 딱 한 마디로 우리의 신분과 위치, 그리고 이 품목들을 '우리만이 입수할 수 있다'는 뜻을 확실하게 전했다. ……다시 말해 다른 사람이 입수 루트에 끼어들거나, 가로채는 것은 불가능, 우리를 배제하면 그 루트 자체가 소멸한다는 뜻…….

만약에 우리에게 위해를 가했다가는 '현재도 연락을 주고받고 있고, 지원도 해주고 있는 친가 사람들'이 어떻게 나올는지…….

12~13살쯤으로 보이는 귀여운……, 그래, '귀엽다'고!…… 아가씨들에게 위해를 가했다가는 친가 사람들이…….

응, 허튼짓을 벌일 확률은 꽤 낮겠지.

이것들은 모두 '세레스 공방(포션 제작 능력)'에서 손수 제작한 품목.

어쩔 도리가 없다! 이곳에서 우리가 평범한 수단으로는 이런 물품들을 구할 수 있을 리가 없으니까.

설령 입수했다고 하더라도 이 가게에서 파는 것보다 더 저렴하게 납품하지 못할 테니 아무런 의미도 없다.

뭐, 향신료는 아이들로 하여금 기술을 익히게 하거나 돈을 벌기 위한 상품이 아니라 대상인이나 귀족과의 연줄을 만들기 위한 도구에 불과하니 개인적으로 허용 범위 안!

자, 이 상인이 어떻게 나오려나?

뭐, 좋은 대답이 돌아오지 않는다면 다른 가게로 가면 그만이지.

"……자, 잠시만 기다려주십시오!"

아, 도망쳤다!

……가 아니라 더 윗사람을 부르러 갔구나.

뭐, 이건 중간 관리자나 젊은 지배인보다는 더 윗사람이 판단해야만 하는 안건일 테니 당연한가.

누굴 불러오려나? 총지배인? 아니면 상회주이려나…….

……둘 다 왔네.

그리고 형식적인 이야기를 주고받은 뒤에 가격을 흥정.

판매량은 우리가 정한 상한선 이내에서 이 가게가 사들이고 싶은 양.

당연한가? 우리는 팔 수 있는 양밖에 팔지 못하고, 가게는 사들이고 싶은 양만 살 수가 있을 테니.

가게 입장에서는 최대한 사들이고 싶을 테지만 우리에게도 사정이 있다.

유통되는 총량을 관리해야만 하고, 상부와의 연줄을 만들기 위한 접근 통로로써 이 상점만을 이용하는 건 리스크와 효율, 그리고 그 밖의 측면에서 적당하지 않다. 동시에 여러 루트로 접근해야 하니, 원하는 만큼 팔아줄 수는 없다.

당연히 상회주들도 우리가 여러 가게와 거래를 할 작정임을 알고 있겠지. 우리를 판매자 우위 시장에서 거래 상대를 하나로 좁혀 리스크 분산이나 흥정의 여지를 포기할 만한 바보로 보지 않았다면.

같은 사람이었다면 온갖 술책을 동원하여 자기네들이 원하는 조건을 강요하려고 했을 테지만, 이미 우리가 어떤 곳인지는 그 멍청한 말단 지배인의 사례 덕분에 알려져 있겠지. 그리고 아까 전에 '자못 귀족 영애 같았던 내 발언'도 당연히 전해졌을 거다. 그러니 되도록 많이 팔아달라고 강하게 요청하긴 했지만, 그것은 어디까지나 거래에서 늘 벌어지는 공방전. 상식에서 벗어난 것은 아니다.

필사적인 상인의 '상식'은 꽤 무섭긴 하지만…….

……그렇게 세 군데쯤 돌아다녔다.

아니, 같은 도시에서 너무 많은 상점과 거래를 하는 것도 모양새가 좋지 않다. 애당초 성가시다. 세 군데 정도면 서로 견제케 하고, 우리를 얕잡아보지 못하게 하기에 충분하겠지.

남은 일은…….

"배가 필요해……."

나는 그렇게 중얼거렸다.

"호화여객선? 아니면 전함이나 항공모함, 해저군함 같은 거 말인가……."

"뭔 소리야! 낚싯배 말이야, 낚싯배!!"

그래, 선상 낚시는 육지 낚시와는 비교도 할 수 없는 어획량을 기대할 수 있다!

벼랑에서 노릴 수 있는 낚시 포인트는 한정되어 있고, 조석간만에 큰 영향을 받는다. 그에 비해 배를 이용하면 회유어(回遊魚) 루트도 노릴 수 있고…….

그리고 여러 기구와 미끼를 준비해두면 노리는 어종을 잡지 못하더라도 금세 대상을 바꿀 수가 있다. 갈고리낚시를 시도했는데 전갱이를 낚지 못했다면, 모래땅 쪽으로 이동하여 갈고리바늘을 빼고서 갯지렁이를 미끼로 써서 보리멸 낚시를 할 수도 있고 말이지.

계절에 따라서는 배를 몰아 갈치를 낚는 것도 괜찮을지도. 저속 트롤링 상태에서 낚싯대 없이 커다란 실패 같은 걸 이용하여 유사 미끼로 낚는 거지. 오징어를 닮은 고무 재질의 미끼에 낚싯바늘을 집어넣은 녀석.

……낚시를 하는 시간보다도 배 안에서 낚싯바늘을 문 생선을 빼내거나, 엉망이 된 기구를 손보는 시간이 더 길긴 했지만 말이야!

그리고 갓 낚은 생선을 회로 먹었더니 엄청 맛있었단 말이야…….

"배를 원하는가……."

레이코 녀석…….

"그러니까 갖고 싶다고 했잖아! 그리고 '힘을 원하는가……' 같은 소리는 뭔데……."

으음, 직접 노를 젓는 건 힘들기도 하거니와 애당초 작은 보트가 아니면 노로 저을 수도 없다. 그렇다면 트롤링이 불가능하다…….

그렇다고 해서 동력선을 쓰면 너무 눈에 띈다. 어부뿐만 아니라 상인, 권력자……, 그리고 군 관계자가 보기라도 한다면 단번에 아웃. 절대로 피해야만 하는 물건이다.

그래도 꽤 멀리 나갈 수 있으니 소나기에 대비하여 작은 선실쯤은 있었으면 한다. 그리고 화장실도. 그 조건을 맞추려면 크루저나 메가 요트…….

……그런 걸 누가 조종하느냐는 말이야! 소형선박 면허증도 없는데…….

아니, 이곳에서는 면허가 필요 없긴 하지만 조종 기술은 필요하겠지.

젠장…….

"갖고 있어, 선박 면허. 그리고 무선 면허 및 기상예보사 자격증도."

"그걸 갖고 있다니!!"

"이럴 줄 알고……. 뭐, 준비 기간이 70년 넘게 있었으니까……."

"끄으응……. 근데 교신할 상대가 없는 무선 면허와 기압배치도 같은 것도 없는 세계에서의 기상예보사 자격증에 무슨 의미가?"

"끄으으으으응……."

좋아, 이겼다!

……그건 그렇고 그렇게까지 큰 배는 필요 없으려나?

근해에서만 낚을 작정이라면 스완 보트 정도면 충분하지 않을까? 그거 있잖아? 백조 모양을 한, 페달을 밟으면 나아가는 배!

그 배라면 설령 군 관계자가 보더라도 설마 군대에 채용할 생각은 하지 않겠지.

그런 배가 선단을 편성하여 공격한다면 적병들이 박장대소할 테니까…….

하지만 밑바닥이 얕고 추진력이 약해서 유속이 빠른 곳이나 파고가 높은 곳에서는 위험할 것 같은데……. 역시 그런 건 연못이나 호수에 띄워야 하려나…….

더욱이 여자로서 역시나 화장실은 포기할 수가 없잖아. 그리고 볼일을 보는 모습을 훤히 보이기 싫으니 필연적으로 객실이 필요…….

"이상한 녀석들이 눈독을 들일까봐 걱정할 필요가 없고, 객실과 화장실이 딸려 있는 안전하고 안정성이 좋은 작은 낚싯배……, 으, 없겠네, 내 입맛에 딱 맞는 그런 배는……."

내가 아쉬워하며 중얼거리자 레이코가 바로 대답했다.

"있어."

"있단 말이야!"

정말로 그런 게 있니…….

"수면 위에 드러나는 건 뱃전이 높은 작은 보트뿐. 그리고 수면 아래에는 그보다 커다란 수중부가 있으면 되는 거잖아?"

"무슨 아폴로놈(일본의 고전 애니메이션 서브마린707의 항공모함)이냐!"

"그거, 합체한 3척의 거대항공모함 아래에 6척의 원자력 잠수함이 달린 녀석? 아니, 그게 아니라 해저요새 사르드를 참고한 건데……. 바닥 해치를 통해 수중부로 내려갈 수 있게 되어 있고, 여차하면 그대로 잠항할 수 있도록……."

"몰라! 아폴로놈도 '오자와 사토루'와 함께 검색하지 않으면 안드로메다급 3번함밖에 나오질 않고……."

"그거, 너무 오래됐어……."

"그렇게 말하는 레이코도 알고 있잖아!!"

뭐야, 이 녀석…….

"아니, 여러모로 조사하는 데 70년 넘게 시간이 있었거든……."

**

그래서 낚싯배를 만들었다.

……아, 아니, '낚싯배처럼 보이는 포션 용기'를…….

초소형 특수잠수함으로 바닷속으로 들어가야만 나오는 비상탈출로와는 별개로 평범하게 바위 뒤에서 출항할 수 있는 있도록 발착장을 만들었다.

L자형으로 되어 있어서 외부에서 보면 얕은 굴처럼 보인다. 그러나 막다른 부분에서 오른쪽으로 꺾으면 수로가 이어져 있다. 그곳에 배를 계류시켰다.

뭐, 바다 쪽에서 이 암벽을 보는 사람은 거의 없을 테고, 벼랑

위에서 내려다봐도 굴 부분은 보이지 않는다. 벼랑 위에서 그곳에 도달하려면 밧줄을 타고 내려오든가, 암벽 등반을 하거나, 볼더링 기술이 없으면 어렵겠지.

……우리는 내부 통로를 이용할 테지만.

미네와 아랄을 태울 때는 조금 떨어진 곳에 만든 부두(통나무 3개를 붙인 뒤 위에 두꺼운 판자를 깐 녀석)로 데려가서 레이코가 배를 몰고 오기를 기다리기로 했다. 물론 아이템 박스로 해저부를 깎아놨으니 보트 하단부가 좌초될 일은 없다.

……물이 맑아서 아랫부분이 살짝 보이긴 하지만……, 사소한 건 신경 쓰지 말자!

미네와 아랄에게는 '개발 중인 신형 선박이니 그 누구에게도 말하지 말라'고 당부해뒀으니 문제없다. 두 사람이 일부러 보금자리를 없애는 짓을 할 리가 없을 테니까.

넷이서 레저로 낚시를 할 때만 배를 타고 바다로 나가기로 했다. 저녁 반찬을 조달할 경우에는 평소대로 벼랑에서 낚는다.

바깥쪽에서 낚시용 굴로 접근할 수 있도록 벽에 나선형 계단을 깎아놨으니 아이들끼리도 갈 수야 있긴 하지만 그건 금지했다.

왜냐면 아이들끼리 그런 곳에 가게 하는 건 위험하니까. 돌계단을 만든 이유는 지하통로를 이용하는 우리가 그곳에서 낚시를 하고 있더라도 아무도 이상하게 여기지 않도록 하기 위한 기만책이다.

아이들이 그곳에서 낚시를 하는 건 나나 레이코와 함께 있을 때만.

뭐, 그곳은 비가 오는 날 이용하는 낚시터 같은 느낌이다. 이 일대가 몽땅 낚시터인데 날씨가 화창한 날에 그런 비좁은 곳에서 낚시를 해야만 하는 이유는 없다.

좋아, 이로써 밭이 있고, 낚시도 가능하고, 말도 기르고 있고, 숲에서 동물을 사냥할 수도 있으니 스스로 무언가를 만들거나 공사하는 DIY생활을 할 수 있게 되었다. 도시에 사는 피곤에 찌든 아저씨들이 갈구하는 꿈의 슬로우 라이프!

'농원천국(The Green Acres, 미국의 옛 시트콤)'이야!

"그런가……."

시끄러워어어!!

**

"그럼 다녀오겠습니다~!"

"응, 조심해~."

미네와 아랄이 여러 종류의 건어물을 들고서 도심으로 향했다.

이제 두 사람에게 시비를 거는 양아치는 없겠지.

……만약에 나타나더라도 주민들이 대응해줄 거다.

그런 녀석들은 '사정을 모르는 뜨내기', 다시 말해 이 도시에 온 지 얼마 안 되는 이방인인지라 동네 패거리의 보복을 두려워할 필요가 없으므로 안심하고 패주거나 경비대에게 넘길 수가 있다.

애당초 동네 패거리가 솔선하여 그런 녀석들을 패주겠지. 자기네들 영역을 지키기 위한 이유도 있긴 하겠지만, 우리가 지역 패거리의 소행이라고 오해하여 보복에 나설까 두려워서…….

더욱이 두 사람에게 건네준 방범 도구는 얼마 안 되는 양아치 패거리 따윈 무력화할 수 있을 테고, 그 도구에는 두 사람에게 알려주지 않은 비밀 기능도 달려 있다.

……응, 문제는 없다!

그리고 두 사람을 보낸 우리는…….

"일단 지하사령부로!"

"라저~!"

그래, 지하에 가면 차가운 음료수도, '포션을 함유하고 있는, 딸기 케이크 같은 맛과 식감이 느껴지는 음식'도 있다. 그 밖에 미네와 아랄을 포함하여 이 세계 사람들에게는 보여줄 수 없는(주로 나태한 모습을 비밀로 하고 싶다는 소녀의 마음 때문에) 물건들이.

**

"향후 향신료 계획은?"

게이밍 의자에 몸을 묻고서 왼손에는 뜨거운 코코아, 오른손에는 차가운 아이스크림을 들고서 메드로아(드래곤 퀘스트 시리즈의 극대 마법. 상반되는 두 마력을 합친다)를 쏠 태세로 나에게 질문을 던지는 레이코.

“이 부근에서 유통되고 있는 것보다 품질이 떨어지는 상품을 3분의 2, 조금 웃도는 상품을 3분의 1 비율로 상점 세 군데에 같은 양 납품할 예정이야. 납품 횟수는 매달 한 번, 매번 납품하는 양을 변경하여 공급량이 불안정하다는 느낌을 연출. ……매번 정확하게 같은 양을 공급하면 안정된 공급이 가능하다고 여기고서 양을 늘려달라고 요구하거나 ‘매번, 최소한 이 정도 물량은 납품해야 하는 게 당연지사’라며 흥정을 걸어올지 모르니까. 어디까지나 판매량은 우리 재량으로 조절할 수 있도록 해두고 싶거든.”

그래, 고품질 상품을 납품하지 않은 이유는 물론 ‘좋은 것을 아껴두기 위해서’다.

영주나 상급 귀족, 그리고 왕궁 같은 곳에 납품할 때를 대비하고자 고품질 상품은 유통시키지 않고 쟁여 둔다.

초장부터 고품질 상품을 유통시키는 건 백해일익이니까. 요상한 벌레들이 꼬인다는 의미에서도. ……처음부터 필살기나 비밀병기를 꺼내는 슈퍼 히어로는 없지.

더욱이 품질이 낮은 것을 싼 가격으로 유통시키면 일반 식당 같은 곳에서도 사용하게 될지도 모른다.

식생활을 향상시키기 위해서는 미식을 귀족이나 부자들에게만 독점시켜서는 안 된다. 그렇게 되면 식문화가 자라나질 않게 된다.

요리인은 귀족이나 부자, 권력자들이 하는 직업이 아니니 말이야. 맛있는 음식은 평민들에게도 널리 퍼져야만 하지.

"응, 그게 좋을 것 같아. 다른 곳에서 절대로 구하지 못하는 굉장한 물건도 아니고, 한 상회가 독점 판매하는 것도 아니고, 그리고 수입 루트를 빼앗으려고 해도 '친가가 가족이기에 보내주는 상품'이니 제아무리 판로를 가로채려고 해도 우리가 아닌 사람한테 보내줄 리가 만무하지. 즉 수입 루트를 가로채는 건 절대로 불가능. 우리한테 위해를 가했다가는 그 즉시 모든 상품 수입이 중단되고, 그 모든 책임을 짊어져야만 하겠지. 게다가 타국 귀족이나 유력자의 자제인 척 행세하고 있는 우리한테 해코지를 했다가는 자칫 국제 문제로 비화될 수도 있으리라 믿고 있을 테니 상당한 억지력이야."

그런 불량 안건, 혹은 위험 안건은 하급 귀족은커녕 영주조차도 손을 대려고 하지 않겠지. ……응, 완벽!

그 밖에 건어물이나 설말린 해산물 등은 서민용이니 높으신 나리와는 관계가 없다.

……아니, 건어물을 좋아하는 귀족도 있기는 있겠지. 우리 건어물은 맛있으니까.

그리고 소매점이나 음식점, 술집, 그 밖에 일반 사람들에게는 우리가 향신료 같은 값비싼 상품을 취급하고 있다는 사실을 비밀로 한다. 납품하고 있는 세 군데 상회에도 비밀을 철저히 엄수해 달라고 계약 내용에 삽입해뒀다.

물론 미네와 아랄에게도 비밀이다. 우리는 어디까지나 평민을 상대로 장사를 벌여 그럭저럭 느긋하게 생활하고 있는 유별난 아이들, 그리고 생각보다 수완이 뛰어나고, 무서운 뒷배를 갖고 있어서 해코지를 해서는 안 되는 아이들로서 살아갈 것이다.

레이코의 동의도 얻었으니 한동안은 이대로 현상 유지를 하도록 하자.

그리고 그 뒤에는…….

"제2단계는 어쩔 거야?"

"으~음……. 평범하게 조금씩 올라가면 되지 않겠어? 우린 시간에 구속을 받지 않으니까……."

응, 그랬었지…….

굳이 문제를 꼽자면 사람들이 '있잖아, 저 집 자매 말이야. 나이를 전혀 안 먹는 것 같지 않아?' 하고 마치 우리가 밤파넬라(장편 만화 「포의 일족」에 등장하는 불로불사의 존재) 일족인 양 의심하는 것뿐.

괴물을 배척하자는 쪽으로 흘러간다면 차라리 낫겠지만, 불로불사를 노리는 '사냥'이 시작된다면 어쩔 도리가 없다.

뭐, 우린 은발도 아니고, 은색 날개도 갖고 있지 않지만 말이야!

"결국 그게 우리가 맞닥뜨리게 될 운명인가……."

"만약의 사태에 대비해 방어거점을 확보해야 하려나……. 탈출 루트도 함께. 일단 비밀이 발각되기 어려우면서도 권력자가 억지를 부리기 어려우며 첩자나 암살자가 침입하기 어렵고 방어하기 쉬운 곳이라고 하면……."

"""섬이네……."""

그래, 그럭저럭 큰 섬을 손에 넣으면 방어하기가 수월해진다.

하늘이나 수중을 통해 침입하는 자는 당분간 신경 쓸 필요가 없을 테니 물 위, 다시 말해 배만 주시하면 된다. 그런 건 탐지하는 것도, 요격하는 것도 간단하다.

섬에서 가장 중요한 것은 식수를 확보하는 것인데 그럭저럭 큰 섬이라면 식수 때문에 곤란해질 일은 없겠지.

여차하면 물 마법, '물 같은 포션', 조수기(해수담수화장치, 필터식 조수기, 기타 등등)형 포션 용기를 생성하는 등 다양한 방법이 있다.

뭐, 이곳에서 몇백 마일이나 떨어진 절해의 고도에서 살고 싶은 건 아니다.

이곳에서 작은 배로 수십 분쯤 가면 나오는 섬에 본거지를 마련해두고서 평소에는 도심 외곽에서 살다가 무슨 일이 벌어졌을 때만 섬에 틀어박히면 되지. 식수와 음식과 약은 궁하지 않고, 해산물도 마음껏 채취할 수 있다. 그리고 접근해 오는 배는 모조리 침몰시킬 수 있다.

……몇 년이든, 수십 년이든 농성할 수 있겠지.

"아니, 그럴 필요 없이 그냥 잽싸게 먼 나라로 이동하면 되는 건데……."

"옳은 말이야……."

그래, 세상은 넓지만 정보가 퍼져나가는 속도는 느리고 정확하게 전달되지도 않는다. 멀면 멀수록…….

이 대륙에서조차 그럴진대 다른 대륙이라면 정보 전달은커녕 언어가 같은지조차 알 수가 없다. 우리는 쓰는 언어가 다르든 말든 관계가 없긴 하지만, 세레스 덕분에.

"그럼 그렇게 하는 걸로!"

"응, 그렇게 하는 걸로!"

뭐가 '그렇게'인지 모르겠지만 뭐, 그렇게 됐다.

남들의 의심을 사지 않기 위한 생활 기반은 일단 가다듬었다.

영주님과 좋은 관계를 구축했고, 관리들과도 친분을 맺었다.

아니, 그들이 영주님의 수하라서 자연스럽게 그렇게 되긴 했지만, 경비병 처소에 성의를 보이기도 했고, 그들이 술집에서 안주로 즐기고 있는 건어물 등 다양한 식재료를 납품하는 업체가 우리라는 사실도 넌지시 알려뒀다.

……그리고 주민들을 아군으로 삼기 위해서 여러모로 작업을 벌였다. 경비병이나 헌터들도 '도시 주민'의 일원이니 그들에게도 물론.

그들에게도 처자식들이 있다. 그리고 처자식들은 도시에 나도는 소문을 남편이나 아버지에게 들려준다.

그래, 사재를 털어 전 고아원을 사들인 뒤 고아들을 보살피면서 열심히 일하는, 아마도 꽤 지체가 높은 것으로 보이는 두 소녀의 이야기를…….

그러니 우리가 양아치에게 시달리는 모습을 목격한다면 전력으로 달려와 도와줄 수밖에 없지요…….

응, 우린 무적이다! 후하하하하…….

"그럼 한동안은 현상을 유지하면서 리틀 실버의 평판이 이 도시의 대형 상회나 귀족들한테 전해져 거래 상대가 상위 계층에까지 확대되길 기다리기만 하면 되겠네. 그리고 그 계층을 우리의 비호자로 삼은 뒤에는 왕도나 다른 큰 도시에 우리의 이름이 퍼지지 않도록 조심하면서 일개 지방 도시의 소규모 제조업자로서 느긋하게 살아볼까나."

"응, 그래야지. 나도 동경하던 슬로우 라이프를 즐기면서 한동안 느긋하게 지내고 싶고."

레이코 녀석, 90살 넘게 산 주제에 여태껏 느긋하게 살아보지 못했던 거니!

생각해보니 건어물과 훈제를 만들고, 생선을 사들이고, 밭농사를 짓고, 공예품을 제작하는 등 제법 분주히 일하고 있네, 우리 말이야.

대형 농기구 같은 걸 사용할 수가 없으니 옛날 방식을 고수할 수밖에 없긴 하지만…….

이런 것도 슬로우 라이프라고 할 수 있으려나…….

제55장 미네

"그럼 이분들 말씀 잘 듣고 빠릿빠릿하게 일해야 한다! 헤헤헤, 잘 부탁드리겠습니다요!"

'아저씨'는 그렇게 말하고서 내 등을 쭉 밀어 그 사람 쪽으로 밀어냈다.

그렇다, 나를 양녀로 들이고 싶다고 요청했다는 그 남자 쪽으로…….

여태껏 양녀로 들어간 아이는 몇 명인가 있지만, 몇 년마다 한 번 있을까 말까 하는 빈도였다.

당연하다. 질병이나 사고, 전쟁, 도적, 기타 등등. 사람은 쉽게 죽고 고아는 점점 늘어난다.

아이를 원하는 부부가 있다고 치자. 그 사람들의 형제자매, 친척, 친구들 중에 자식을 남긴 채 세상을 떠난 사람이 한두 명쯤은 있을 것이다. 부모 모두 여의었을 수도 있고, 부모 중 하나는 있지만 도저히 자식을 키울 수 없는 상황일 수도 있고, 기타 등등…….

그러므로 생판 남을 고아원에서 거두기보다는 '지인의 자식'을 거두는 것이 보통이다. 사연이나 핏줄도 모르는 아이를 고아원에서 거두는 사람은 결코 많지 않다.

뭐, 그럴 만도 하다. 아이를 입양하고서 오랫동안 키워놨더니 '우리 노후를 돌봐야 하니 내 자식을 돌려내!' 하고 주장하는 진짜인지 가짜인지 모를 '자칭 · 친부모'가 난리를 피우거나, 금전을 요구하거나, 기껏 키워놓은 자식을 억지로 데려간 사례도 있다고 하니까…….

그래도 아주 드물게도 고아를 입양하고 싶다고 말하는 사람이 있다. 그런 사람이 나타나면 그 사람의 환경이나 신원을 철저히 조사한 뒤 문제가 없으면 아이를 넘긴다. 그리고 그 후에도 정기적으로 아이의 상태를 확인하게 되어 있다.

……반년 전까지는 그랬다.

먼 옛날에 사재를 털어 고아원을 설립하여 수십 년 동안 운영해줬던 '아버지'가 반년 전에 고령의 나이 때문에 눈물을 머금고 은퇴했다. 그리고 그 뒤를 이은 '아저씨'('아버지'는 아버지뿐이니까)가 운영을 맡은 뒤로 상황이 바뀌었다.

3~4개월마다 한 번 꼴로 입양이 이루어졌다. 그리고 그 빈자리를 메우듯 새 아이들이 고아원에 들어왔다.

그리고 무슨 영문인지 아이들이 입양된 곳은 이 나라가 아니라 타국.

나라마다 고아원이 있고, 고아원에도 들어가지 못하는 아이들이 수두룩한데 어째서 일부러 타국에서…….

그런 의문이 들었지만 혼자서는 어쩔 도리가 없었고, 어른들에게 물어봐도 '양자로 들어간 아이가 부러워서 그렇지?' 하고 말하며 웃기만 했다.

그리고 내 차례가 왔다. 8살 때 인접국의 중견 상인의 양녀로 들어가게 되었다.

그래, 분명 '양녀'로서 들어갔다.

……그러나 인접국 상회에 도착한 나를 기다리고 있었던 것은 중견 상인의 딸의 생활이 아니라 새벽부터 심야까지 무급으로 일하는 직원……, 아니, 노예의 생활이었다.

……들었던 이야기와 다르다.

그는 분명 나를 양녀로 들인 것이다. 그렇기에 고아원에서 실시한 심사도 통과했다고 들었다.

그러나 무슨 영문인지 서류상으로 나는 '50년 치 품삯을 선지급받은 더부살이 심부름꾼'으로 되어 있는 듯했다. 사실상 노예라는 뜻이다.

……속았다.

그래, 고아원 운영에 익숙지 않은 '아저씨'가 미처 꼼꼼하게 심사하지 못하고 이 작자에게 속았으리라 여겼다. '아버지' 때는 양자로 보냈던 아이의 숫자가 훨씬 적었으니 아마도 심사를 느슨하게 했을 거라고.

그래서 상황을 파악하고, 고아원으로 돌아가기 위해 길과 거리, 필요한 것들을 조사하고, 최소한의 여비를 은밀히 모으는 데 1년 가까운 세월이 필요했다.

……품삯 따윈 받지 못하는 생활 속에서 손님이 준 팁이나 길에서 주운 은화를 한푼 두푼 모았다. 며칠 분 바게트 빵을 사기 위한 돈을 모으는 데도 고생했다.

밤에는 노숙. 그리고 풀이나 나무 열매를 먹으면서 숲속을 계속 걸어나간다면 그리 큰돈은 필요하지 않다.

더욱이, 물론 도망치기 직전에 가게 안을 뒤져서 물을 담을 수 있는 가죽주머니, 음식, 그 밖에 돈이 될 만한 것들을 최대한 챙길 작정이다.

절도? 아니, 아니, 1년 치 품삯이라고 생각하면 오히려 싼 편이지.

더욱이 거짓말로 나를 현혹하여 납치한 유괴범이자 불법으로 노예를 매매한 범인의 거처에서 달아나기 위한 행위였으니 죄를 묻지는 않겠지.

응, 문제는 없다.

그리고 준비가 거의 다 되었을 즈음 나는 9살이 되어 있었다. 그리고 슬슬 신변의 위험을 느끼기 시작했다.

……그래, '그쪽 방면'의…….

그 무렵 내가 몸을 담았던 곳이 아닌 다른 고아원에서 6살짜리 남자애가 들어왔다.

……양자라는 명목으로.

물론 내 처지와 마찬가지로 노예나 다름없는 무급 노동력.

나보다 먼저 팔려왔던 '선배들'은 이미 모든 것을 체념했는지 그저 무기력하게 하루하루를 보내기만 했다. 그러나 고아원에 있었을 적에 잘 따랐던 제시와 닮은 이 아이는 아직 체념과 절망에

물들지 않았다. 그리고 겉으로 순종하는 척 행동하고 있는 나를 무슨 영문인지 잘 따르고 있다.

나는 갑자기 예정을 바꿔 이 아이도 데리고 가기로 했다.

뭐, 이동 속도가 조금 느려지고, 식량 소비량이 2배로 늘어날 뿐이다. 별거 아니다.

그리고 '그날'을 기다린다…….

**

"일어나, 아랄……."

"음……."

잠에서 덜 깨 눈이 흐리멍덩한 아랄에게 나직이 말했다.

"난 여기서 도망칠 거야. ……함께 갈래?"

"응! 어디든 따라갈래!!"

아랄은 영리한 아이다. 흐리멍덩했던 눈을 번쩍 뜨고서 작지만 힘찬 목소리로 그렇게 말해줬다.

"장해! 그럼, 작전 개시!!"

물을 담을 수 있는 가죽주머니, 보존식, 그리고 낚싯바늘을 보관하는 곳을 알고 있다. 1년 동안 허투루 허드렛일을 해온 게 아니다. 필요한 물품들을 가방에 채워 넣었다.

혼자서 짊어질 수 있는 양을 면밀히 계산하여 무엇을 가져갈지 또 얼마나 챙길지 치밀하게 정해뒀다. 더욱이 아랄이 소비할 양과 가져갈 수 있는 양을 고려하여 다시 계산을 한 뒤에 재빨리 준비를 진행했다.

은화 이상의 화폐는 모두 금고 안에 들어 있지만, 거스름돈으로 준비되어 있는 철화와 동화는 간단한 잠금장치가 달려 있는 책상 서랍에 들어 있다. 그리 큰 금액이 아니니까.

……이런 것쯤은 마음만 먹으면 쉽게 열 수 있다.

이건 '절도'가 아니다.

내가 1년 동안 일한 품삯 중 아주아주 일부를 알아서 챙겨가는 것뿐이다.

그리고 나머지는 다른 형태로 지불케 할 거다. ……다소 강렬한 형태로.

큰 거래와 관련된 중요한 증서는 금고에 보관되어 있지만, 소액 거래나 금전 관련 증서가 아닌 평범한 서류나 메모, 거래 예정표 등은 책상 서랍에 들어 있다.

……그것들을 몽땅 어깨걸이 가방에 쑤셔 넣었다.

계속 들고 다닐 생각은 없다. 적당한 하천 같은 곳에 처넣을 작정이니 잠시 동안 감당할 수 있는 양이라면 문제없다.

그래, 조금이라도 상점 내부를 혼란에 빠뜨려서 우리를 찾기 위해 투입할 인원을 줄일 거다.

그리고…….

조용히 자물쇠를 풀고서 밖으로 나와 문에 미리 준비해둔 종이를 붙였다.

글은 고아원에서 '아버지'와 '어머니'에게 배웠다.

그 서투른 글씨로 힘껏 적었다. 우리가 '양자로서 들어간 노예'라는 사실, 이 상점의 악랄한 수법, 탈세, 이중가격, 증서 위조와 조작, 그 밖의 비리들을…….

상거래와 세금, 장부 계산 등은 고아원에서 배웠다.

……아니, 눈이 침침해져 장부를 작성하는 것을 어려워하는 '아버지'를 돕기 위해서 배웠다. '아버지'는 은퇴하기 전 약 1년 동안 나에게 고아원 장부 작성을 맡겼다.

그러나 이곳에서는 아무것도 모르는 척했다. 그리고 내가 이해하리라 짐작도 못 한 채 내가 있을 때도 태연히 부정행위에 관한 이야기를 나눴던 상회주와 지배인들.

'잘 듣거라, 미네. 대부분의 사람들은 스스로를 제 실력보다 더 부풀려서 과시하려고 하지. 허나 그런 짓을 했다가 나중에 사실이 밝혀지면 상대방을 실망시킬 뿐이겠지? 근데 처음에 과소평가를 받았다가 나중에 진짜 실력이 알려진다면 기뻐하겠지? 그리고 무엇보다……, 상대가 널 어리석다고 여겨 방심해준다면 여러 일을 벌이기가 쉬워진단다.'

그래, '아버지'에게서 배웠다.

또한 속거나 착취를 당했을 경우에는 상대가 얻은 이익을 웃도는 손실을 반드시 입히라고.

그러지 않으면 그 녀석들은 또다시 다음 먹잇감을 찾아 똑같이 착취할 거라고.

그래서 고아원 아이에게 손을 댔다가는 이익은커녕 큰 손실을 본다는 것을 깨닫게 해줄 필요가 있다고.

불만을 꾹 참고 삭이면 본인에게 손해일 뿐만 아니라 맛을 들인 녀석들이 더 많은 후배들을 먹잇감으로 삼을 거라고.

그리고 여러 가지를 배웠다.

'최악의 경우에는 적과 맞찔러라. 그러면 적어도 수많은 후배들을 지킬 수가 있다.'

'적에게 최대의 타격을 입혀서 자신에게 앙갚음을 할 여유조차 없애라.'

'분노를 흉포한 자아에게 먹여라! 그러면 무적의 힘이 용솟음친다…….'

'잃을 게 없는 자는 무적이다!'

고아원을 열기 전에 대체 어떻게 살아왔던 걸까, '아버지'…….

그리고 어떻게 고아원 개설 자금을 벌어들인 걸까…….

그러나 아마도 그 가르침은 옳다. 그래서 나는 그 가르침을 지키고 따른다.

"……좋아, 탈출!"

그 뒤에 상공 길드의 문, 광장에 있는 공보용 입간판, 그 밖의 수많은 곳에 똑같은 종이를 붙이고서 도시에서 도망.

이 도시는 성새도시가 아니다. 도시가 성벽으로 둘러싸여 있지 않으므로 밖으로 나가는 데 아무런 지장이 없었다.

이제는 아랄과 함께 그리운 우리 집, 고아원을 향해 걸어 나가기만 하면 된다!

설령 며칠, 수십 일이 걸릴지라도.

더러운 물을 마시고 풀을 씹어 먹는 한이 있더라도.

……돌아간다.

기필코 돌아간다.

동료들이 있는 고아원으로…….

……그런데 어째서 '못해도 수십 명은 죽인 것 같은 살인자의 눈'을 한 언니가 단검을 든 채로 나를 째려보고 있는 걸까? 그리고 분명 활보다도 더 강력해 보이는 필살 무기로 나를 겨누고 있는 걸까…….

"“히익!!”"

화들짝 놀란 나와 아랄은 펄쩍 물러나 엉덩방아를 찧었다.

"주, 죽이지 마요!!"

그 당시 나도, 아랄도 짐작조차 하지 못했다.

그 순간이 우리의 영광스러운 나날의 시작이라는 사실을……..

**

딸랑딸랑.

문을 열면 꼭 울리는, 헌터 길드 지부의 통일 규격 도어벨.

그리고 나는 일제히 쏠린 헌터와 길드 직원들의 시선을 아랑곳하지 않고 접수창구로 걸어갔다.

"……용병 길드는 옆인데요?"

시끄러워!

내가 무슨 살인을 밥 먹듯이 하는 사람인 줄 알아!!

"수주하러 온 게 아니라 의뢰하러 왔어요! 그리고 의뢰 내용도 암살이 아니고요!"

"시, 실례했습니다!"

실례도 정도가 있지!

"의뢰할 내용은, 이겁니다."

길드에 의뢰하는 건 처음이 아니다. ……그러나 어언 70년이 넘은 이야기다. 덧붙여서 말하자면 이곳에서 멀리 떨어진 이국의 이야기이기도 하고.

그러므로 의뢰 방식이나 기준 보수 등이 크게 달라졌을 가능성이 있다.

"예, 필요한 사항도 다 갖춰져 있고, 규약상으로도 문제없습니다. 의뢰 가능합니다. 근데 보수액이 공란입니다만……."

응, 역시나 그 부분은 대충 적어도 될지 망설여졌다.

"요즘에는 보수를 얼마나 줘야 할까요……."

그리고 접수처 아가씨에게 상담을 하여 타당한 보수액을 결정. 무사히 의뢰를 발주했다.

……장부 같은 곳에 기입한 뒤에 의뢰표를 벽에 달린 보드에 붙였을 뿐이지만.

응, 이 역시 주민들과 섞이기 위한 융화책의 일환이다.

이 도시에서 전투력이 가장 높은 곳은 영주 수하에 있는 영지군? 아니면 경비대?

아니, 틀렸다.

헌터 길드 지부다.

명확한 상하관계는 없지만, 일단 헌터들은 길드 상층부의 지시를 따른다. 본인의 목숨이나 수지타산에 지장이 없는 한.

그러므로 만약에 길드 관계자 전원이 어금니를 드러내면 영지군이나 경비대의 전력을 웃돈다.

밑바닥 직업인 헌터이기에 하위 랭크까지 포함하면 머릿수만은 많다.

한쪽은 매일 실전을 치르는, 도적들과 목숨을 걸고서 싸운 적도 있는 헌터들. 다른 한쪽은 매일 훈련을 하고 있기는 하나 전쟁 없이 평화가 지속되어 사람을 죽여 본 경험이 없는 소수 영지군 병과 경비병.

아무것도 없는 초원에서 정면으로 맞붙는다면 병사가 더 강할지도 모르겠다. 그러나 시가지에서 기습, 저격, 테러나 게릴라전을 벌였을 때 어느 쪽이 이기느냐면……. 으, 나는 딱히 영지군이나 경비대와 헌터 길드를 싸우게 할 생각이 없다. 만약의 사태에 대비하고자 헌터 길드도 아군으로 삼아두고 싶을 뿐이다.

한쪽은 매일 신참 헌터를 위해 비교적 괜찮은 의뢰를 발주해주는 소녀들.

다른 한쪽은 타지에서 흘러온 양아치.

다툼이 벌어진다면 보통은 무시하고 그냥 지나칠 테지만, 이런 경우라면 어떨까?

……응, 도움을 받을 수 있는 확률이 꽤 올라가겠지!

더욱이 애당초 의뢰를 발주할 작정이기도 했고.

슬슬 고기에도 손을 댈 생각이다. 우리도 먹고, 또한 상품으로도 팔기 위해서.

그래, 육포나 훈제 같은 걸…….

조림이나 구이는 술집이나 요리점, 그리고 각 가정에서 제각기 만들 테니 공원에 노점을 차려 판다면 모를까, 우리가 해왔던 기존 방식으로는 수지가 맞지 않는다. 그러니 제조하는 데 품이나 시간이 들지 않고, 어느 정도 보존할 수 있으며 간단히 운반할 수 있는 것을.

레이코를 야산에 풀어두면 마법으로 여러 가지를 사냥해주리라 생각한다.

……그러나 뭐, 자중하기로 했다, 자중!

그리고 고기를 확보하기 위해 헌터 길드에 의뢰를 하기로 했다. 일석이조를 노리고서.

의뢰 내용은 이런 느낌.

식용 짐승 고기 확보.

대상 : 뿔토끼, 사슴, 멧돼지, 곰, 오크 등. 해체하지 않고 그대로 납품. 단, 피 빼기는 실시.

기간 · 수량 : 상시. 단, 수주량은 접수창구에서 조정하기로 한다.

또한 별도 보수금을 걸고서 가죽 벗기기, 해체 강의를 의뢰한다. 각 사냥물마다 최초 몇 차례만 강의를 받기로 한다.

접수창구에서 조정을 해줘야 하는 이유는 한 번에 대량을 납품하거나, 특정 종류만 편중되면 곤란하기 때문이다. 그래서 우리가 사들일 수 있는 양과 종류를 자세히 적은 표를 접수처 아가씨에게 건넸다.

우리의 의뢰를 수주받은 사람이 창구에 오면 현재 수주 상황에 따라 여러 지시를 내리거나, 수량이 초과했을 때는 보드에서 의뢰표를 잠시 떼어주기로 했다. 해체 강의가 끝났는지도 확인시켜 줄 필요도 있고.

또한 사냥물을 가지고 올 수 있는 시간대도 지정해 놨다. 바쁜 때 찾아오면 해체 강의를 받을 수가 없고, 부재중에 오기라도 하면 곤란하니 말이야.

……접수처 아가씨를 여러모로 번거롭게 하는 조건이 많아서 할증 요금을 내고 말았다고, 젠장!

보수액은 시세보다 조금 더 높게 책정했다.

이 의뢰 내용을 보고서 모두들 '아, 고아들에게 해체를 익히게 하려는 거구나' 하고 알아차려주겠지. 그리고 똑똑한 사람은 우리가 취급하는 상품에 고기 가공품이 추가될 예정임을 눈치 채겠지.

우리끼리 먹을 거라면 정육점에서 사면 되니까(길드는 소매를 하지 않는다).

우리가 버리는 부분도 포함하여 미처리된 고기를 통째로 사들인 뒤 일부러 해체까지 직접 하려는 이유가 달리 떠오를 리 없다.

어느 정도 얼굴이 알려진 내가 무슨 의뢰를 발주했는지 궁금했던 몇몇 헌터들이 보드에 다가갔다. 그러나 나는 잽싸게 물러났다.

잠시 기다리면 수주자가 나타날지도 모르겠지만 지금은 물러나는 편이 낫다. 헌터들이 내가 발주한 의뢰에 관해 동료들과 대화를 나누는 것을 방해하고 싶지 않으니까. 의뢰인이 옆에 있으면 접수처 아가씨에게 무언가 물어보기도 어려울 테지.

그러므로 잽싸게 물러난다. 그렇게까지 서두를 일도 아니고 말이지.

더욱이 호위 의뢰와 달리 이 의뢰는 수주자가 사냥을 나서기 전에 의뢰인과 만날 필요가 없다.

수주자가 적임인지 아닌지 접수처 아가씨가 판단할 테니 나는 수주자가 사냥물을 납품하고, 해체 강의를 하기 위해서 집으로 찾아오길 기다리기만 하면 된다.

언제 찾아올지 알 수 없다는 점은 조금 성가시지만 별수 없다.

언제 수주를 할까? 언제 사냥을 할 수 있을까? 언제 사냥터에서 물러날까?

돌아오자마자 납품을 하러 올까? 식사를 하고 술 한잔 마신 뒤 찾아올까? 이튿날 아침에 올까?

불확정 요소가 너무 많아서 납품 시간을 사전에 정확히 정해둘 수가 없다. 그러니 납품 가능한 시간대만을 정해둔 뒤에 그 시간에 다 함께 집에 머무는 수밖에 없다.

뭐, 해체 강의를 한바탕 마친 뒤에는 나나 레이코 둘 중 하나만 있으면 납품을 받고 사냥물을 보존 처리하는 건 문제없을 테니 납품 가능 시간대를 변경할 테지만.

**

"실례합니다~."

어라, 현관 쪽에서 부르는 소리가…….

도어 노커가 있는데…….

뭐, 의뢰를 수주해준 헌터겠지만.

"예~!"

서둘러 현관으로 가니 예상한 대로 헌터로 추정되는 4인조가 보였다.

모두 남성이고 나이는 20대도 안 됐으려나? 아마도 17~18세

정도……?

물론 이 세계의 기준으로 말하는 것이다. 이 사람들이 일본의 거리에 서 있으면 20대 후반쯤으로 보이겠지. ……거의 '아저씨'다.

"납품하러 왔습니다. 그리고 해체 과정도 설명하러……."

"알겠습니다. 수주해주셔서 감사합니다. 그럼 사냥물을……."

얼핏 보니 다들 어깨걸이 자루를 어깨에 둘러메고 있다. 그렇다면…….

"예, 뿔토끼 8마리입니다."

……역시.

큰 사냥물이었다면 다른 방식으로 옮겼을 테니까. 다들 자루를 어깨에 둘러메고 있다는 건 작은 동물만 사냥해왔다는 뜻이다. 그리고 이번에 새는 발주하지 않았으니 필연적으로 뿔토끼가 정답이 되는 거지.

고기가 목적이라서 고블린이나 코볼트는 발주 대상에서 제외했다. 그렇다면 사냥할 만한 몬스터는 사슴, 멧돼지, 곰, 오크, 오우거 정도다. 마물이 아닌 평범한 사슴이나 멧돼지는 좀처럼 잡기가 어렵고, 오크나 곰이나 오우거는 젊은이들 넷이서 사냥하기에는 불안하겠지.

아니, 물론 사냥할 수도 있긴 하다. 그러나 누군가가 다칠 확률이 10퍼센트라고 쳤을 때 그런 사냥을 10번 하게 되면 대개는 부상자가 나오고 만다. 그렇게 되면 전력이 저하되고 동료들의 짐이 되니…… 끝이다.

그러니 전원이 거의 확실하게 무사히 끝마칠 수 있는 의뢰만을 수주할 수밖에 없다.

그렇다면 이 파티에게 어울리는 일은 오크 사냥이 아니라 고블린이나 코볼트, 그리고 뿔토끼 사냥이라는 뜻이다.

얼뜨기 아니냐고?

아니, 아니, 이들은 몇 년 뒤에 오크를 사냥하고, 그 뒤에는 곰이나 오우거를 사냥할 수 있게 되겠지. 그리고 저들과 같은 또래인데 현재 오크를 사냥하고 있는 헌터들은 몇 개월 뒤에 아마도 오크의 배 속에 있게 될 거다.

세상은 바보에게 냉혹하다. 그리고 바보에게는 실패를 양분으로 삼아 성장할 수 있는 기회조차 주어지지 않는다. 응, 세상만사 그런 법이야…….

"그럼 이쪽으로……. 애들아~, 해체 준비! 사냥물은 뿔토끼 8마리!"

"""""예~!"""""

안에서 레이코와 아이들의 대답이 들려왔다.

다들 집 안쪽에서 돌아가고 있을 테니 나는 헌터들을 안내하여 바깥쪽으로 우회한다.

아니, 피로 물든 자루를 둘러멘 사람들을 어떻게 집 안으로 지나가게 하겠어! 집 안이 일본식이라서 신발을 신은 채로 들어가는 것을 엄금하고 있거든…….

뒤쪽으로 돌아 해체용으로 마련해둔 공간으로.

이곳에는 수도도 설치되어 있다. ……높이 2미터짜리 대를 제작하여 그 위에 물이 담긴 커다란 통을 올려둔 뒤에 파이프로 이곳과 부엌, 욕실을 연결하고서 수도꼭지를 달았을 뿐이지만 말이야.

급수?

일단은 개울에 엄청 가늘고 가볍게 돌아가는 수차를 설치하여 홈통을 통해 물이 흘러들도록 해놓았다.

급수량은 적지만 상시 작동하고 있으니 그만한 양으로도 충분하다. 물을 쓸 사람이 우리 넷밖에 없고, 또한 통도 거대하니까.

그리고 그 역시 '보여주기' 용이다.

통이 가득 차서 흘러넘치면 그 물은 배수로로 흘러든다. 그러나 실제로 통에 담긴 개울물이 사용된 적은 없다. 통이 이중구조로 되어 있기 때문이다.

통의 '진짜 저수 부분'의 수량 눈금이 일정 이하로 내려가면 집 안에 설치된 경고 램프에 불이 들어온다. 그러면 내 '한없이 물 같은 포션'이나 레이코의 물 마법으로 물을 채운다.

……당연하다. 아무리 정수기로 거른다고 해도 상류에서 흘러온 하수나, 동물이 목욕을 했을 강에서 분기된 개울물을 마시는 건 심리적으로 조금 꺼림칙하다. 병에 걸리면 포션으로 치료할 수 있다고 하더라도…….

물론 우리가 없어지거나, 아이들만 남기고서 오래 자리를 비워야 하는 때는 레버 하나로 수차로 퍼 올린 개울물이 통 안쪽으로 흘러들도록 구조를 전환할 수 있긴 하지만.

이미 미네와 아랄은 만반의 준비를 끝마친 상태였다. 해체작업용 복장으로 갈아입었고, 칼 세트도 나열해뒀다.

해체를 배우는 건 미네와 아랄뿐이다.

……나와 레이코는 그런 걸 배울 필요가 없겠지?

장래에 그 기술로 먹고살 것도 아니고, 우리는 아이템 박스를 이용하면 가죽 벗기기, 피 빼기, 내장 제거 등을 순식간에 할 수 있다. 이것은 전적으로 미네와 아랄을 위한 훈련이지 결코 나와 레이코를 위한 것이 아니다.

"그럼 부탁합니다."

""""""어?""""""

어라? 왜 다들 어리둥절한 표정을 짓고 있는 거야, 헌터들이…….

"아니, 해체를 배울 사람은 너희들이 아니라 이 작은 애들인가?"

아, 보통은 그렇게 생각하려나…….

"예. 우린 고용주이고, 이 아이들은 고용된 직원이라서……."

"……어, 그렇군……."

그래, 이곳은 고아원이 아니다. 나와 레이코는 보육사가 아니고, 미네와 아랄은 남의 보호를 받아야 하는 고아가 아니다. 두 사람은 스스로의 힘으로 돈을 벌며 살아가는 어엿한 사회인이다. 해야 할 일은 시키도록 하자. 수업료는 무료이니 장래를 위해 착실히 배우면 된다. 그뿐이다.

“그럼 우선은 시범을 보일 테니 잘 보고서……. 아니, 뭐야, 너희들이 준비한 그 도구는! 엄청 날이 잘 들 것 같은 각종 나이프에다가 본 적도 없는 도구. ……그리고, 가느다란 원통에서 물이 나오는 장치는 또 뭐야…….”

응, 도구는 좋은 것으로 마련했다.

“잠깐만 빌려줘 봐. ……우와, 뭐야, 엄청 잘 들잖아! 이 바보야, 날붙이라는 건 날이 무디면 힘을 과도하게 줘야 해서 위험하지만, 날이 너무 잘 들어도 위험하단 말이야! 게다가 껍질을 벗기는 데 쓸 칼이 이렇게 잘 들면 벗기는 도중에 껍질이 잘릴 거 아냐! 뭐든지 ‘적당히’ 하는 게 중요해, ‘적당히’ 말이야…….”

어머, 예의바른 사람인 줄 알았더니 갑자기 사납게……, 음, 아이들을 위해서 따끔하게 훈계해주고 있는 건가.

“별수 없지. 오늘은 우리 도구를 빌려주마. 이봐, 너희들, 나중에 대장간에 가서 용도를 자세히 설명하고서 손봐달라고 해. 이 녀석들을 함께 데리고 가서 체격이나 손 크기, 악력도 재게 한 뒤에 나머지는 대장장이한테 맡기라고. 나 참, 진짜…….”

아~, 이거, 내가 만들었는데. 자루에 포션이 담겨 있는 칼. 응, 프란세트를 위해 만들었던 그 신검 그람과 똑같은 요령으로.

물론 단분자 날과 초고속 진동 기능 같은 건 뺐지만.

그래도 기왕이면 날이 잘 드는 게 좋을 것 같아서 꽤 예리하게 만들었는데 그게 실수였을 줄이야…….

"시작한다. 잘 봐둬라. 우선 머리를 잘라낸다. 이렇게 안 하면 해체 중에 뿔이 걸리적거리고, 초보자는 무심코 찔릴 수도 있으니까. 자르는 데 너무 집중하다가 해체대에 몸을 너무 바짝 대서 배를 찔리는 바보가 종종 나와."

과연. 그래서 처음에 머리부터 자르는 거구나. 납득!

더욱이 뿔은 여러모로 용도가 있을 듯하고.

뭐, 우리가 동일한 용도로 사용해봤자 돈벌이는 안 될 테니 그쪽은 선배들에게 맡겨두고, 우리는 다른 이용법을 모색해보자.

"그리고, 여기에 칼을 대고서 힘껏, 단숨에……."

능숙하게 껍질을 벗겨내고 내장을 꺼낸 뒤 고기를 갈라 나가는 헌터.

"이번에는 '손질을 하지 않은 채 납품하는 것'이 조건이라서 통째로 들고 왔지만, 보통은 즉석에서 피를 빼고 내장을 제거한 뒤에 근처에 샘이나 개울이 있으면 고기를 식혀두지. 그렇게 안 하면 오래 보존할 수가 없고 맛이 떨어지거든. 아, 피 빼기는 현장에서 해두긴 했지만 말이야. 그러지 않으면 고기 가치가 떨어지니까……."

"아, 그건 상관없어요. 피 빼기는 요령만 알려주면 될 테니……."

응, 실물을 가리키며 말로 설명해도 충분하겠지. 더욱이 피 빼기는 현장에서 하라고 의뢰표에 적어뒀으니 문제없다.

그리고 시범으로 뿔토끼를 한 마리 더 해체한 헌터가 들고 있던 나이프를 미네에게 내밀었다.

"자, 어서 해봐."

"어……."

미네가 굳어버렸다.

그러나 미네는 각오를 굳힌 소녀다. 스스로의 힘으로 살아가겠노라고. 그리고 아랄을 지키며 살아가겠노라고…….

꽉!

그리고 미네는 헌터가 내민, 본인의 손으로 다루기에는 조금 큰 나이프를 단단히 쥐고서 대 위에 놓여 있는 세 번째 뿔토끼와 대치했다.

**

네 마리째 손질을 끝마쳤을 때 미네의 집중력이 흐트러졌다.

그래서 나머지 두 마리는 헌터에게 해체를 부탁했다. 오늘 해체 훈련은 이로써 종료.

훈련은 미네밖에 받지 않았지만 아랄도 견학을 했고 나중에 미네가 가르쳐줄 테니 문제없다.

그러나…….

"실제로 해체 방법을 알려준 사람은 한 명인데 보수는 역시나 네 사람 분을 지불해야만 하는 거구나, 역시……."

내 말을 듣고서 '그냥 서 있기만 한 세 사람'이 조금 당혹스러워하는 기색을 보였다.

아니, 그냥 농담이야, 물론. 네 사람이 한꺼번에 달라붙어서 가르쳤다면 미네의 머리가 폭발했을 거야.

더욱이 어디까지나 의뢰를 수주한 건 '4인 파티'이니 말이야. 혼자서 뿔토끼 8마리를 사냥하는 건 무리일 테고.

내가 "농담이야, 농담!" 하고 말하자 헌터들이 쓴웃음을 지었다.

아니, 아무리 어린 아가씨일지라도 상식과 억지쯤은 분별할 수 있다고…….

이번 의뢰, 이 사람들에게는 얼마나 가치가 있었을까…….

뿔토끼를 길드 매입 창구에 팔면 은화 2닢 정도를 받을 수 있단다. 우리는 은화 3닢으로 쳐줬다. 더불어서 의뢰를 완수하면 우리가 길드 측에 수수료를 지불하므로 길드에 공헌한 셈이 되어 공적 포인트 같은 걸 추가로 얻는다고 한다. 그러니 길드에 팔기보다 우리 의뢰를 수주하는 편이 훨씬 낫겠네…….

우리 입장에서도 가죽이나 뿔을 구할 수 있으니 어떻게 써먹을지 연구도 가능하다.

도시 상회의 정육점에서는 고기밖에 팔지 않는다. 뿔이나 모피는 전문업자가 전부 사들인단다.

한 마리 당 은화 3닢이니 여덟 마리면 24닢. 2만4천 엔 정도네……. 성인 남성 4명의 하루 치 벌이치고는 조금 초라하네…….

그래도 아마도 우리가 지정한 대상이 아니었던 고블린이나 코볼트 같은 몬스터도 해치워서 토벌 보수를 따로 챙겼을지도 모르고, 사냥하러 나간 김에 약초나 산나물 같은 걸 채취해서 수입을 거뒀을지도.

더욱이 이번에는 작은 동물만 잡았지만, 며칠마다 한 번꼴로 사슴이나 멧돼지 같은 걸 사냥할 수 있다면 평균적으로 벌이가 그럭저럭 괜찮을지도 모른다. 자취를 한다면 생활비를 꽤 아낄 수 있을 테니까. 이곳의 야채와 생선은 저렴하니 말이야.

더욱이 오늘은 해체 방법을 강의해서 보수를 추가로 받았으니 양호하게 번 편에 속할지도.

"……이봐, 내장은 어쩔 거야?"

"어?"

"아니, 내장을 버릴 거라면 우리한테 줄 수 없을까 해서 말이야. 우린 가난해서 내장 전골 같은 요리를 해먹는데 제법 맛있거든. 다른 녀석들은 버리긴 하지만……."

아아, 과연. 하지만…….

"불과 얼마 전까지 고아였던 애들 앞에서 가난하다는 얘기가 잘도 나오네요……."

""""""아…….""""""

헌터들이 조금 거북해하는 표정을 지었다.

아니, 딱히 핀잔을 줄 생각은 없었는데 말이야…….

"이번에 내장 요리법도 알려줄까 생각했는데……. 음~……."

그랬구나……. 뭐, 첫 수주자이니 서비스를 해줄까…….

"요리는 우리가 만들 테니 저녁을 먹고 가지 않을래요? 물론 내장 요리뿐만 아니라 다른 요리도 대접할게요."

"""""진짜!!"""""

오크를 사냥할 수 있는 실력을 아직 갖추지 못했으니 헌터로서 가장 힘든 시기겠지. 조금은 챙겨줘도 되겠다.

"어서, 먹어요!"

탁자에 여러 요리들이 차려졌다.

모두 나와 레이코가 만들었다. 미네와 아랄은 견학만.

미네에게 연습을 시키는 건 우리와 있을 때만 천천히. 공연히 압박감을 주거나 초조하게 만들면 안 되니까. 오늘은 손님을 접대하고자 서둘러서 차려내야 하니 나와 레이코, 둘이서 만들었다.

요리는 뿔토끼 내장 전골, 프라이드 토끼, 뿔토끼 데리야키, 스튜, 로스트, 기타 등등.

물론 뿔토끼뿐만 아니라 야채와 생선 요리도 있다.

차린 요리 중에는 아이템 박스에서 꺼내기만 한 것도 있다. 스튜는 기존에 만들어둔 것에 뿔토끼 고기를 넣고서 다시 끓여내기만 했다. 스튜가 원체 따끈따끈했기에 추가로 넣은 고기가 충분히 익기까지 시간이 얼마 걸리지 않았다.

"벌써 다 차린 거냐! 빠르네, 우와! 게다가 이 가짓수 좀 봐……."

응, 아이템 박스가 없었다면 시간이 더 걸렸겠지.

"사양하지 말고 먹어요. 보존용 가공식품을 상품화하기 위해서 사들인 연습용 고기가 충분히 남아 있고, 또 의뢰를 수주한 헌터 여러분들이 여러 고기를 납품해줄 테니 뿔토끼 몇 마리쯤이야 별거 아니죠!"

납품하고서 대금까지 받은 데다가 조리까지 해준 고기를 먹어도 될는지 조금 주저하는 사람도 있었지만, 결국 모두들 요리를 허겁지겁 먹기 시작했다. ……뭐, 맛있는 냄새가 풍기니 당연하다. 음!

내장 요리에도 향신료를 충분히 넣었으니 이 지역 평민들은 접하지 못하는 맛을 느낄 수 있겠지.

……애당초 내장 요리에 값비싼 향신료를 쓰는 녀석은 없다.

그럴 바에야 최고급 식재료를 쓴 요리에 향신료를 듬뿍 쓰겠지. 아낀답시고 쩨쩨하게 조금씩만 쓰지 않고…….

그러니 애당초 이 지역에는 '향신료를 쓴 내장 요리'가 존재하지 않는다.

당연하다. 지구에서도 옛날에 '후추는 같은 무게의 금과 가격이 동일하다'는 말까지 나돌았던 시대가 있었으니까.

물론 그만큼 값비싼 귀중품이라는 비유일 뿐 실제로는 그렇게까지 비싸지 않긴 했지만.

그래서 '능력으로 생성하는 것을 자숙'하는 대상에서 제외한 거지, 향신료…….

참고로 내가 전생 전에 자주 구매했던 후추가 20그램들이 병 하나에 168엔이었지.

……으, 안 돼! 어서 먹지 않으면 다 먹어치우겠어!!

너희들, 조금 사양할 줄도 알아야…….

미네와 아랄! 너희들까지 덩달아 게걸스럽게 먹고 있으면 어쩌자는 거야!!

어째서 8명밖에 없는데 내가 배를 채우기 전에 요리가 몽땅 사라진 거냐!

그리고 미네와 아랄과 레이코, 어째서 너희들은 만족스러운 표정을 짓고 있는 거냐!

……나 혼자냐? 경쟁에서 밀려 충분히 먹지 못한 사람은 나 혼자냐? 젠장!!

""""""감사합니다~!""""""

시끄러! 의뢰 완수를 증빙하는 서류에 사인을 해줄 테니 너희들, 썩 돌아가!!

**

그렇게 헌터들이 오크, 멧돼지, 사슴 등 여러 사냥물들을 잇달아 가져오며 강의도 거듭되었다. 미네의 해체 능력이 서서히 향상되어 나갔다.

우리에게 납품하면 맛있는 음식을 먹을 수 있다는 소문이 퍼졌는지 수주 희망자가 쇄도하여 접수처 아가씨가 거절하는 데 진땀

을 뺐다면서 일전에 길드에 갔을 때 푸념을 들었다.

하는 수 없이 판매용으로 가져온 건어물 3장과 술집 아저씨에게 시식시키기 위해 가져온 육포류를 조금 건네서 입을 막았다.

맛있으면 꼭 홍보해달라고 당부해뒀으니 뭐, 홍보비, 선행 투자, 뇌물, 접대비……, 어떤 명목이든 좋으니 어쨌든 '경비'라고 생각하자. ……젠장!

아, 미네가 한 번에 해체를 완벽하게 익히지 못한 고기 품종은 해체 강의를 몇 번 더 의뢰했고, 시험용과 판매용으로 쓰기 위해 고기 매수는 지금도 계속하고 있다. 한 번에 너무 많은 양이 납품되지 않도록 접수처 아가씨(건어물과 육포 뇌물을 먹인 사람)가 조정해주고 있고, 설령 납품이 겹치더라도 문제없다.

……아이템 박스는 이런 때 쓰라고 있는 거 아니겠어?

그리하여 우리 '리틀 실버'는 가공육 부문을 정식으로 가동할 수 있게 되었다.

그리고 식탁에 생선이나 야채 요리뿐만 아니라 고기 요리도 올라오게 되었다는 말씀. 음음.

……아니, 그전에도 식탁에 차리긴 했다니까. 도심 정육점에서 사와서.

한창 자라날 나이대인 아이가 둘이나 있으니 그 정도쯤은 신경을 쓰고 있어!

어, 아이가 넷 아니냐고?

나와 레이코는 이미 다 자랐어. 몸도, 가슴도…….

으, 시끄러워어어!

**

고기 가공품 판매를 슬슬 시작해볼까, 하고 벼르던 어느 날…….

도어 노커 소리가 나서 응대하러 나가보니 10살 전후로 보이는 꾀죄죄한 남자애 둘이 서 있었다.

""배고파…….""

이상한 게, 왔어~!

"……고아?"

내가 우두커니 서 있으니 레이코와 미네, 아랄이 다가왔다.

"부탁합니다. 여기서 지낼 수 있도록……."

"돌아가!"

""어?""

고아로 보이는 아이들의 애원을 단칼에 잘라냈다.

……미네가.

""에에에에엥!""

나와 레이코가 동시에 놀랐다.

아니, 나나 레이코가 그렇게 말했다면 이해가 되겠지.

그런데 고아 출신인 미네가 고아원이었던 이곳에 의지하러 온 고아에게 그런 말을 하다니 믿기지가 않는다.

애당초 불과 얼마 전까지 너희들이 겪었던 처지와 똑같잖아!

그런데 어떻게 그렇게 매몰차게 말할 수 있니?
아랄이 아무 말도 하지 않은 채 잠자코 있는 이유는 상황을 미처 파악하지 못해서일까?
그렇게 생각하고 있으니…….
"당장 돌아가!"
""에에에에엥~!!""
이럴 수가. 이번에는 아랄이 혐오로 가득 찬 말투로 툭 내뱉었다…….
"어, 어어어, 어째서……. 너희들, 그런 캐릭터가 아니잖아?"
그래, 미네와 아랄은 경쟁자가 늘어난다거나, 배식량이 줄어든다는 이유로 다른 고아들을 배척할 만한 아이가 아니다.
"호, 혹시, 고아원 적대파벌의 일원?"
내가 동요하며 말하자 뒤이어 레이코가 뜬금없는 말을 내뱉었다.
……고아원 적대파벌은 대체 뭐야!
미네와 아랄의 이런 태도는 명백히 이상하지만…….
"너희들, 그럭저럭 사는 집 아이들이잖아! 그 정도로 변장으로 속일 수 있으리라 생각하는 애가 그 나이까지 살아남을 거라고 생각해? 고아 업계를 얕보지 말란 말이야!"
뭐, 뭐야, 그게에에에에에~!!
아니, 완전히 속았는데요!
그리고 '업계'는 뭐야, 고아 세계가 다 있었니…….
"무, 무슨……. 우린, 정말로……. 왜 우리가 변장했다고 의심하는 거야……. 즈, 증거는 있냐!"

둘 중 연장자로 보이는 아이가 그렇게 미네에게 따졌는데…….

"변장에서 어떤 부분이 부족한지 알려주는 사람이 어딨니! 냉큼 돌아가서 고용주한테 '저희들 변장과 연기가 서툴러서 들켰습니다. 도리어 경계심만 키웠으니 이런 수법은 두 번 다시 쓸 수 없습니다' 하고 보고나 하시지!"

"큭……."

연장자 아이는 분한 표정을 짓고 있고, 어린애는 왠지 겁을 먹은 듯한 표정을 짓고 있다.

……아마도 실패한다면 이 아이들은 자신들을 파견한 작자에게 혼쭐이 날 테지. 말과 폭력으로…….

연장자 아이의 태도를 보면 미네와 아랄의 말이 옳다는 걸 훤히 알 수 있다.

그렇다면…….

"너희들한테 세 가지 선택지가 있어. 첫 번째는 고용주의 이름을 불고서 경비대에 증언하는 것. 두 번째는 울며불며 도망쳐 우리를 적으로 돌리는 것. 그리고 마지막은……."

이 대목에서 히죽 웃으며…….

"당장, 여기서, 죽는 것……."

""꺄아아아아아아아~~!!""

아, 도망쳤다.

아니, 너무 겁을 먹은 거 아냐?

“……지나쳤어요, 카오루 님…….”

“그 눈매는 비겁해…….”

시끄러워어어!

미네와 아랄도 입으로 마음껏 쏘아댔잖아…….

레이코?

없어.

당연히 마법을 써서 그 둘을 은밀히 추적하고 있지.

적의 존재를 알았고, 더욱이 선제공격까지 받았는데 가만히 내버려둘 수는 없잖아.

견적필살(見敵必殺). 이런 상황에서는 홀시 제독(태평양 전쟁에 참전했던 미해군 사령관)을 본받도록 하자.

“……근데 왜 그 둘이 가짜라고 생각한 거야?”

“그런 건 척 보면 알 수 있어요!”

방금 전까지는 말투가 험악했는데 이미 완전히 평상시로 되돌아온 미네.

으으음, 제법이네, 미네…….

아마도 생각보다 야무진 수완가인 듯하다.

뭐, ‘강하지 않으면 살아갈 수 없다’라는 건가?

……그리고 ‘상냥하지 않으면 살아갈 자격이 없다’…….

우리는 자격이 있을까 없을까……. 으, 세레스(여신님)가 허가를 해줬으니 있는 게 당연하지, 이 세계에서 살아갈 자격이…….

레이스에 나갈 수 있는(폭주할 수 있는) A급 라이센스 소지자다.

……옛날에 '영구 라이센스'라고 생각했다는 건 비밀이다.

그리고 이 자격으로 이 세계를 질주하며 살아나간다!!

……아니, 뭐, 그건 제쳐두고…….

"우선 옷에서 찢어진 부분이 부자연스러웠습니다. 고아는 옷을 소중히 하니 억지로 찢거나 칼로 자른 듯한 훼손은 일어날 수가 없어요. 닳고 닳다가 해지는 게 보통이죠. 그리고 일부러 진흙이라도 묻힌 듯한 더러운 옷도 수상해요. 잔반 국물이 스며들어 썩은 듯한 쉰내도 풍기지 않았고요. 게다가 이 때문에 가려워서 마구 긁은 듯한 흔적도 없었고, 머리칼은 깨끗했고, 또한 피부 상태가……."

"알겠어, 이제 됐어! 납득했어!!"

미네는 고아원에서 지냈다고 하니 부랑아처럼 생활한 적은 없었을 텐데……, 으, 난, 바본가! 고아원에서 태어난 게 아니니 그 전에 어떻게 생활했을지 뻔하잖아!

부모를 여의고서 그대로 바로 고아원에 들어가는 아이도 있는가 하면 그렇지 못한 아이도 있다. 에밀을 비롯해 '여신의 눈' 아이들과 처음 만났을 때 그들이 어떻게 살고 있었는지 잊어버리면 어쩌자는 거야!

그리고 미네도 아마…….

"공작원을 잠입시키려는 적의 의도를 멋지게 간파해 내다니 큰 공적을 세웠어. 미네, 아랄! 아주 훌륭하도다!!"

"""예!!"""

우리의 도움이 돼서 두 사람 모두 기뻐하는 눈치다.

음음, 공을 세웠으니 치하해줘야겠지. 그리고 포상을 생각해 두자.

일단 오늘 저녁은 미네에게 조리 실습을 시키지 말고 내가 만들도록 하자. 그리고 큰마음을 먹고 식후 디저트로 과일 케이크라도 내줄까…….

좋아, 이제는 레이코가 돌아오길 기다리기만 하면…….

**

"……그래서 일이 어떻게 됐어?"

"적의 정체는 확인했어. 흑막은 우리가 거래상대로 선택하지 않았던 중견 상점 중 하나. 그 둘은 어린 심부름꾼 중에서 발탁된 애들인데 실패 보고를 받은 상점주한테 두들겨 맞고서 쓰러졌어."

불가시 마법(광선 왜곡인지 광선 투과인지는 모르겠지만)으로 아이들을 간단히 추적하여 그 상점에 들어갔던 모양이다.

무술 달인이 있었다면 기척을 감지하고서 '아닛, 웬 놈이냐!' 하고 외치는 장면을 기대할 수 있었을지도 모르겠지만, 중견 상점이 그런 사람을 데리고 있을 리가 없다.

"흠, 그래……."

물론 그건 예상 범위 안이다.

"문제는……."

""어떻게 책임을 치르게 하느냐는 거지!!""
응, 의적처럼 가게 창고를 털어봤자 의미가 없다.
'리틀 실버'에게 손을 댄 자들이 자업자득으로 망했다는 어리석은 자멸 스토리가 퍼져나가지 않으면 선전 효과……, 아니, 아니, '억제 효과'가 발휘되지 않을 테니까.
그렇다면…….

**

"어? 메르디스 상회의 심부름꾼이 도망쳐서 '리틀 실버'로 달아났다?"
"'리틀 실버'는 성실하고 직원을 소중히 대한다고 듣긴 했는데, 직장에서 도망쳐 전 고아원으로 달아나다니. 대체 직원을 어떻게 혹독하게 굴린 거야, 메르디스 상회는……."
"그리고 '리틀 실버' 경영자가 도망쳐 온 심부름꾼을 잘 타일러서 가게로 돌려보내고서 '더 이상 직원을 학대하지 말라'고 요청했고, 상공 길드에도 '지도나 교육의 범위를 벗어난 괴롭힘이나 분풀이를 위한 폭력, 학대, 착취 등을 금지'해달라고 요청했대."
"착취라고 하면 더부살이 점원한테 주거비, 식비, 화장실비 등 비용을 청구하거나, 지도료라는 명목으로 품삯 중 일부를 가로채거나 장부에 빚으로 달아놨다는 건가……. 그거 지독하네……."
"맞아. 더부살이 제도는 원래 그런 게 아닌데 말이야……."

"온 도시에 소문이 퍼지고 있습니다. 저희들한테도 여러모로 묻길래 소문은 전부 사실이라고 대답해뒀습니다."

"음, 고생했어!"

도심 상점에 상품을 납품하고 돌아온 미네와 아랄이 그렇게 보고했다.

배달은 천천히 해도 좋으니 정보를 최대한 수집해오라고 명령해뒀다.

그래, 거리에 나돌고 있는 소문은 전부 사실이다. ……표면적으로는.

사건이 벌어진 뒤에 문제의 상점 앞에 가서 큰소리로 통달문을 읽어줬지.

가게 직원에게 통달문을 건네 봤자 아무 의미도 없다. 쓰레기통에 버릴 게 뻔하니까.

그래서 가게 앞에서 큰소리로 읽은 것이다. 거듭 되풀이하여.

이내 얼굴이 시뻘게진 가게 직원이 뛰쳐나오긴 했다. 피해를 입은 상점의 경영자가 먼 걸음을 했으니 그쪽도 점주가 나와서 사죄하는 게 도리가 아니냐고 호되게 따졌다.

물론 점주가 나오지는 않았지만 소동을 구경하러 여러 관객들이 모여들었다. 우리 목적은 200퍼센트 달성되었으니 문제없다.

그 뒤에는 상공 길드(촌 동네의 상공회 수준)에도 의견서를 제출했고, 유력 상점들에도 경위서를 배포했다.

……메르디스 상회의 체면을 완전히 구겨줬다.

상점주들 중에는 사실을 알고 있는 자도 꽤 있겠지.

자기가 데리고 있는 심부름꾼을 고아처럼 꾸며 '리틀 실버'에 보낸 뒤 건어물 제조법을……, 아니, 사실은 그런 푼돈이나 벌게 해주는 비법이 아니라 은밀히 유통시키고 있는 향신료 쪽을 노리고 있을 테지만 말이야.

우리가 택한 세 군데 상점의 직원에게 돈을 쥐여 줬나? 아니면 다른 경로로 정보를 입수한 건가…….

우리에게서 향신료를 공급받는 상점들은 당연히 그것을 다른 곳에 팔 테니 향신료를 값싸게 대량으로 사들이고 있다는 정보는 여러 사람들에게 알려지게 되겠지. 그러니 점원들이 우리와의 약속을 지켜 향신료 출처를 함구하더라도 언젠가 어딘가에서 정보가 새어나가는 건 당연하다.

……오히려, 정보가 새어나가 대형 상점이나 귀족들의 귀에 들어가기를 기대하고 있으니 '예상 범위 안'이다…….

그리고 어중간한 정보만을 믿고서 향신료 수입 루트를 가로채려고 했거나, 혹은 네 번째 상점이 되고자 획책했든가…….

어쨌든 메르디스 상회가 직원을 고아로 위장시켜 우리 상점에 잠입시키려고 했다는 정보는 민감한 수완가 상인들에게 널리 알려졌다. 그리고 다른 상인이나 일반인들 사이에서는 메르디스 상회의 직원이 도주하여 다른 사업주에게 도움을 요청할 정도로 학대받고 있다는 소문이 퍼져나갔다.

……뭐, 그 소문은 우리가 퍼뜨리긴 했지만 말이야, 여러 경로로.

돈과 연줄과 헌터는 써야만 비로소 가치가 있는 법인걸.

그래도 메르디스 상회는 그 소문을 부정할 수가 없다.

두 종업원이 우리 집에 보호를 요청하러 온 것은 사실이고, 마법으로 모습을 감춰 추적한 레이코 덕분에 그 둘의 이름도 알고 있다. 고아 같은 행색을 하고서 도시에서 우리 집 쪽으로 걸어가고 있는 두 사람의 모습을 목격했다는 사람이 여러 명이나 있다. ……그 누구의 눈에도 띄지 않고 도시 중심부 인근에서 여기까지 걸어올 수 있을 리가 없으니까. 늦은 밤에 온 것도 아니고.

……좋아, 이로써 위장 고아를 보내려고 시도하는 자는 사라지겠지.

애당초 우리는 고아원이 아니니까. 어엿한 영리기업이다. 고아가 찾아왔다고 해서 거둬줄 수는 없다.

영주가 자선단체라고 여기고서 면세 대상으로 삼지 않았냐고?

아니, 그건 영주가 멋대로 착각했을 뿐이다. 나는 거짓말을 전혀 하지 않았고, 그때 설명했던 것들은 전부 확실히 실행하고 있다. 피붙이도, 신원보증인도 없는 고아 출신 아이들에게 거처를 제공하여 일을 시키고 급료를 지불하고 있다. 그것도 다른 상점보다 더 좋은 조건으로. '고아의 생활을 지원하기 위한 활동'을 착실히 하고 있단 말이야.

……다만, 여긴 '고아를 지원하는 활동을 하는 사업소'이지 '고

아원'이 아니다. 그저 그뿐이다.

우리는 미네와 아랄을 '맡은 게' 아니고 '고용한' 거다.

……뭐, 미네가 예전에 이곳에 살았고, 아랄을 구출하여 필사적으로 돌아온 점을 아예 고려하지 않은 건 아니긴 하지만.

살기 위해서 필사적으로 발버둥을 치는 사람과 자신이 불행하니 그저 베풀어달라고 요구하는 사람.

내가 누구에게 무엇을 주든지 내 마음이다.

스스로 결정한다. 내 돈을 쓰는 방법도, 내 삶의 방식도…….

제56장 블랙 세레스

"……당신이 카오루지?"

"어? ……응, 뭐, 그렇긴 한데……."

물건을 사기 위해서 거리를 걷고 있으니 갑자기 말을 걸어왔다, 굉장한 미소녀가…….

분명 아랄이 6살, 미네가 9살이었던가? 이 아이는 미네와 비슷한 또래로 보이긴 하지만, 그 둘은 부랑아 생활을 했거나 고아원에서 살아왔으니 평균보다 몸집이 조금 작다. 보살핌을 잘 받았는지 머리카락과 피부가 깨끗하고, 간소하지만 고급스러운 옷차림을 하고 있는 이 부잣집 아이는 미네보다 나이가 조금 어린 듯한데…….

추파를 던지려는 경박한 남자나 음흉한 상인, 지저분한 아저씨였다면 무시할 테지만, 그게 아니라 나에게 뭔가 용무가 있는 듯하니 일단은 이야기를 진득이 들어보기로 했는데…….

"난 레이아야. 당신, 날 보살피도록 해!"

"뭔가, 초뻔뻔뻔한 게, 왔다~~!!"

**

"……그래서 레이아 짱은……."

"레이아 님이라고 부르도록. 그때는 꼿꼿이 선 채로 먼저 '황공하옵니다만'라는 말을 붙이도록 하고."

"무슨 황제 폐하냐!"

"농담이야……."

안 웃겨! 아까 그 이야기를 들은 직후라서…….

그래, 이 녀석은 방금 무시무시한 커밍아웃을 했단 말이야!

그 내용이 뭐냐면…….

"뭐, 신참 여신(애송이) 세레스티느가 일을 제대로 하고 있는지 내가 깐깐하게 조사해주겠어."

그래, 이거다…….

아마도 세레스의 동류, 아니, 상사나 감독관, 조사관인 모양이다…….

뭐, 이 존재의 외모가 실제 나이와 전혀 관계가 없다는 건 잘 알고 있다.

……야단났다.

야단났다고, 이거…….

세레스에게 폐를 끼칠 수는 없고, 만약에, 만에 하나라도 '원주(原住) 생물에게 이런 치트 능력을 부여하다니 대체 무슨 생각을 하는 거야!' 하고 노발대발하여 나와 레이코의 능력이 박탈당한다면…….

……야단났다.

야단났다고오오오오오!!

**

"……그래서 비밀 조사이니 물론 세레스티느한테는 내가 왔다는 걸 절대로 비밀로 하도록. 발설했을 때 받게 될 패널티가 무섭지 않다면 말이야."

고개를 끄덕이는 것 말고 달리 뭘 할 수 있겠어!

"내가 여기서 능력을 쓰면 세레스티느가 감지할 테니 난 힘을 쓸 수가 없어. 그러니 내가 곤경에 처하면 당신이 어떻게든 하도록!"

끄덕끄덕.

아니, 그건 납득할 수 있거든.

"일단 살 곳과 맛있는 음식, 그리고, 으음, ……돈? 그걸 잔뜩 넘기도록 해. 음식이라는 것에 아주 흥미가 있으니 첫 체험을 기대하는 내 마음을 배신하지 않도록!"

끄덕끄…….

"아니, 그건 납득할 수가 없어어어어~~!!"

이 녀석, 속이 시커먼 버전의 세레스다!

그래, 말하자면 블랙 세레스!

"……근데 함께 살고 싶은 생각은 없다?"

"당연하지! 그렇게 했다가는 멋대로 굴 수……, 세레스티느가 당신을 확인할 때 발각될 거 아냐!"

……방금, 속셈, 나왔다!

방금 그게 속셈이다아아아아아아!!

**

"……그래서 도시에서 가장 고급스러운 여관을 잡아 열흘 치 숙박비를 미리 지불하고서 아이템 박스에 보관해둔 요리를 먹인 뒤 금화 30닢을 건네주고 왔다고?"

"응……."

내 보고를 들은 레이코가 잠시 생각에 잠겼다…….

"거짓말이네."

"그렇지~!"

그래. 세레스의 임무라고 해야 하나, 역할은 차원 세계가 융합되는 사고를 방지하는 것이다. 그러니 원주 생물의 생사 따윈 거의 고려하지 않는다.

세레스 본인이 일하는 데 방해가 되어 짜증이 난다는 이유만으로 비교적 쉽게 '신벌'을 내렸을 정도다. 순진하고 악의가 없고 성격이 비교적 온후하다고 생각되는 세레스조차 말이다.

……즉 그 종족은 특수한 상황을 제외하고는 원주 하등생물 따윈 거의 신경 쓰지 않는다는 소리다. 인간은 개미에게 가끔 배려를 해주는 수준의 관심이라도 갖고 있지만, 이들은 인간에게 그만한 관심조차 갖고 있지 않겠지. 자신에게 무언가 이득이라도 없는 한.

그러니 만약에 '사찰' 같은 게 정말로 있다고 해도 세레스가 '왜곡'을 조사하는 방식이나, 발생한 '왜곡'을 어떻게 처리하는지가 대상이 되어야 한다. ……적어도 원주 생물과 접촉하거나, 맛있는 걸 먹으며 돌아다니거나, 돈을 뜯는 짓은 그에 해당하지 않는다, 결코!

……그렇다면.

""세레스한테 비밀로 하고서 몰래 놀러 왔을 뿐이야!!""

그 종족은 인간은 상상조차 할 수 없을 만큼 지성적으로 성숙해서 악의나 증오 같은 개념이 거의 없다고 한다.

세레스 수준까지 지성과 능력을 저하시킨 분신체여야만 그런 감정이 약간 발생하는 듯하다. 그러나 그 감정 역시 행동에 그리 큰 영향을 주지는 못한다. 세레스가 인간에게 쉽게 신벌을 뿌리는 이유는 그런 감정 때문이 아니라 그저 단순히 인간의 생명을 아무렇지도 않게 생각하기 때문이다.

인간도 별 악의 없이 벌레를 죽이지 않나. 그저 조금 짜증 난다는 이유만으로…….

세레스에게 나는, 좋아하는 존재가 보살펴달라고 부탁한 펫. 그리고 그 주위의 인간들은 애완용 새끼고양이가 놀이 상대로 데리고 온 근처 들고양이들. 그 정도겠지. 아마도…….

그러니 저 소녀(처럼 생긴 고차원 생명체의 분신체) 역시 아마 '악의'라는 감정을 거의 갖고 있지 않겠지. 그저 심심풀이로 이곳을 방문했을 뿐이고…….

＊＊

“……라고 생각을 하고 있을 거예요, 그 하등생물은…….”

도시에서 가장 고급스러운 여관 객실에서 우아하게 홍차를 마시면서 카오루에게서 가로챈 과자를 덥석 먹고 있는 레이아.

“분명 본체는 그런 감정과는 무관하지만, 하등생물과 의사소통을 할 필요가 있는 우리 '극한까지 능력을 떨어뜨린 분신체'는 하등생물의 생각을 이해하기 위해서 그런 감정도 조금은 갖고 있죠. ……음모, 모략, 모함, 그 밖의 여러 사고와 감정을……. 세레스티느와 거의 동격인 내 본체의 분신체가, 모략을 꾸미고자 또다시 분기하여 만들어낸 분신체가 나. 직속 상위 분신체의 뜻을 받들어 모략의 끝을 보여주겠어!”

그리고 레이아는 왼손으로는 홍차가 담긴 컵을, 오른손으로는 먹다 만 과자를 든 채로 히죽 웃었다.

“세레스티느보다 먼저, 보다 상세히 그 아이(카오루)의 생활에 관한 정보를 모아서 지구의 관리자(그분)에게 보고하여 환심을 얻는 거예요! 그리고 세레스티느보다도, 직속 상위 분신체보다도, 내게 더 호감을 갖게 할 거예요! 세레스티느는커녕 직속 상위 분신체조차 업신여기는 이 극악무도한 행동! 아아, 이 얼마나 무시무시한 악의, 이 얼마나 무시무시한 모략인가요! 악의 화신이에요요!! 크흐. 크흐흐. 크흐흐흐흐흐흐흐…….”

정신적으로 성숙한 신과 같은 초월종족(오버로드).
그 초열화 분신체가 벌이려고 하는 혼신의 악행.
그건 고작 그 정도였다…….

**

"'돈'이 없어졌어. 또 줘!"
우리 집에 찾아오자마자 돈을 달라는 소리를 태연히 내뱉는 레이아.
"웃기지 마아아아아아아아!!"
큰소리로 호통을 쳤다.
그래, 진심으로 꾸짖었다고!
왜냐면 이 도시에서 가장 비싼 여관의 열흘 치 숙박료(아침과 저녁 포함)를 미리 치르고, 금화 30닢(일본 돈으로 300만 엔 상당)을 넘겨준 지 닷새밖에 지나지 않았단 말이야아아아아아아아!!
"왜 돈이 그렇게 빨리 떨어진 거냐!"

"……글쎄? 써버렸으니까?"
태평하게 그런 말을 지껄이는 레이아.
"이거 놔! 이 녀석을 때리게 해줘어어어어어어!!"
뒤에서 나를 끌어안은 채로 만류하는 레

이코.

아니, 때리게 놔둬!!

헉헉헉…….

**

“있잖아, 레이아 짱. ‘돈’이란 건 말이야, 손에 넣기가 아주 힘들어. 수도꼭지를 틀면 얼마든지 나오는 그런 게 아니란 말이야, 알겠어?”

응, 모른다면 어쩔 수가 없지. 그래서 교육에 힘쓰기로 했다. 열심히.

그랬더니…….

“그 정도쯤은 알고 있어요. 그러니 냉큼 모으도록 해요!”

“으갸아아아아아아아아~~!!”

“자자자…….”

레이코가 또 뜯어말렸다.

레이코는 세레스가 얼마나 어벙한지 모른다. 그래서 일단 ‘전생시켜주고 치트 능력까지 준 여신님’으로서 추앙하고 있다. 그러므로 이 녀석에게도 아직은 세레스처럼 여신님으로서 경의를 품고 있다.

……그러나 이미 나에게는 그런 경의 따윈 터럭만큼도 없다고!

“이거 놔! 때리게 해달라고오오!!”

겉모습은 소녀지만 실제 나이는 수만 년, 수억 년쯤 먹었겠지. 그러니 때리더라도 아동 학대는 아니니 안심이다. 만족할 때까지 힘껏 때릴 수 있다!

**

"헉헉헉……."

……진정됐다.

이 녀석은 상식이 없지만 악인은 아닐 터.

……아마도.

틀림없이 그렇다.

그래주길 바라…….

"잠깐 따라와 주겠어? 미네도 와주고."

"?"

"예!"

그리고 레이아와 미네, 그리고 당연히 따라오는 레이코와 아랄, 다시 말해 우리 식구 전원.

행선지는…….

"여긴?"

"건어물 가공실이야."

레이아가 묻자 그렇게 대답하긴 했는데 레이아가 과연 생선 건어물이 뭔지는 알지…….

"미네, 이걸 건어물이 되도록 처리해줘."

"예? ……아, 예!"

내가 찬장에서 꺼내는 척 아이템 박스에서 생선 한 마리를 꺼냈지만 아무도 의아해하는 기색을 보이지 않았다.

아니, 레이코와 레이아는 당연할 테지만, 미네와 아랄, 너희들은 조금 의심을 해보는 게 어떠니?

……그러고 보니, 레이코와 레이아, 한 글자밖에 차이가 안 나잖아.

뭐, 착각할 만큼 발음이 비슷하지 않고, 레이아는 어차피 곧 이곳에서 없어질 테니 문제없나. 헷갈리니 이름을 바꾸라고 요구할 수는 없는 노릇이니…….

그런 생각을 하는 동안에도 척척 생선을 가르고 있는 미네.

레이아는 어째서 내가 이런 일을 시키고, 또 모두에게 보이고 있는지 이해 못 하고 있겠지만, 시간 감각이 우리와는 전혀 다른 종족이니 설령 하루 종일 보라고 하더라도 개의치 않고 쳐다보겠지.

물론 작업에 익숙한 미네가 고작 한 마리를 손질하는 데 그리 오래 걸리지는 않겠지만…….

그리고 미네가 대강 밑준비를 마쳤을 즈음에…….

"레이아 짱. 방금 이 아이, 미네가 끝낸 작업은 우리가 만들고 있는 건어물 작업 공정의 일부야. 그 밖에도 사전에 시장에서 생선을 들여오고, 세척하고, 소금을 뿌리거나 조미액에 담가두고, 서늘하고 어두운 방이나 음지에서 말리고, 도시로 팔러 나가야 하지……. 물론 사전에 상품을 매입해줄 곳을 찾아 약속을 해둬야만 하고. ……이렇게까지 해서 얻을 수 있는 이득은 생선 값, 소금, 그 밖의 경비를 제외하고서 1장당 소은화 2닢 정도야. 네가 요 닷새 동안에 몽땅 써버린 돈, 숙박비를 제외한 금화 30닢의 15000분의 1이란 말이야."

"……어?"

레이아의 표정이 멍해졌다.

"하루 30장의 건어물을 제작한다고 치면 500일분. 한 주에 이틀을 쉰다고 치면 약 2년. 이 세계 인간의 평균 수명을 50살이라고 치면……."

나는 오른손을 뻗어 검지로 레이아를 척 가리켰다.

"즉, 넌 이 아이가 본인 수명의 25분의 1을 소모하여 번 돈을 고작 닷새 만에 몽땅 써버린 거야! 네게는 하잘것없는 하등생물일지 모르겠지만, 이 세계에서 생명을 받아 열심히 살아가는 한 인간의 25분의 1을 허비한 거야!!"

"어……."

레이아가 어리둥절해하고 있다.

아니, 알고 있다.

내 논리가 엉망진창에다가 엄청 주먹구구식이며 그 돈은 미네가 번 게 아니라 내가 옛날에 포션을 팔아치워서 벌어뒀던 금화를 환전한 것임을.

그래도 이 녀석이 세레스와 동급 생물이라면. ……그리고 세레스와 마찬가지로 본체의 초열화판이라면 기세에 밀려 휩쓸릴 가능성이 충분히 있다. 그때 세레스처럼…….

아무리 레이아와 세레스가 우리를 하등 생물로 볼지라도 불쌍한 생물을 향한 연민의 정쯤은 있겠지. 너무나도 초월적인 생명체인 본체라면 모를까 세레스와 동급 수준으로 초열화된 버전이라면…….

그래, 우리가 필사적으로 살아가는 개미를 보고서 품는 감정을…….

"25분의 1……. 수명 전체의 25분의 1……. 이 약하고 가련한 생명의 그것을 내가 닷새 동안에 먹고 마시고 놀고 장난을 치는데 순식간에……."

어머, 생각 이상으로 먹히고 있네?

햇수로 말해서는 실감이 나질 않을 것 같아서 '전 수명에서 차지하는 비율'이 얼마나 되는지 표현해봤다. 이 존재가 '수명의 25분의 1'이라는 표현에 충격을 받았는지, 아니면 불과 50년밖에 살지 못하는 덧없는 생명에게 2년이라는 세월이 자신에게는 수억 년에 해당한다고 받아들였는지…….

어쨌든 반성한 눈치이니 잘 됐다고 받아들이자.

이 기세로 밀어붙이자!

"알겠어? 이 세계에서 '돈'이라는 건 중요한 거

야. 비교적 쉽게 손에 넣을 수 있는 사람도 있지만, 대부분은 그렇지 못해. 그리고 돈이 있으면 뭐든지 가능하니 무조건 행복해질 수 있느냐 하면 꼭 그렇지도 않아. ……그래도 돈은 행복해지기 위한 도구로써 유용해. 돈으로 모든 행복을 살 수는 없지만, 그중 대부분은 살 수 있다고…….”

뒤에서 레이코가 ‘살 수 있는 거였어?!’ 하고 중얼거렸지만 무시.

미네는 고개를 끄덕이고 있다. 응, 미네는 ‘돈’의 무서움과 고마움을 뼈에 사무칠 정도로 잘 알고 있을 테니까.

“……미안.”

어머, 갑자기 솔직하게 나오네……. 조금 의외다.

이거 정공법으로 가도 되려나?

“레이아 짱, 세레스를 감찰하러 나왔다는 거 거짓말이지?”

“윽…….”

아, 역시.

“아니, 딱히 상관없어. 우리한테 민폐……, ‘큰’ 민폐만 끼치지 않는다면야 긴장을 한시도 풀 수 없는 큰일을 맡고 있는 네가 막간에 한숨을 좀 돌리겠다는데 누가 불평을 할 수 있겠어. 세레스처럼 담당하고 있는 구역에 살고 있는 수많은 생물과 차원세계를 위해서 ‘왜곡’을 줄곧 감시해왔잖아? 이 정도쯤은 당연한 권리야. 개의치 마, 개의치 마!”

“어……, 아, 응, 뭐…….”

어라? 왠지 반응이 시원치 않은데.

"레이아 짱, 담당 구역 관리는 괜찮아? 혹여나 지금 레이아 짱의 담당 구역에서 '왜곡'이 발생한다면……."

레이코가 걱정스럽게 말하자…….

"아아, 그건 괜찮아."

왠지 가볍게 흘려버렸다?

"이 세계를 관리하는 세레스티느에 상당하는 수준의 '내'가 지금도 담당 구역을 착실히 관리하고 있다구. 난 그 '내'가 만들어낸 존재로부터 또 파생된 하위 존재이고, 수준을 낮춘 분신체 중 하나이니까……."

"어벙한 세레스보다도 더 수준이 떨어지는 분신체가 왔다~~!!"

지능 레벨을 너무 낮춘 나머지 지식이나 신적인 능력은 모르겠지만, 사고력이나 지성은 이미 평범한 인간보다 더 떨어지잖아~~!!

그러니 어수룩할 수밖에…….

**

"……그럼 잘 부탁드립니다!"

여관 직원에게 레이아를 잘 부탁해뒀다.

그래, 부탁을 받고서 우리를 감시하기 위해서 타국에서 온 귀족 가문의 딸로 행세하라고 레이아와 사전에 입을 맞춰뒀다.

우리 친가와 친밀한 귀족 가문의 딸이 우리가 자유를 누리고 있는 것이 너무 부러워서 감시하겠다는 핑계를 양가에 대고서 쫓아오긴 했지만, 사실은 본인도 명소를 둘러보는 여행을 하고 싶을 뿐인 말괄량이 아가씨로 설정해두고서.

……어째서 10살 미만으로 보이는 레이아가 12살 전후로 보이는 나와 14~15세로 보이는 레이코의 감시역으로 파견되었느냐는 문제가 있지만 깊이 생각하지 않기로 했다. 여관 사람도 '대체 귀족은 무슨 생각을 하며 사는지 모르겠구만' 하고 넘어가 줄 테지.

뭐, 귀족 자제는 어렸을 적부터 여러 교육을 받아 개중에는 되바라진 아이나 어른스러운 아이, 천재, 똑부러진 아이도 있을 테니 문제없다.

그리고 얼핏 혼자 있는 것처럼 보이지만 늘 호위가 몰래 감시하고 있어서 자칫 건드리려고 했다가는 인정사정없이 베일 수도 있다는 소문을 퍼뜨려두기로 했다.

아니, 이렇게라도 해두지 않으면 큰일이 벌어질 테니까. ……주로 이 도시, 이 나라, 이 대륙이 말이지…….

제아무리 레이아가 '세레스보다 하등 생물에게 훨씬 관대하고 상냥'하다고 해도, 그리고 레이아 본인에게는 아무런 위험도 없다고 해도 역시나 자신에게 악의를 노골적으로 드러내며 공격하는 사람에게는 가차가 없겠지. 용서할 이유가 눈곱만큼도 없으니까.

인간도 자신을 문 모기는 망설이지 않고, 아무런 죄책감도 없이 때려죽이잖아. 꽤 상냥한 사람일지라도.

그러고는 주변에 살충 스프레이를 뿌리더라도 전혀 이상할 게 없다.

다른 모기는 아무 짓도 하지 않았는데도…….

뭐, 아기 고양이가 연거푸 날리는 고양이 펀치 정도는 웃으며 넘어가 줄지도 모르겠지만…….

또한 그렇게 예고해두면 레이아에게 해코지를 한 작자들의 목이 갑자기 '툭' 떨어지더라도 '아아, 강선(鋼線)을 쓸 줄 아는 비밀 호위의 소행인가……' 하고 납득해…….

"줄 리가 없잖아!"

줄 게 틀림없다.

응, 레이코의 딴죽은 무시.

아, 역시나 부잣집 딸처럼 차려입고 있는 8살 전후로 보이는 레이아가 혼자 묵기엔 싸구려 여인숙은커녕 일반 여관도 너무 위험하다. 그러므로 레이아가 처음부터 묵고 있는, 이 도시 최고의 여관에 계속 묵게 하도록 했다. 다만 당연하지만 내 주머니가 버틸 수 있는 수준으로 가격대를 낮추고자 객실 등급을 낮췄다.

여관 직원에게는 우리가 만들어낸 레이아의 설정과 함께 그녀가 가지고 온 자금을 불과 며칠 만에 다 써버릴 정도로 출랑이라고 설명했다. 이 이후에도 내가 숙박료를 치를 것이고, 레이아에게는 일주일마다 용돈을 조금씩 지급할 거라는 사실도 함께 전해뒀다.

보통 고급 여관의 직원은 손님의 개인 정보를 떠들어대지 않는다. 그러나 이번만큼은 레이아의 안전을 위한다는 이유로 '함구령'이 아닌 '선전령'을 내려뒀다.

……여관 사람이 싫다는 내색을 하긴 했지만.

뭐, 손님의 개인 정보를 주절주절 떠들어대는 여관이라는 인식이 박힐까봐 싫은 건가? 어쨌든 억지로 부탁해두긴 했지만.

괜찮다. 이 여관에 묵을 만한 사람은 모두 '된 사람'이니 레이아의 소문만 귀에 들린다면 '소녀의 안전을 위해서 여관이 일부러 오명을 뒤집어썼군' 하고 금세 이해하고서 여관을 더욱 높게 평가할 게 틀림없다! ……아마도.

그리고 이로써 푼돈밖에 없으니 레이아를 습격해봤자 별 이득이 없다는 것이 널리 퍼진다면 비밀 호위가 있다는 소문과 어우러져 레이아를 건드리려는 사람이 더욱 줄어들 것이다.

사실 요 닷새 동안에 레이아가 돈을 흥청망청 썼다는 사실은 여러 사람들에게 알려져 있을 테고, 앞으로 레이아는 내가 지급하는 용돈으로 그럭저럭 생활(귀족 영애로서는 꽤 검소한)을 할 테니 의심하는 사람은 없겠지.

그리고 세레스가 종종 나를 지켜보고 있다는 걸 알고 있을 레이아는 나와 거의 접촉하지 않고 휴가를 즐겨주겠지. 그리고 이렇게 일을 꾸미고 있는 나를 보고서 '초월적인 레이아와 그 존재들'이 마치 유치한 짓을 벌이는 어린 동생을 보고서 흐뭇해하는 언니처럼 조금이나마 즐거워해준다면…….

전 우주, 그리고 전 차원 세계를 위해서 힘써주고 있으니 이 정도쯤은 감수할 수 있지.

**

"……라고 생각하고 있겠죠. 그 하등 생물은……. 그래도 뭐, 그 소녀한테 너무 접근했다가는 세레스한테 발각될 테고, 내 목적은 그분께 '저 소녀가 살아가는 모습을 재밌게 들려주는 것'이지 저 소녀를 마음대로 갖고 놀고 있는 상황을 들려주려는 게 아니니까. 그런 짓을 했다가는 분명 질타를 받을 거야……"

여관 객실에서 과자를 오독오독 먹으면서 혼잣말을 하고 있는 레이아.

그것이 종족 특성인지 세레스처럼 혼잣말이 많은 듯하다.

그리고 아마도 카오루 일행은 큰 피해를 입지 않을 듯하다.

"……그래도 용돈은 액수를 조금 더 늘려 줘야 하는 거 아닌가요? 이 신체는 아직도 더 먹을 수가 있어요. 음식도, 과자도 꽤 재미난 체험이고요. ……그리고 맛있으면 맛있을수록 더 비싸지는 이유는 대체 뭔가요? 골탕을 먹이는 건가요? 어쨌든 다음에 용돈을 받을 때 이 생각을 밝혀야겠어요……."

이 나라의 말은 완전히 습득했으면서 어째서 이 세계의 상식은 습득하지 않았는가.
그러나 레이아 관련 예산은 현재 '리틀 실버'의 회계와는 상관없는, 카오루의 옛 재산으로 충당하고 있으니 큰 영향은 없다.
……아직까지는.
그리고 카오루는 레이아가 이곳에 잠시 머물며 즐긴 뒤에 귀환하리라 여기고 있다.
……세레스를 비롯한 그 종족의 시간 감각이 인간과는 동떨어져 있음을 인간 중에서 가장 잘 이해하고 있는데도 불구하고…….
뭐, 애당초 레이아가 체류하고 있는 목적을 오해하고 있으니 그 착각은 그리 큰 것이 아니지만…….

**

"좋아. '수수께끼의 방문자' 사건은 이것으로 일단락! 원래 임무로 복귀하는 거야!"
'원래 임무로 복귀하겠다'는 말은 내가 전생 때 자주 쓰던 표현이다. 분명 전쟁 영화를 보고서 외운 군대 용어였을 것이다. 아마도 오빠와 함께 텔레비전이나 대여 비디오로 봤겠지.
"라저!"
"라, 라저?"
"라저!"
물론 레이코는 나의 전생 때 말버릇이나 자주 쓰는 말을 알고

있다. 그리고 레이코를 따라 황급히 흉내 내는 미네와 아랄. 음, 귀여워어…….

으음, 왠지 레이아에게 휘둘려 이리저리 허둥대긴 했지만, 어쨌든 '리틀 실버'의 사업으로서 해산물 가공 부문에 이어 식육 가공 부문도 순조롭게 시작되었다. 민예품 등을 취급하는 소품 부문도 마찬가지로 순조롭다. 문제점은 공급이 수요를 따라가질 못하고 있다는 점뿐이다.

왜냐면 생산 주력은 9살짜리 소녀 미네와 6살짜리 소년 아랄 둘뿐인걸. 생산량에 한계가 있는 건 당연하다.

아니, 나와 레이코도 일하고 있다니까?

그래도 우리는 대외적인 활동(판매 경쟁이나 신규 개척, 그 밖의 여러 일들)을 해야만 하고, 매일 작업 현장에서 일하고 싶지 않다.

느긋하게 살면서, 돈은 우리의 소비를 타인이 의아해하지 않을 정도로만 벌면 족하다.

술이나 도박을 하느라 큰돈을 탕진한 것도 아니고, 맛있는 음식을 먹는 데 돈을 쓸 필요도 없다. 이 지역 하급 귀족의 집에서 먹는 요리보다 나나 레이코가 만든 요리가 훨씬 맛있다.

우리는 지구의 세련된 조리 기술뿐만 아니라 조미료를 사용하니까. 포션 생성 능력으로 만들어낸 조미료.

반칙? 사소한 건 그냥 무시하는 거야!

……뭐, 포션 능력으로 생성한 향신료나 조미료가 없다면 값비싼 최고급 식재료를 쓴 귀족 가문의 요리를 당해내지 못할지도 모르겠지만…….

뭐, 어쨌든 육체노동은 직원들에게 맡기고서 나와 레이코는 편한 일을 조금씩 해나갈 뿐이다.

……아니, 왜 비난을 받아야 하는 건데? 경영자는 원래 이런 거잖아?

더욱이 지금 우리가 벌이고 있는 건 미네와 아랄을 위해 일거리를 만들어주고, 기술을 익히게 하기 위한 자선사업이다. 영주님에게 보냈던 신청서와 탄원서에 거짓말을 쓰지는 않았다, 음.

……그러나 현재 미네와 아랄의 부담이 조금 늘어난 건 사실인가.

이 부담을 덜어주려면…….

그래, 당연히 신규 직원을 고용해야 한다.

그리고 전 고아원 건물 옆에 작업장을 증설하여 생산량 증대를 꾀해야만 참된 사업주라고 할 수 있다.

……다만 그렇게 하기에는 조금 문제점이 있다.

응, 우리는 비밀이 너무 많다. 직원을 모집했다가는 무조건 이상한 녀석이 나타날 거다.

왜냐면 돈 많은 귀족 가문의 아가씨가 취미로 하고 있는 돈이 될 만한 사업이니까. 더욱이 향신료 입수 루트까지. 이것에 달려들지 않을 상인이나 악당은 없겠지. 꿍꿍이를 품고서, 혹은 고용인의 명령을 받고서 모집에 응모할 사람이 반드시 있다.

더욱이 애당초 많은 직원들을 고용하고서 그 품삯을 지불하기 위해 작업량을 더욱 늘린다면 본말전도다. 우리는 다 함께 행복하게 살기 위해서 일하고 있다. 위험을 무릅쓰거나, 불쾌한 경험을 겪는 건 싫다.

……돈은 배후의 사업으로 긁어모을 테니 됐어, 그런 건.

레이아의 생활비는 옛날에 저축해둔 돈으로 충당하고 있고…….

젠장, 그것도 무진장 있는 건 아니라고. 너무 오래 머문다면 비상용 자금이 줄어든단 말이야. 현재 유통되고 있는 금화로 환전한 건 일부뿐이다. 대부분은 '대량으로 환전하면 의심을 사는, 지금은 유통되지 않는 옛 금화' 형태로 보관하고 있는 중이니까.

으으음, 뭔가, 좋은 생각이……,

제57장 인재확보작전

"……상품 증산 말인가요?"

저녁 식사를 마친 뒤 다 함께 홍차를 즐기는 단란한 시간에 그 화제를 꺼냈다. 그러자 미네가 조금 생각한 뒤 자신의 의견을 밝혔다.

"솔직히 말해서 현 상태에서는 더 이상 증산하기가 어려워요. 더 노력하면 2할 정도는 늘릴 수 있을지도 모르겠지만, 그마저도 상당히 무리해야만……."

미네가 그렇게 말하고서 아랄 쪽을 힐끔 쳐다봤다.

아마도 본인만의 일이었다면 '앞으로 생산량을 2할 더 늘리겠습니다!' 하고 대답했을 테지만, 아직 6살인 아랄에게 그런 부담을 떠안길 수가 없어서 그렇게 대답했겠지. 그리고 미네의 성격을 헤아려 보면 그런 발언을 수치스럽게 여길 게 틀림없다.

그래도 그녀는 아랄을 우선하고자 증산이 어렵다고 대답했다. 개인적으로는 은혜를 입은 우리를 위해 무리를 하면서까지 기대에 부응하고 싶다고 생각할 텐데…….

응, 그 대답이면 충분해. 그 대답이면 충분하다고.

"알고 있어. 미네와 아랄이 근무 시간 내에 최대의 성과를 올려주고 있다는 걸. 그러니 대폭으로 증산하는 게 어렵다는 건 알고 있어. 만약에 증산이 가능하다면 두 사람이 현재 전력을 다하고 있지 않다는 뜻이니까. 너희들이 최선을 다하고 있다는 것쯤은 알고 있어. 나도 바보는 아니니까."

내가 그렇게 말하자 미네의 눈동자가 왠지 그렁그렁해졌다.

아니, 너희들은 옛날에 익히 봐왔던 '여신의 눈' 아이들의 그 '광신자의 눈'을 하지 않기를 바라. 가족처럼 친밀한 고용주와 직원 관계. 그것이면 충분하다. 거기에 숭배나 헌신 같은 감정은 필요 없다고!

그러니…….

"증원을 고려하고 있어. ……단, 모집을 했다가는 반드시 이상한 놈이 올 테니 채용은 스카우트 방식, 즉 우리 쪽에서 먼저 제안하여 채용하겠다는 거야. 근데 우린 이 도시에 지인이 없고, 누가 신용할 만한지도, 상대가 누군가의 입김이 닿고 있는지도 몰라. 자, 이 대목에서 질문. 우린 누굴 스카우트하면 될까?"

내가 질문하자 미네가 즉답했다.

"고아!!"

"정답~!"

그래, 부자나 권력자의 영향력 아래에 있는 고아 따윈 존재하지 않는다. 그들의 바람은 오로지 '배불리 먹고 싶다', '따뜻한 곳에서 자고 싶다'……, 그리고 '연명하고 싶다.' 그저 그뿐이다.

그리고 우리가 그 세 가지를 다 준다면.

아마도 결코 배신하지 않겠지. 그 '여신의 눈' 아이들처럼…….

"근데 이 도시의 고아원은 망했고, 현재는 이렇게 사업장으로 운영되고 있어. 과거에 문을 닫기 전에 모든 고아들한테 몸을 의탁할 만한 곳을 마련해줬을 정도이니 이 도시의 영주가 고아원에 들어가지 못한 고아들을 방치했을 리는 없을 텐데?"

응, 레이코의 말대로 이 도시는 이상하리만치 고아들을 돕고 있는 듯하니까. 다들 미네와 아랄에게도 상냥하게 대해주는 모양이고, 미네의 말에 따르면 고아원 시절 때도 꽤 잘 해줬다고…….

그러니 옛날부터 이 도시에는 강변에서 사는 홈리스 아이들이나, 일정한 잠자리조차 없는 문자 그대로 '부랑아'에 해당하는 아이도 존재하지 않는다. 이곳에 있었던 사설 고아원이나 더부살이로 일할 수 있는 나이가 된 아이를 받아주는 작업장, 그리고 아주 가끔 나타나긴 하지만 '연소자를 양자로 삼길 바라는, 아이를 잃거나 혹은 아이를 낳지 못한 부부' 등이 그런 아이들을 거둬왔기 때문이다. 나쁘게 들릴지도 모르겠지만 '수요와 공급에 균형'이 잡혀 있는 듯하다.

물론 모든 도시가 그런 것은 아니다.

일반 도시에서는 번듯한 직업을 구하려면 누군가의 추천이나 연줄이 있는 사람을 우선한다. 신용이라는 문제 때문에 고아는 번듯한 직업을 좀처럼 구하질 못한다.

고아가 무슨 사고를 쳤을 때 친형제나 피붙이에게 대신 배상하도록 요구할 수도 없고, 가게의 돈을 가지고 달아날까 두렵기도 하겠지.

그러나 실제로는 평범한 사람보다 고아원 출신자가 범죄를 저지를 확률이 훨씬 낮다고 한다.

기껏 스스로의 힘으로 배불리 먹고, 따뜻한 침대에서 잘 수 있는 생활을 손에 넣었는데, 그것을 버릴 생각을 하는 사람은 거의 없을 뿐더러 일반 사람들이라면 비명을 지를 만한 상황에서도 고아 출신자들은 웃으면서 '그 시절에 비해서는 천국이야' 하고 중얼거리며 버틸 테니까…….

그리고 그런 사람들이 필사적으로 성실하게 일하는 가장 큰 이유는 물론 그것이다.

'만약에 자신이 신용을 잃을 만한 짓을 저지른다면 모든 고아들의 신용과 평판이 땅에 떨어져 후배들을 고용해줄 직장이 격감한다.'

자신을 돌봐줬던 고아원 사람들에게 실망을 안기고, 잘 따라줬던 후배들에게서 원망을 사고 경멸을 받는다.

……고아원 출신자에게 이보다 더한 공포는 없겠지.

그래서 고아들을 비교적 신용할 수 있는 것이다. 우리가 그들을 먼저 배신하지 않는 한.

"그럼 고아를 찾으러 다른 도시에 갈 거야?"

"아니, 다른 영지에서 멋대로 사람을 데려오는 건 위험하지. 아무리 고아라고 해도 그들은 영민(領民)이야. 나이를 그럭저럭 먹으면 노동력으로써, 그리고 유사시에는 전력으로써 쓸 수 있는 영지의 재산이니까……."

레이코의 방안은 각하다.

다른 영지에서 사람을 멋대로 이동시키는 것도 문제지만, 그 이전에 내 팔은 그렇게까지 길지 않다.

우연히 만난 사람들을 조금 돕거나, 크게 수고스럽지 않다면 심심풀이로 '여신님' 놀이를 하며 행운을 나눠주기는 해도 낯선 도시의 낯선 아이들을 위해 멀리 나갈 생각은 없다.

이 나라의 모든 고아들, 그리고 모든 나라의 모든 고아들에게 손을 내밀어줄 수는 없다. 그렇다면 처음부터 무리를 하거나, 어중간한 일을 벌이지 않는 편이 낫다.

"그럼 어쩔 거야? 여기 고아원이 폐쇄되기 전에 있었던 고아들은 제각기 위탁처에서 나름의 보살핌을 받고서 지금은 평범하게 살고 있을 거 아냐? 그 사람들을 데리고 돌아올 수는 없는 노릇이잖아?"

당연하다. 그런 짓을 했다가는 지금 아이들을 맡고 있는 위탁처 사람들에게 민폐를 끼치게 되고, 알선해준 영주님이나 애를 써준 모든 사람들의 체면을 구기게 된다. 그리고 '리틀 실버'의 평판도 떨어지겠지.

"그래서 데리고 돌아올 거야. '여기로 데려오더라도 문제없는 사람'을 '빼 오더라도 문제가 없는 곳'에서."

"아……."

응, 이만큼 힌트를 줬으니 레이코도 단번에 알아차렸겠지.

'데리고 돌아온다.'

'예전에 여기에 있었던 사람'을 말이다.

그리고 갑자기 데려가더라도 본인도, 직장 사람들도 전혀 곤란하지 않거나, 혹은 '곤란하더라도 상관없는 사람'을 말이다.

다시 말해…….

"미네, 고아원 원장이 바뀐 게 팔려가기 반년 전이었다고 했지? 그리고 팔려간 지 약 1년 만에 도주하여 여기에 도착하기까지 시간이 조금 걸렸고……. 그리고 여길 이어받았던 악당이 붙잡힌 건 약 반년 전. 즉 약 1년 동안에 미네와 똑같은 고난을 겪은, 다시 말해 '팔려나간 아이'가 있다는 뜻 아냐?"

"어……."

미네의 입에서 흘러나온 것은 '그 사실을 미처 몰랐다는 놀라움의 목소리'가 아니었다.

그것은 정말로, 정말로 그 아이들이 도움을 받을 수 있느냐는, 반쯤 믿지 못하는 소리. 그러나 희미하게나마 보이는 희망의 빛을 믿고서 매달리고 싶다는 마음의 소리.

그녀가 몰랐을 리가 없겠지.

알고는 있었지만 혼자서는 어쩔 도리가 없었으리라. 우리에게 말해봤자 마음만 무겁게 할 뿐. ……그래서 아무 말도 하지 않았겠지.

정말로 말하고 싶었을 마음의 외침.

'나와 똑같은 고난을 겪고 있는 동료들을 구해줘!!'

오케이, 오케이.

데리고 돌아오더라도 문제가 없는 인원.

곤란해지는 건 악당뿐이니 자업자득. 마음을 써줄 필요는 전혀 없다.

영주님은 아마도 편을 들어주겠지.

그리고 도움을 받은 아이들은 결코 우리를 배신하지 않고 성실하게 일해주겠지.

아이를 구하고 악당을 응징한다.

응, 가끔은 '여신님'이나 '사도님'이 되어보는 것도 괜찮겠지.

……익명을 써서 파트타임으로.

정사원으로서 풀타임으로 '여신님'이나 '사도님' 노릇을 하는 건 조금 벅차다.

그래도 파트나 아르바이트 정도라면 상관없다.

옛날에 '여신의 눈' 아이들과 만났을 때 그렇게 하기로 정했으니까.

자유롭게 살고 싶다고 말이다. 내가 내키는 대로.

그리고 은혜롭게도 포션 생성 능력의 혜택을 누리고 있으니 사람들에게 조금 베풀자고.

……단, 악당은 제외.

딱히 미네를 위한 일이 아니다.

나와 미네, 그리고 팔려간 아이들의 이해관계가 일치했다. 그저 그뿐이다.

그리고 나는 영주님에게 '리틀 실버'를 '고아들을 자립시키기 위해 지원 사업을 하는 조직'이라고 설명했다. 면세 혜택을 부탁하는 탄원서 및 서류에 그렇게 적어서.

그것이 어떤 활동인지 꾸준히 보여주도록 하자.

"좋아, '리틀 실버', 인재확보작전, 개시!!"

**

"자, 미네가 팔려간 곳이 이 나라의 북서쪽에 인접한 국가, 즉 바다 반대쪽이라는 거지? 그럼 육로로 이동해야 하려나……."

내가 중얼거리자 옆에서 레이코가…….

"인재라는 육체를 확보하기 위해 육로로 간다. ……그야말로 '육로(肉路)'……."

시끄러워!

어쨌든 미네에게서 팔려갔던 시절의 이야기와 그쪽 사정에 관해 여러모로 물었다.

뭐, 당시에는 '팔려간 줄'도 모르고 돈 많은 상점주의 양녀로 들어갔다고 여겼던 모양이다.

게다가 상황을 깨달은 뒤에도 고아원의 새로운 원장은 아무것도 모른 채 그저 속았을 뿐이라고 여겼던 듯하다. 내가 진실을 알려주기 전까지는…….

"허! 그 아저씨……, 아니, 그 빌어먹을 중년 놈이 모든 것의 원흥! 언젠가 기필코 복수해…….”

“아니, 진즉에 붙잡혀서 처벌을 받았거든!”

그런 대화도 있기는 했지만 뭐, 사정 청취는 순조롭게 끝났다. 상대가 전적으로 협력해줬으니 당연하긴 하지만…….

그리고 그다음에 정보를 수집하러 갈 곳은 바로 거기.

그래, 영주님의 관저 말이다.

고아원 경영자를 심문했던 기록을 봐야만 하고, 일단 우리가 무슨 일을 벌이려고 하는지 미리 이야기도 해둬야만 하니까.

그때 영주님은 경영자를 붙잡아 처벌은 했지만, 그 이상의 일은 하지 못했던 듯하다.

……그래도 어쩔 수 없다. 결코 영주님이 게을렀거나, 뇌물을 받아 일을 무마한 게 아니다.

영주님은 타국으로 관리를 파견하여 조사를 시킬 수도, 타국 상인을 취조할 수도, 그리고 포박할 수도 없다.

그리고 물론 일단은 정식 절차를 거쳐 양자로 들어간, 지금은 이미 타국 사람이 된 아이들을 아무런 증거도 없이 일방적으로 빼앗는 것 역시…….

자국의 고아원이 사례금을 받고서 정식 절차를 거쳐 양자로 내보냈고, 영주님의 부하가 관련 서류에 확실히 서명을 했으니까. 선불리 건드렸다가는 상대국이 자국 왕궁에 항의를 할 테니 영주님의 처지가 위태로워질 수가 있다.

이러니 관여할 수가 없을 수밖에.

……그러나.

우리는 이 영지 사람도, 이 나라 사람도 아니다.

설령 우리가 무슨 짓을 저지르더라도 '그 녀석들은 타국 사람이다. 우리와는 관계없다'라고 발뺌하면 그만이다.

그리고 영주님은 당연히 유력한 친가가 우리의 뒷배를 봐주고 있다고 여기는 중일 테고, 비밀 호위와 무슨 문제가 벌어졌을 때 수습하기 위한 감시역이 은밀히 지켜보고 있으리라 여길 테지. '엉터리 감시역' 레이아가 아니라 진짜 감시역이.

……그래, 만약에 그 누구의 만류도 받지 않고 우리가 무슨 짓을 저지른다면 그것은 감시역이 '문제없다'고 판단했다는 뜻이며, 그건 즉 '친가가 어떻게든 수습할 수 있는 별문제도 아닌 사소한 일'로 여기고 있다는 뜻이 된다.

그렇다면 '귀족치고'는 착하고, 또 고아를 배려해주는 영주님은 '도박'을 걸겠지.

설령 지더라도 자신은 아무런 손실도 입지 않는 그 도박에…….

좋아, 일단 탄원서를 내자.

**

선선히 면회 허가를 받았다.

'리틀 실버'의 면세 혜택을 부탁했을 때는 사용인이 탄원서에 대한 답장 편지를 보내줬을 뿐 영주님과 직접 만나지는 않았다.
그런데 이번에 사용인이 전해준 것은 답장 편지가 아니라 초대장이었다.
응, '초대장.' 소환장 같은 게 아니고.
뭐, 우리를 타국의 귀족이나 아가씨로 여기고 있을 테니 정중하게 대해주는 거겠지.
더욱이 이번 건은 내가 보낸 탄원서만 읽고서 간단히 허가해줄 만한 일이 아니니 직접 만나고자 하는 게 당연하겠지.

……그래서 지정된 시간에 영주 저택으로 갔다. 나와 레이코 둘이서.
아니, 대화만 나눈다면 나 혼자서도 충분하지만, 험악한 일(만약의 사태)이 벌어졌을 경우에는 레이코가 함께 있어주는 편이 더 안전하니까.
여러 적들에게 포위된 상황에서 탈출하기에는 역시나 포션 생성 능력보다도 마법 무제한 능력이 더 압도적으로 편리하겠지.
영주님과 크게 대립한다면 당연하지만 이 도시에서 계속 살아갈 수가 없다. 그 경우에는 미네와 아랄을 데리고서 탈출한 뒤 도피한다. 그러므로 터무니없는 짓을 벌이지 않는 선에서 마법 행사도 불사한다!
포션 생성 능력의 한계를 지난번에 뼈저리게 깨달았단 말이야.
미네와 아랄은 혹시 몰라서 지하실에 숨으라고 지시해뒀다. 지하실에는 화장실도 설치되어 있으니 안심이다. 그리고 미네에게는 아랄에게 글자를 읽고 쓰는 법을 비롯해 여러 가지를 가르쳐 주라고 지시했다.

사용인에게 안내를 받아 영주님과 인사를 나눴다. 그쪽에서 가장 먼저 꺼낸 말은…….

"굉장히 맛있는 건어물과 말린 고기를 팔고 있다고 하더구나. 우리한테도 납품해다오!"

그게, 뭐야아아아~~!!

……아니, 맛있긴 하지만, 확실히.

포션 능력으로 생성해낸 국물에 담근 뒤 레이코가 익혀온 제조법으로 만들었다.

화학 변화와 수분 감소로 감칠맛이 응축되어 뭐라 형언할 수 없는 맛으로 바뀐다.

이 일대의 어물전이나 정육점, 시장 아저씨가 적당히 말려서 파는 것과는 격이 달라!

……으, 지금은 그런 이야기를 하러 온 게 아냐!

"……아, 예, 기쁘기 그지없습니다. 대단한 영광입니다……."

그렇게 적당히 대답을 했더니…….

"아~, 됐다, 됐어! 그런 딱딱한 말투는 거둬도 좋아. 성가시니 평범하게 말해다오."

아마도 상하의 예절이나 관례를 그다지 따지지 않는 사람인 듯하다.

나 역시 왕족과 스스럼없이 말을 주고받았던 몸이다. 그렇게 말해준다면야…….

툭툭!

알고 있어, 그렇게 안 찔러도, 역시나 어떻게 반말을 하겠어!

젠장, 레이코 녀석, 내가 그 정도로 바보인 줄 알아?

아니, 그건 제쳐두고…….

"예, 추후에 보내드리도록 하겠습니다. 만약 마음에 드신다면 그다음에 주문해주시면……. 다만 한동안 다 함께 여행을 떠날 예정인지라 다음 납품은 그 후가 될 듯합니다……."

"뭐, 여행을 떠난다? 고향에 다녀오려는 건가? 기간이 얼마나 걸릴 것 같나?"

좋아, 괜찮은 도입부다.

탄원서에는 고아원이 폐쇄되기 전 1년 동안에 양자로 거둬졌던 고아들이 현재 어떻게 살고 있는지 확인하고서 조치를 취하고자 한다고 비교적 온건하게 적어뒀다. 그러니 영주님은 우리가 조사원을 고용하여 파견할 거라고 받아들였을 것이다.

적어도 '아가씨'가 여러 고아들을 위해서 위험을 무릅쓰면서까지 여행을 나설 거라는 생각은 못 하겠지. 그러므로 우리가 여행을 떠난다는 이야기를 듣고서 탄원서 내용과 연결 짓지 못하는 것도 무리는 아니다.

"아뇨, 위조된 신청서 때문에 부당하게 납치된 아이들을 탈환하러 갈까, 하고 생각해서……."

"뭐, 뭐라!"

영주님이 어찌나 놀랐는지 의자에서 벌떡 일어설 뻔했다.

뭐, 그야 놀랄 만도 한가. 두 어린 아가씨가 그런 소리를 내뱉었으니.

"…………."

입을 다물고 있지만, 아마도 머릿속으로 여러 가지를 생각하고 있겠지.

내가 예측한 대로 결론을 내려준다면 좋을 텐데…….

"……얘기를 자세히 들려주겠나."

좋았어!

**

"……그래서 심문했을 때의 기록, 특히 상대측에 관한 정보가 필요합니다만……. 그리고 저희가 하는 일을 '영주님이 묵인'하여 주신다는 뒷거래를……."

자, 영주님이 어떻게 나올까? 좋은 예감이 느껴지기는 하는데…….

"……기록을 보여주는 건 상관없다. 허나 묵인은 안 된다!"

어?

망했다. 차라리 영주님에게 비밀로 하고서 몰래 일을 벌일 걸 그랬나!

아니, 그러나 다른 곳으로 팔려나가 없어진 고아들이 나타난다면 금세 들통이 나서 조사를 받게 되겠지……. 이런, 좀 골치 아픈 일이 벌어졌으려나…….

"그런 얘길 누가 묵인을 하겠나! 공인이지, 공인! 입장이 있어서 구체적으로 명령을 내릴 수는 없지만, 내 영지는 고아 지원 조직 '리틀 실버'가 벌이려는 고아 구제 활동을 전면적으로 지지할 것을 선언한다!!"

……어라?

'귀족치고는 착한 사람'이라는 소리는 듣긴 했지만, 이거 그냥 '착한 사람'이잖아?

**

"……과연……."

레이코와 함께 영주 저택의 자료고에서 그 사건 기록을 살펴보고 있다.

물론 이곳을 관리하고 있는 관리가 함께 와서 여러모로 거들어주는 중.

아니, 이곳 담당자가 없으면 어디에 뭐가 있는지 어떻게 알아!

그리고 또한…….

"이로써 필요한 정보는 대강 다 갖춰졌나……."

무슨 영문인지 영주님도 있다.

아니, '이렇게 재미난 일에 날 빠뜨리려고 하나!' 하고 말하더라니까……

"……근데 어쩔 작정이냐?"

"……."

"살짝이라도 좋으니 알려줘."

그렇게 '한 입만'처럼 말해도 어째야 할지…….

"…………."

"자자, 아주 살짝이라도 좋으니 작전을……."

……거북해.

뭐, 영주 자리는 책임만 막중할 뿐 매일 시시한 업무를 수없이 처리해야 하고, 자유롭게 놀러 나갈 수도 없는 따분한 직책이겠지.

자신의 지시에 반론을 하거나, 간언해주는 부하도 없고, 사용인들은 그저 본인의 눈치만 살필 뿐. ……그런 생활이 뭐가 재밌겠어?

자유분방하고 즐겁게 놀러 다닐 수 있어서 인생을 구가할 수 있는 결혼 안 한 귀족가 도련님이 차라리 더 행복하지 않을까?

권력이나 신분은 모자라지 않기만 하면 족한 거지.

권력이 너무 크거나, 신분이 너무 높으면 인생이 재미가 없어지니까.

내가 눈에 띄는 걸 그다지 좋아하지 않는 이유도 그 때문이다. 추앙받아 남들이 우러러보는 위치에 있어본들 늘 이목을 신경 써야 해서 자유롭게 살 수가 없다. 그런 인생은 하나도 안 재밌어.

많으면 많을수록 좋은 건 오로지 돈뿐이야! 음음.

오락에 굶주려있는 영주님은 가엽지만 거북한 건 거북한 거다. 온건한 이유를 대며 물러가달라고 부탁하자.

"거북하니까 당장 업무로 복귀해주세요!(영주님을 번거롭게 할까 송구스러우니 여긴 부하와 저희들한테 맡겨주세요!)"

"어……."

어안이 벙벙해져서는 굳어버린 영주님.

어, 왜?

"……카오루, 아마도 입 밖으로 내뱉은 말과 마음속으로 중얼거렸을 말이 반대로……."

"아……."

믿기지 않는다는 표정을 짓고 있는 영주님과 부하의 모습을 보니 아마도 레이코의 말이 맞겠지…….

망했다!!

**

"카오루!"

"미안하대도……."

응, 한 발만 삐끗했다면 불경죄로 큰일이 났을지도 모른다. 쓴웃음을 지으며 집무실로 되돌아간 영주님, 역시 됨됨이가 올바른 착한 사람이네.

그리고 마찬가지로 쓴웃음을 짓고 있는 부하와 함께 반년 전 심문 기록을 모조리 확인하여 미네를 제외한 3명의 고아가 양자로서 거둬진 곳, 그리고 인접국 측 중개자들을 모조리 파악했다. 물론 메모를 해뒀다.

당시에 영주님은 자신의 영민인 2대 고아원 원장을 처벌하는 것 말고는 할 수 있는 일이 없어서 원통해했다고 한다. 당연하지만 이 나라의 상층부와 타 영지의 영주, 고아원 등에 정보를 돌려 사악한 자들이 같은 짓을 되풀이하지 못하도록 조치했다고 한다.

……적어도 이 나라 안에서는.

타국에는 아무런 조치도 취할 수가 없었다고 하던데 그건 당연하다. 국내에 정보를 돌려 경고한 것만으로도 훌륭하다.

뭐, 영주 중에는 얼마 안 되는 액수이긴 하지만 일부러 대금을 지불하면서까지 쓸모도 없고 밥만 축내는 고아를 데려가 줬으니 좋은 일 아닌가? 하고 말하며 거들떠도 보지 않았던 사람도 있었다고 한다. 그러나 그건 어쩔 수 없다. 사람들은 저마다 생각이 다르고, 이 세상에는 어리석은 사람도 있다.

?
툭
얏

고아원에 굳이 중개를 부탁하지 않고 그냥 부랑아를 스카우트하면 되는 거 아니냐고 생각할 수도 있겠지만, 고아원에서는 어렸을 적부터 읽기와 쓰기, 간단한 산수를 가르치고, 예절부터 일반 상식, 몸가짐도 교육시키고 있다. 그리고 건강 상태도 관리하고 있으니……, 즉 그런 거지.

조금 나쁘게 들릴 수도 있겠지만 '떠돌이 들개를 거두기보다 애완견 숍이나 브리더, 혹은 분양 알선 조직에서 제대로 교육을 받고, 예방 주사까지도 맞은 녀석을 분양받는 편이 낫다'라는 거다.

처음에 돈이 조금 들더라도 결과적으로는 그렇게 하는 편이 싸게 먹힌다…….

인간을 개나 고양이와 같은 선상에 놓고 비유하는 건 불경스럽긴 하지만, 뭐, 실질적으로 아이들을 노예 취급하는 놈들이니…….

좋아, 조사 완료! 그 뒤에는 영주님에게 얼굴을 내밀고서 아까 전 일을 다시금 사죄하고서 물러났다.

……내일 건어물과 육포를 좀 진상해야겠네. 친가에서 보내줬다면서 사탕도 추가할까…….

그리고 자료 확인을 열심히 도와준 아저씨에게도 뭔가 보답을 하자.

술 같은 걸 주면 기뻐해줄 것 같은데 말이야. 나와 레이코가 마시려고 능력으로 생성해낸 지구의 술.

술을 안 마신다면 다른 사람에게 팔아도 되고 말이야. 아마도 가격이 꽤 나가겠지.

**

그리고 사흘 뒤.

모든 준비를 끝마쳤다.

정보 입수, 좋아!

단골들에게 상품을 납품하고, 한동안 상품을 사들이고자 여행을 떠나게 되었으니 잠시 휴점을 하겠다는 고지, 좋아!

……꽤 떨떠름해했지만 하는 수 없다. 아마도 상대도 그 정도쯤은 양해하고서 그저 푸념이나 조금 늘어놓은 것뿐이겠지.

집 방범 대책, 좋아!

지하 1층에서 아래로 이어지는 계단은 아이템 박스에서 바위를 꺼내 막아뒀다.

그런 곳에 콱 박힌 바위를 도둑 나부랭이가 어떻게 할 수 있을 리가 없다.

낚시용 보트는 아이템 박스에 수납 완료.

지하 1층에는 고아원 시절 때 사용했던 가구를 비롯해 고물이나 마찬가지인 것들을 조금 놔두고서 값이 나갈 만한 것들은 죄다 아이템 박스에 수납했다.

……아니, '먹잇감'을 놔두는 건 좋지 않으니까. '리틀 실버'를 털면 돈을 벌 수 있다는 소리가 기정사실이 되면 훗날 성가셔진다.

그리고 물론 함정을 설치해뒀다.

응, 분명 올 테지. 값비싸게 팔 수 있는 건어물이나 육포 제조법의 비밀, 혹은 부잣집 아가씨가 숨겨놨을 금화나 보석 등 여러 가지를 훔치러…….

물론 여기저기에 종이를 붙여뒀고 입간판도 세워뒀다. 흉악한 방범 장치가 있으니 침입자의 목숨을 보장할 수 없다고. 그리고 함정에는 독이 발라져 있다는 사실도 확실히 명기했다.

일단 함정에 걸리더라도 죽지는 않도록 해둘까.

가시에다가 격통과 발열, 그리고 환부가 썩어드는 것처럼 이상한 색으로 변색되고 부풀어 오르는 포션을 발라두도록 할까. 그리고 함정 옆에 '해독약 있습니다. 금화 10닢'이라고 적은 종이라도 붙여두고 말이야…….

우리가 돌아올 때까지 언제 죽을지, 언제 손과 발이 썩어서 문드러질지 공포에 사로잡혀 정신을 놓고 말겠지. 후하하하하!

"귀신이냐!"

"아니, 레이코도 이 정도쯤은 하잖아, 언제나. 그 뭐야. 쿄짱을 졸졸 따라다녔던 스토커 녀석을 함정에 빠뜨렸을 때……."

"그 얘기는 하지 마아아아아아~!!"

응, 인정하고 싶지 않은 법이지. '젊은 시절에 저질렀던 풋내 나는 실수' 말이야.

미네와 아랄의 준비 상태……, 좋아!

아니, 두 사람은 짐이라고 해야 하나, 소유물이라고 해야 하나,

그런 게 전혀 없으니 짐을 꾸릴 필요조차 없다.

더욱이 애당초 우리에게는 '짐을 줄인다'라든지, '가져갈 물건을 선별한다'라는 개념이 없다. 전부 아이템 박스에 때려 넣으면 되니까.

"좋아!"

"난 무시하는 거냐!"

레이코가 뭔가 아우성쳤지만, 어쨌든 좋아!

아랄은 무슨 상황인지 잘 모르는 눈치이지만 미네는 완전히 이해하고 있다.

우리가 미네의 옛 동료들을 위해서 위험(웃음)을 무릅쓰려고 한다는 것을.

조금 켕기는 듯한, 미안해하는 듯한, 그리고 걱정하는 듯한 눈.

그야 뭐, 미네는 나와 레이코를 그저 부잣집(평범한) 아이로 여기고 있을 테니까.

……하지만…….

"카오루, 두 사람한테 알려줄 거야?"

"어, 뭘?"

또 레이코가 영문을 알 수 없는 말을 했다.

"아니, 함께 여행을 하면 아이템 박스는 물론이고 말들과 대화를 나눌 수 있다는 사실도 들통날 거 아냐. 설마 여행하는 내내 아이템 박스를 쓰지 않고, 말들과 대화도 나누지 않을 작정은 아니겠지? ……너무 불편하니까…….”

아.

아아아.

아아아아아아아!!

미처 몰랐다…….

“알려주지 않을 거라면 침대도, 물과 식량, 갈아입을 옷, 그리고 기타 등등도…….”

“맞아, 처음에 마차에 실은 물건만 써야 되겠지, 당연히. 물론 침대는 못 쓰고, 텐트는 일일이 조립해야만 해. 그리고 여관에 묵게 되면 한밤중에 도둑이나 사악한 마구간지기, 직원이 짐을 빼가겠지……. 물론 야영할 때는 신선한 식재료나, 대량의 물을 팍팍 꺼내는 것도 안 돼. 신체 청정 마법이나 의복 세정 마법 같은 것도 자제해야 해.”

“죽어버릴 거야아아아!!”

이 세계에서 처음으로, 변변히 준비도 못한 상태에서 도주했을 때조차 아이템 박스와 포션 생성 능력 덕분에 편하게 지낼 수 있었다. 그 이후에는 아이템 박스와 포션이 없는 생활은 생각지도 못한 채 늘 그 은혜를 누려오기만 했다. 그것이 느닷없이 금지된다면…….

“죽어버릴 거야아아아!!”

……너무 중요해서 2번이나 반복했다.

아니, 평범한 여행자들은 모두 그게 당연할 테지만.

물론 그런 게 없어서 모두 '죽어버렸다'는 뜻이 아니라 그런 상태에서 여행을 하는 게 당연하다는 뜻.

"……설마, 이런 함정이 도사리고 있었을 줄이야……."

레이코와 논의를 하여 어쩔 수 없이 미네와 아랄에게 정보 중 일부를 알려주기로 합의했다.

그러나 어디까지 알려줄 수 있을까? 또한 '두 사람을 이해시킬 수 있도록 내용을 어떻게 꾸며야 좋을지'는 앞으로도 논의를 해야만 한다.

"아이템 박스에 관해서는 알려줄 수밖에 없겠네……."

"응. 그 설명 말인데……. 그런 능력을 갖고 있다고 하기로 할까? 아니면 무한히 수납할 수 있는 수수께끼의 가방이나 혹은 수납 능력이 부여된 반지 같은 특별한 아이템 덕분이라고 해둘까?"

으~음, 고민이 되네…….

광신자나 절대적인 충성 같은 건 이미 차고 넘칠 만큼 겪어봤는데 말이야…….

'여신의 눈' 아이들은 여신으로서의 나를 광신자처럼 따라줬지만, 평상시의 나, 즉 '동거인 카오루'에게는 평범하게 대해줬다.

그래도 그 아이들에게는 같은 처지인 고아 동료들이 있었고, 다 함께 그렇게 하기로 결정했기에 가능한 일이었지. 내 바람이 무엇인지 제대로 이해하고서.

그러나 아랄은 아직 어리다. 미네는 아랄의 몫까지 모든 것을 스스로 짊어지고, 스스로 판단하고……, 그리고 스스로 책임을 지려고 하고 있다.

그러니 미네에게 쓸데없는 중압감이나 괴로운 판단을 강요하는 부담감을 안겨줘서는 안 된다.

간단하면서도 아무런 고민도 떠안기지 않고, 아무것도 생각할 필요가 없도록 잘 설명해야 한다.

그러기 위해서는…….

…….

………….

………………안 돼, 좋은 방안이 떠오르질 않아! 사고가 공회전하여 시간만 허무하게 흘러갈 뿐…….

"좋은 생각이 있어."

"진짜!"

역시 레이코, 세월이 벼슬이지!

"그래서 방안이 뭔데?"

잔뜩 기대하고서 레이코의 얼굴을 쳐다보고 있으니…….

"우리를 여신의 사도라고 하는 거야. 그렇게 하면 그 어떤 기적이나 신기한 현상을 보더라도 놀라거나 수상하게 여기지 않을 테고, 우리의 말은 절대적이니 스스로 아무것도 생각할 필요가 없으니 고민하거나 걱정하지도 않아. ……완벽하지?"

"사고가 멈춰버렸냐아아아아아! 그리고 광신자를 둘이나 만들어서 어쩌자는 거야아아아아아! 그거, 내가 가장 피하고 싶은 거잖아!!”

“아, 역시?”

이 녀석…….

알고서 일부러 말했구나. 그런 녀석이지, 이 녀석은!!

……아니, 괴롭히려고 그런 말을 한 것이 아니다.

이렇게 생각이 막혔을 때 일부러 모든 것을 다 날려버리는 방안을 제시하여 사고의 늪에 빠져버린 상태를 리셋해준 것이다.

그리하여 사고를 처음으로 되돌려서 늪에 빠져버린 루트가 아니라 다른 루트를 다시 검토할 수가 있게 된다.

……응, 역시 레이코는 든든하네.

자, 다시 시작해보자…….

“아이템 박스는 우리 둘 다 쓸 수 있다고 하지 않으면 여러모로 번거로울 거야. 그리고 포션, 특히 치유 포션의 존재를 밝혀두지 않으면 미네와 아랄이 다치거나 병에 걸렸을 때 성가셔질 거야. ……뭐, 그건 ‘실질적으로 단번에 치유되지만, 증상이나 겉모습은 서서히 치유되는 것처럼 보이는 포션’을 쓰기로 하고, ‘잘 듣는 것처럼 보이지만 어디까지나 평범한 약’에 지나지 않는다고 설명하면 어떻게든 되려나……. 아니면 우리 친가에서 대대로 전해지는 비약이라고 해둘까.”

그것 말고는 달리 방법이 없다.

“행과 배드는 여신의 애마의 자손으로서 주인의 말을 알아듣는 신마. 도적이나 악당한테 습격 받았을 때 내가 사용하는 폭렬 포션은 친가에서 비밀리에 전해지는 무기이고, 레이코의 마법은 여신님이 내려주신 능력. 이것들을 잘 설명할 수 있고, 이 세계의 아이들한테 설득력이 있는 설정은…….”

““우린 여신이거나, 혹은 여신의 사도다!””

“““………….”””

서로의 눈을 쳐다보는 나와 레이코.

““그렇겠지~!!””

**

“““에에에에에에엥!!”””

우리가 설명하자 미네는 가볍게 쥔 양쪽 주먹을 입가에 대고서 눈이 휘둥그레진 채로 깜짝 놀랐고, 아랄은 경악한 얼굴로 굳어버렸다.

“카, 카카카, 카오루 님과 레이코 님이 마법사!!”

응, 그렇게 됐다.

……‘마법소녀’라고 하지 마!

방심하여 ‘마미처럼’(‘마법소녀 마도카 마기카’의 등장인물. 머리가 뜯겨 죽는다) 되지 않도록 조심하자…….

이 세계에는 드래곤 같은 일부 마물이 쓰는 것을 제외하고서 실용적인 마법은 존재하지 않는다.

그래도 그러한 '마법이 실제로 사용된 예'가 존재하고, 인간 중에서도 인생 전부를 마법 연구에 바친 부자 연구가 등이 촛불 수준의 불을 생성하는 불 마법이나 물방울 정도를 생성해내는 물 마법을 쓴 적이 있다고 한다.

옛날에 어느 나라의 왕궁에서 왕족에게 마법을 선보인 적도 있었다고 하니 인간이 마법을 쓸 수 있다는 것 자체는 모두가 다 아는 사실인 듯하다.

……그 위력은 방금 말한 수준에 불과하긴 하지만.

그러니 인간들은 마법의 존재를 의심하지 않는다. ……아니, 그보다도 그 존재는 알고 있다고 표현하는 편이 더 정확하려나.

뭐, 여신이 실재하며, 그 기적의 힘을 여러 번이나 뼈저리게 느꼈으니 새삼스레 마법의 존재를 부정할 리도 없나…….

그리고 당연하지만 수많은 오락거리, 즉 연극, 영웅담, 음유시인의 이야깃거리 등에서 초인적으로 활약하는 마법사들이 빈번하게 등장한다.

마법이 전혀 존재하지 않는 지구에서조차 그런 이야기가 무수히 흘러나오고 있을진대 마법이 실존하는 이 세계에서는 더 말할 것도 없겠지.

그리고 이야기 이외에 '제대로 된 정보', '정확한 지식'을 얻을 방법이 거의 없는 일반인들은 마법이라는 것을 '원래 그런 것'이라고 인식하고 있으며, 근처에서 마법사를 본 적이 없는 이유를 '마법사는 자신의 능력을 과시하거나 우쭐해하지 않고, 능력을 숨기고서 평범하게 생활하고 있기 때문'이라고 여기고 있다.

혹은 왕궁의 비밀 연구실이나 변경의 높은 탑 꼭대기에서 살고 있다거나…….

……그래, 이야기에서 대개 그러하듯이…….

그래서 이 세계에서는 '마법사'나 '마녀'라는 존재는 동경하는 슈퍼 히어로, 슈퍼 히로인이지 결코 사악한 이미지가 아니다.

그리고 여신님이나 사도님에게서 비롯된 종교나 기적과는 다르다.

마법은 어디까지나 평범한 사람이 노력과 재능을 통해 손에 넣은 힘이다. 왕궁 근위기사단장이나, 나라에서 제일가는 대상회 설립자처럼 '인간의 힘으로 이룩한 위업'에 불과하다.

즉 '우러러봐야 할 인간'이긴 하지만 그 존재는 결코 불가사의도 뭣도 아니다. 그저 '엄청나게 굉장한 사람'일 뿐이다.

……평범한 사람이, 더욱이 15살 전후의 어린 아가씨가 도달할 수 있는 경지는 아니긴 하지만…….

사소한 건, 그냥 넘어가는 거야~!!

**

"준비 완료!"

응, 거래 상대에게 연락을 해뒀고, 정해진 양의 상품을 납품했고, '도난당하고 싶지 않은 물건'을 아이템 박스에 수납하고 방범 대책을 세워뒀고, 영주님에게 양해를 구했고, 미네와 아랄뿐만 아니라 행과 배드에게도 설명을 해뒀다. 모든 준비를 끝마친 뒤 어젯밤에는 일찍 잠자리에 들었다. 그래서 오늘 아침은 다들 활기차다.

아이템 박스에 넣어둔 음식으로 식사를 끝마치고서…….

"좋아, 출발!"

"""""오~!"""""

물론 미네와 아랄도 데리고 간다.

미네와 아랄만을 이곳에 남겨둘 수는 없는 노릇이고, 목표로 삼은 세 사람은 모두 미네와 아는 사이다. 그러니 우리를 믿게 하기 위해서라도 미네의 존재는 필수불가결이다.

느닷없이 미성년자처럼 보이는 낯선 아이가 나타나 '보살펴줄 테니 현재 생활을 버리고서 따라와' 하고 말했을 때 순순히 따라올 바보는 없겠지. 더욱이 밑바닥 생활을 전전해왔을 뿐만 아니라 이미 한번 혹독하게 속은 뒤라면…….

그러므로 미네에게 설명을 맡기는 편이 가장 빠르다.

입양한 곳(실제로는 정식 입양 절차 따윈 밟지 않고, 그저 품삯 수십 년 치를 선지불하고서 더부살이 심부름꾼으로 고용한다는 계약을 맺었지만)을 완전히 적으로 돌려야만 하는데 당사자가 우리를 전적으로 믿고서 조력해주지 않으면 곤란하거든.

뭐, 그런 역할을 맡길 생각이 없었다고 해도 두 사람을 남기고 가는 선택지는 애당초 없었다. 당연하지.

영주님과 약속한 건어물과 육포는 이미 보냈다.

물론 뒷문을 통해 사용인에게 넘겼다. 이런 걸 건네려고 일부러 영주님을 부르는 업자는 없고, 이런 일로 주인을 나오게 하는 사용인도 없겠지.

서비스로 절임(단무지, 무절임, 오이 절임 등)과 사탕, 그리고 브랜디도 몇 병 딸려 보냈다. 건어물과 절임은 직접 만들었지만, 사탕과 브랜디는 치트.

아, 조사를 도와줬던 사용인을 위한 선물도 확실히 준비했다. 이런 건 제대로 보답을 해둬야만 하니까. 이런 배려가 언젠가 나에게 되돌아올 테지…….

그리고 건어물용으로 간장이 담긴 작은 병 한 병도.

사용하는 법을 적은 메모도 함께 동봉했다. 건어물을 굽는 비법 등도.

아니, 그 정도는 이곳 요리사들도 알고 있을 테지만 혹시 몰라서. 요리사가 요리도 모르는 어린애가 만든 것을 신용할 수 없다며 건어물을 너무 오래 구워버릴지도 모르니까.

그러므로 영주님 앞으로 보내는 편지에 그 내용도 적어뒀다.

……응, 꽁치가 시커멓게 타버리기라도 하면 영주님이 너무 불쌍하다. 인생의 즐거움이 얼마 없을 테니.

그런데 귀족이나 대상인과 어떻게 연줄을 만들 수 있을까 여러모로 고민하고 있었는데 설마 이런 일로 영주님과 직접 관계를 맺게 될 줄이야…….

뭐, 됐나.

세상만사 뭐든지 계획대로 흘러가지 않는 법이다. 예기치 않은 사고도 벌어지는가 하면, 예기치 않은 요행도 있다. 이건 굳이 말하자면 '요행'이 만들어낸 성과일 테니까.

문단속을 끝마치고서 집 앞에 선 나, 레이코, 미네, 아랄, 그리고 행과 배드.

좋아, 가자!

"나와라, 마법의 마차!"

두둥!

"""우와아아아~~!!"""

느닷없이 눈앞에 출현한 장갑 마차(판처).

그래, 3대의 마차 중에서 이상한 것들이 꼬이지 않도록 방지하기 위해서 외관을 단단하게 만든, 가도의 벌레를 퇴치하는 주행용 마차 말이다. 마부석에 더미 인형(오스카)을 앉혀둔 그 녀석.

지구에서는 마법으로 호박을 마차로 변신시키는 건 상식.

그리고 이 세계에서는 마법으로 마차를 느닷없이 등장시키는 건 상식. ……아마도.

미네와 아랄의 입에서 나온 것은 물론 비명이 아니라 '환호성'이다.

난생처음 본 마법. 그야 환호성을 지를 만도 하겠지.

"히힝힝힝, 부히힝힝(행, 배드, 부탁해!)"

""부히히힝(맡겨주십시오!!)""

하네스를 채우는 위치로 스스로 이동한 행과 배드를 보고서 굳어버린 미네와 아랄.

왠지 마차를 꺼냈을 때보다 더 놀란 눈치인걸. ……왜 저러지?

"왜 그렇게 놀라는 거야? 확실히 설명했잖아. 이 두 말은 여신님, 혹은 사도님이라고 불렸던 사람의 애마였던 신마의 자손이라고. 그래서 주인의 말을 어느 정도는 이해할 수 있다고……."

내가 그렇게 말했지만 아랄은 '납득할 수 없다'는 표정을 짓고 있다.

그리고 미네가 내 얼굴을 물끄러미 쳐다보고서…….

"아, 아뇨, 방금 그건 '말이 주인의 말을 이해'해서 놀란 게 아니에요. 방금 카오루 님은 말의 언어로 말한 거죠?"

"어?"

어라?

어?

어어어어어어어?

레이코의 얼굴을 보니 입을 반쯤 열고서 멍한 표정을 짓고 있었다.

"저질렀다아아아아아~~!!"

우리가 세운 설정에 따르면 우리가 인간의 언어로 말했을 때 행과 배드가 그 말을 이해해야만 한다.

내가 말의 언어로 말할 수 있다면 모든 말들이 이해할 수 있는 게 당연하다.

나도, 레이코도 그 사실을 전혀 눈치채지 못했다.

완벽한, 설정 미스…….

"서, 설마……."

"카오루 님은……."

아아, 망했다! 두 사람

대체 얼마나 감이 예리한 거야, 이 둘은!

""카오루 님은 신마의 자손!!""

"뭔 소리~야아!!"

**

"누가, 말의 자손이라는 거니!"

""죄, 죄송합니다…….""

아니, 뭐, 사과할 것까지는 없지만…….

이미 배드와 행에게 하네스를 채우고서 이동을 하고 있다.

더미 인형(오스카)는 도시를 나서고서 조금 더 나아간 뒤에 마부석에 앉혀야 한다. 그러지 않으면 도시 사람들이 '마부석에 앉아 있는 건 누구야?' 하고 궁금해할 테니까. 우리는 비교적 얼굴이 알려져 있으니.

지금은 레이코가 마부석에 앉아 있다. 그리고 나는 객실 안에서 미네와 아랄에게 설명하고 있다.

"그건 말이야. 인간의 언어로 말한테 말을 걸면 '정신 나간 불쌍한 사람' 취급을 받을 거 아냐? 그리고 행과 배드가 인간의 언어를 알아듣는 말이라는 사실이 알려진다면 불온한 생각을 품은 사람이 나타날 테니 내가 말과의 친목을 다지기 위해서 말 울음소리를 대충 흉내 내고 있다고 여기게끔 일부러 그러는 거야. 신마의 자손으로서 주인의 말을 알아듣기는 하지만 인간의 언어를 이해하고 있는 건 아냐. 주인의 생각을 느끼는 능력 덕분이니 입으로 말하는 언어와는 관계가 없어."

""과연……""

좋아, 어리숙해!

"그럼 난 마부석으로 돌아갈 테니 너희 둘은 푹 쉬고 있으렴. 단, 자는 건 금지! 밤에 잠이 안 오니까."

""예!""

이로써 OK다.

너무 오랫동안 마부석에 혼자 앉혀두면 레이코가 화를 날 테니 어서 말동무를 해줘야…….

도시에서 충분히 떨어지면 더미 인형(오스카)를 앉혀두고서 다 함께 객실에서 왁자지껄 놀면 된다.

전 고아원에서는 고용인과 직원이라는 관계 때문에 벽이 생길 수밖에 없지만, 좁은 마차 안에서 서로 마주 보고 있으니 마음을 터놓고 대화를 나눌 수도 있겠지.

미네와 아랄은 조금 딱딱하다.

아니, 두 사람의 처지가 처지인 만큼 그게 보통이겠지만, 미네는 특히 우리를 대하는 태도가 딱딱하다. 미네를 모범으로 삼고 있는 아랄도 당연히 그것을 따라 한다. 조금만 더 자연스럽게 대해줬으면 좋겠는데 말이야.

……그래, 그 '여신의 눈' 아이들처럼…….

**

"……카오루 님이 그렇게 말했는데 어쩔 거야? 미네 누나……."

"물론 카오루 님과 레이코 님이 그렇게 말씀하셨으니 그렇게 할 거야. 왜 우리한테 그런 말씀을 하셨는지는 모르겠지만 두 분이 '그렇게 하기로' 정하셨다면 우린 '그런 것으로 알고 있겠습니다' 하고 받아들일 수밖에 없잖아? 그래서 두 분은 '마법사'가 맞아. 결코 '사도님'이 아니라!"

"응, 알겠어!"

아랄에게 그렇게 지시하면서 미네는 고개를 갸웃거렸다.

여신의 지혜.

고아들을 향한 자비.

숱한 기적.

신마가 끄는 여신의 마차.

동물과 대화를 나눌 수 있는 능력.

그것들은 전부 교전(教典)의 '사도님의 자비' 장(章)에 나오는 이야기다. 어린이용이든 어른용이든 그 장이 실려 있지 않은 교전은 없다.

어느 나라든 아이들에게 교전을 읽게 하지 않거나, 들려주지 않는 고아원은 한 곳도 없다. 일반 가정에서 자라는 아이들도 신전에서 예배를 하면서, 그리고 부모님에게서 여러 번이나 가르침을 받는다.

……즉 지금까지 보고 들었던 것과 아까 전 설명을 미루어봤을 때 두 사람은 '우리는 사도'라고 선언한 것이나 다름없다.

총명한 미네가 그것을 모를 리가 없을 테고, 당연히 카오루와 레이코도 그 사실을 알고 있을 것이다.

(그런데 어째서 진실을 넌지시 알려주면서도 표면적으로는 그것을 숨기려는 것처럼 말씀하신 거지……. 우리는 알 수 없는 뭔가 깊은 생각이 있으신 건가…….)

미네는 눈치가 너무 빠르다.

……그리고 남의 생각을 지나치게 넘겨짚는다.

그러나 어쩔 수 없다.

설마 사도님들이 자신보다 멍청……, 그런 어리숙한 짓을 저지를 거라고는 생각 못 할 테니까…….

제58장 첫 번째 아이

도시에서 충분히 멀어진 뒤 마부석에 더미 인형 2개를 앉혔다.

그리고 넷이서 객실 안에서 왁자지껄 잡담을 나눴다.

처음에는 미네와 아랄의 태도나 말투가 딱딱했지만, 과자와 주스가 먹혀들었는지 점차 누그러졌다.

여행은 순조롭게 진행되었다. 이상한 놈들에게 휘말리지 않고 무사히 국경을 넘어 인접국으로.

도중에 휴식이나 야영을 할 때는 가도 옆 '공터'를 이용하지 않고, 마차를 탄 채로 가도에서 벗어나 외부인이 보지 못하는 곳으로 돌아 들어갔다.

아니, 다른 여행자와 같은 곳에서 휴식이나 야영을 했다가는 아이들밖에 없다는 사실이 들킬 테니까.

군용으로밖에 보이지 않는 다부진 마차를 얼핏 봐도 값비싼 명마임을 알 수 있는 백마 두 마리가 끌고 있는데 아이들밖에 없다는 사실이 발각된다면 어떤 일이 벌어질지는 바보도 알 수 있다.

비교적 제정신이 박힌 사람일지라도 유혹이라고 해야 하나, 눈앞에 누가 놔두고 간 지갑이 있다면 마가 낄 수도 있겠지.

아무것도 없다면 범죄를 저지르지 않을 사람의 눈앞에 일부러 맛있는 먹잇감을 어른거리게 하여 범죄자를 만들어낸다.

……거의, 범의유발형(악질적인) 함정 수사라고 할 수 있다.

그러므로 이 마차에 누가 타고 있는지는 절대로 다른 사람에게 알려서는 안 된다.

도시에 들어갈 때는 입구에 들어서기 전에 마차를 수납하고서 안장을 올린 행과 배드를 타고서 간다.

값비쌀 것 같은 말 2마리와 어린애 4명도 악당들의 눈에는 충분히 구미가 당기는 먹잇감이겠지. 그러니 도시에 들어서자마자 곧장 고급 여관으로 들어간 뒤 그대로 한 발자국도 밖으로 나가지 않으면 괜찮다.

그리고 이튿날이 되면 도시를 나서자마자 남의 이목을 피해 장갑 마차(판처)로 갈아탄다. 그렇게 하면 미행을 꾀한 녀석들이 알아차리지 못하고 그대로 지나가겠지. 발모어 왕국에서 이곳으로 오는 동안에 자주 써먹었던 수법이다.

그리고…….

"이 도시가 첫 번째 아이가 팔려간 곳이야."

그래, 미네를 제외한 '팔려간 세 사람' 중 하나가 있는 도시다.

"영주님이 우리의 신분이라고 해야 하나, 처지라고 해야 하나……, 어쨌든 그걸 증명하는 서류를 작성해주셨지만, 그건 어디까지나 '최후의 수단'이야. '권총은 최후의 무기다!(특촬물 「닌자부대겟코」 속 대사」)'라는 말도 있잖아."

"어떻게 그렇게 오래된 방송을 알고 있는 거야!"

레이코가 딴죽을 걸긴 했지만……, 너도 알고 있잖아!

"……아니, 어쨌든 여긴 타국이니 우리 영주님이 써준 서류가 절대적인 효력을 발휘할 수 있을 리가 없어. 그저 타국의 귀족이 '이 아이는 수상한 자가 아니에요', '신분은 내가 보증해요'라고 적은 종이 쪼가리에 불과하니 말이야. 그리고 그건 우리가 범죄자라는 의혹을 받았을 때 무마해줄 만한 힘이 없어. 그럴 때 해명하고자 꺼내 보인다면 영주님한테 민폐를 끼치게 될 거야. 타국의 귀족한테 약점이 잡히는 건 귀족으로서 최악이라고 할 수 있어. 대체 왜 그런 서류를 써서 우리한테 넘겨준 건지……. 그런 건 자기 영지 내에서나 인궤(도장을 넣어두는 상자)와 같은 효과를 발휘하는데 말이야."

내가 그렇게 말하자 레이코도 조금 어이없다는 표정을 지었다.

"아마도 자신이 불리해질 건 생각 않고, '궁지에 몰렸을 때 이걸 보이면 타국 귀족한테 빚을 지게 할 수 있겠다고 판단한 그 땅의 귀족이 이 소녀들을 죽이지 않고 거래 조건으로 쓰려고 하겠지' 하고 생각한 게 아닐까? 귀족으로서, 영주로서는 좀……."

""사람이 너무 무르네~!""

그래도 불이익을 아랑곳하지 않고 우리의 목숨을 우선하여 생각해준 거겠지.

……바보다.

그래도 우리는 그런 바보가 싫지 않다.

그래서 그런 사람에게 손해를 끼치지 않을 것이고, 기대도 저버리지 않는다.

"작전은 예정대로 A-3으로. 돌발 사태가 벌어지면 적절한 부차 작전을 선택. 부차 작전으로도 대응할 수 없는 경우에는 메인 작전을 변경. 최악의 경우에는 모든 것을 때려 부수고서 목표를 탈취, 기만 공작을 위해서 일단은 그대로 귀로 반대 방향으로 탈출. 알아들었어?"

"라저!"

"라, 라저!"

"라저……."

응, 정면에서 정식으로 대화를 나누거나 교섭을 벌여봤자 소용없다.

서류에는 '수십 년 치 품삯을 선지급받은 더부살이 심부름꾼'으로 되어 있다고 하고, 위조가 아니라 정식 서류라고 한다. 고아원 책임자와 영주님의 부하의 서명도 들어 있다고 하니 그건 어쩔 도리가 없다.

서류가 완전히 갖춰져 있고 애초부터 '그럴 작정'이었을 텐데, 이제 와 우리가 교섭을 하자고 한들 가만히 받아줄 리가 없다.

아니, 돈을 지불하면 그야 되돌려줄지도 모른다.

그래도 상대는 '악덕 상인'이고 이쪽은 '겉모습은 어리게 생긴 아가씨'다. 우리가 돈을 갖고 있음을 알게 된다면 당연히 악착같이 바가지를 씌우려고 들겠지. 자칫 잘못하면 그 이상의 것을 빼앗으려고 할지도 모른다. ……응, 여러 가지를, 말이야…….

더욱이 설령 돈으로 해결할 수 있다고 해도 그럴 마음이 없다.

서류에 기재되어 있는 금액은 날조한 것이고, 그 2대 원장이 실제로 챙긴 금액보다 훨씬 크겠지. 더욱이 한몫 챙길 수 있을 것 같다는 판단이 선다면 위약금이니 위로금 같은 항목을 추가할 게 틀림없고.

그렇게 되면 그 돈으로 또다시 다른 고아원에서 아이를 사지 않을까. 이번에는 벌어들인 돈으로 2, 3명을…….

그러므로 그런 사태를 방지하기 위해서 선례를 따르기로 했다.

……응, 미네가 했다는 방식을 전면적으로 채용하기로 한 거다.

**

"이리……."

"어?"

창고에서 물품을 꺼내는 작업을 하고 있던 10살 소녀 이리는 귓가에 자신의 이름이 들린 것 같았지만 이내 고개를 저었다.

"왠지, 누가 이리라고 부른 것 같은 것 같은데 기분 탓이려나……. 난 속아서 여기에 왔지만, 그 아이는 고아원에서 무사히 지내고 있겠지. 양자로 거둬져 평범하게 살 수 있을 줄 알았는데 심사를 속인 이런 사기에 걸려들다니 운이 없네, 나……. 새 부모님한테 평생 은혜를 갚을 생각이었는데 말이야……. 그래도 새 원장(아저씨)도 여러 번이나 속을 리는 없을 테니 나 이후에 양자로 거둬진 아이들은 다들 양부모 밑에서 행복하게 살아가고 있겠지. ……나도 준비를 마치면 이곳에서 달아나 고아원으로 돌아갈 거야. 그리고 새 원장한테 사기를 알려야지……. 원장 선생님(아버지)의 교육을 받고서 자라난 우릴 얕보지 말아줬으면 좋겠어……."

창고에 다른 사람이 없어서 소리 내어 중얼거려도 문제는 없다. 그래, 혼자서 일하고 있으면 혼잣말이 느는 건 어쩔 수 없는 일이다.

물론 문이 열리는 소리가 들리거나, 빛이 새어들어 환해지면 바로 입을 다문다.

"뭐, 한동안은 쥐 죽은 듯이 지내야겠지. 신중하게 준비를 하고서 그 뒤에는 고아원으로. 그리고 또다시 애들과 함께……."

"아쉽게 됐네~. 고아원은, 이제 없다구……."

"꺄아아아아아!!"

화들짝 놀란 이리가 뒤로 펄쩍 물러났다.

자신 말고는 아무도 없어야 할 창고.

문이 열리는 소리도 안 들렸고, 창고 내부도 환해지지 않았으니 누가 들어왔을 리가 없다.

그런데 어두컴컴한 창고 안에서 누군가가 자신의 귓가에 속삭인다.

그러나 이리의 머릿속은 공포보다도 먼저 위기감으로 가득 메워졌다.

(들어버렸어!!)

이리는 이미 10살이다. 아무도 없는 창고 안에서 은밀히 접근해 온 남성에게 무슨 짓을 당할 수도 있다는 가능성은 물론 알고 있다. 그러나 지금 이리에게는 그런 것보다도 아까 전 혼잣말을 누군가가 들었다는 것이 더욱더 최악의 사태였다.

그리고 이리는 덮쳐졌을 때를 대비하고자 늘 주머니에 넣고 다니는 나무꼬챙이를 꺼내 세게 쥐고는 눈을 가늘게 뜬 채로 어두컴컴한 창고 안을 둘러봤다. 언제든 대항할 수 있도록 허리를 약간 낮췄다.

이제 쓸데없는 말은 내뱉지 않는다.

이렇게 된 이상 죽이느냐 죽느냐…….

“왔다! 왔다왔다왔다아! 나야, 이리! 미네라고!!”

“……미……, 네……?”

안달이 난 듯한 그 말을 듣고도 이리는 임전 태세를 풀 기색이 없었다.

그래, 확증도 없는데 상대방의 말을 믿는 건 삼류나 하는 짓이다.

고아원에서 원장 선생님(아버지)이 그렇게 가르쳐줬다.

“아~, 진짜……. 레이코 님, 마법을 풀어주세요!”

“예!”

뿅!

그리고 이리의 바로 근처에서 세 사람의 실루엣이 나타났다.

"미네!"

이리가 그렇게 작게 외치고서 미네에게 달려들려고 했다.

"까아!"

그리고 소녀답지 않은 비명을 지르고서 황급히 물러서는 미네.

무리도 아니다. 달려들려고 하는 이리의 손에는 여전히 나무꼬챙이가 단단히 쥐어져 있다. 그대로 안겼다면 그 꼬챙이가 미네를 꿰뚫을 뻔했다…….

**

"……그럼 어제 하루 종일 내 모습을 지켜보다가 나랑 접촉하기 가장 알맞은 시간과 장소를 택했다는 말이야?"

"응. 카오루 님과 레이코 님의 '불가시 필드 마법' 덕분에 당당히 지켜볼 수가 있었던 거야."

이번에 창고에 침입하여 이리가 혼자 있는 것을 확인한 뒤에도 바로 모습을 드러내지 않은 이유는 그녀가 반사적으로 침입자를 공격할까봐 경계해서였다.

이리라면 반드시 공격할 거라고 미네가 강하게 주장해서…….

"으~음, 마법사란 말이지……."

이리는 9살인 미네보다 한 살 더 많은 10살이라고 한다.

그만큼 상식이 있어서인지, 아니면 불가시 필드 말고는 다른 마법을 보지 못해서인지, 아니면 미네와는 달리 우리를 생명의 은인으로 여기고 충성을 맹세하지 않아서인지 미네의 말을 완전히 믿지 못하는 눈치다.

"마법사인 건 알겠지만, 함께 가자는 건……."

"망설이지 마아……."

어머, 믿어주지 않은 건가…….

우리 둘은 모르겠지만, 미네의 말이라면 믿어줄 거라고 예상했는데…….

그래도 하는 수 없다.

본인이 현상 유지를 원한다면 우리가 억지로 데려갈 수는 없다.

아쉽지만 다음 사람으로…….

"그럼……."

어머, 미네는 아직도 설득할 작정인가.

뭐, 동료를 구하고 싶다고 강하게 바라고 있을 테니 포기하지 않고 어떻게든 설득하려고 시도하는 게 당연한가.

그러나 나와 레이코는 원치 않는 사람까지 억지로 구제해주고 싶은 생각이 없다.

구제를 받을 자격이 있는 사람은 스스로가 그것을 원하고, 스스로 한 걸음을 내딛을 수 있는 자뿐이다.

미네가 또다시 설득하기 위해서 말을 이었다.

"그럼 꾀죄죄한 몰골로 갑작스레 쳐들어온 나와 아랄을 심야인데도 맞이해주고, 밥을 먹여주고, 욕조에 몸을 담그라고 권해주고, 포근한 침대에 재워주고, 그리고 고용해준 두 분이 '함께 가자'는 건……?"

"물론 기꺼이 따라가는 게 당연하잖아!"

……뭐야, 그게!

정체 모를 '마법사'의 수상쩍은 권유는 망설여져도, 고아에게 손을 내밀어준 사람의 말이라면 다시 한번 믿어볼 마음을 먹겠다는 건가?

뭐, 미네가 보증하기 때문인지도 모르겠지만…….

"그럼 우리랑 함께 도망치자. 이리는 서류상으로 정식으로 고용된 직원이야. 더욱이 품삯을 선지급 받은 것으로 되어 있고, 더욱이 그 서류는 위조가 아니라 정식 서류이니 정면에서 부딪쳐봤자 소용없어. ……하지만, 그 서류는 어디까지나 '이 나라'에서만 통하거든. 우리 나라로 넘어오면 그 서류는 범죄자가 자신의 위치를 이용하여 날조된 것으로 증명되어 있고, 범죄자는 이미 법의 처벌을 받았으니까. 뻔뻔스럽게 우리 나라를 찾아와 이리를 반환해달라고 요구했다가는 인신매매조직의 일원으로서 체포될 테니 안심해. 즉 여기서 달아나 우리 나라에 도착하기만 하면 우리의 승리라는 거지."

"오오! ……근데 '범인'이라뇨?"

여기 상회주에게만 속은 게 아닌가? 하고 의아해하는 이리에게 미네가 분노한 얼굴로 말했다.

"'아저씨' 말이야……. 그 녀석, 처음부터 그럴 작정으로 고아원을 이어받겠다고 입후보한 거였어."

"뭐라고……."

순간 어리둥절해하다가 이내 분노하며 얼굴을 일그러뜨린 이리.

그야 뭐, 그렇겠지.

미네의 말에 따르면 경영자가 바뀐 뒤로 식사를 비롯한 생활 수준이 떨어졌고, 고아들에게 일을 시키는 시간도 늘어났다고 한다.

아이들은 사정이 어려워졌다고 여기고, 오히려 그런 고아원 경영을 이어받아준 '아저씨'에게 감사하며 열심히 애를 썼다고 한다.

그런데 이런 이야기를 들었으니 '그것도 전부 돈을 횡령하기 위해서 벌인 짓 아냐?' 하는 의문과 분노가 치솟는 게 당연하겠지.

"뭐, 그 얘기는 잠시 제쳐두기로 하고. 어쨌든 도망쳐서 우리 나라라고 해야 하나, 전 고아원까지 갈 수 있다면 아무 걱정도 할 필요가 없어!"

미네가 말한 대로다. 아까 나도 설명했다시피 도망친다면 이 나라 안에서 붙잡히지 않는 한 걱정은 없다.

상회 측에서 가지고 있는 서류에는 '품삯을 선지급한 고용 계약'으로 되어 있지만, 고아원 측, 즉 현재는 영주님 수중에 있는 서류에는 '양녀'로 되어 있다.

만약에 타국 영주에게 정식으로 항의를 하게 된다면 당연히 사실 확인이 이루어질 것이고, 그때는 이곳 영주가 상회도 취조하게 되겠지.

고아원에서 거둔 아이를 양녀로서 키웠는지, 아니면 심부름꾼으로서 부려먹었는지는 금세 알 수 있을 것이다. 직원, 출입하는 업자, 손님, 그 밖에 수많은 사람들의 눈에 띄었을 테니까.

입막음을 하려고 해도 죄책감을 견디지 못하는 사람, 적대하는 상회주에게서 비밀리에 '그 가게는 이제 틀렸다. 솔직하게 증언한다면 우리 가게에서 고용해주지' 하고 권유를 받은 사람, 가혹한 심문에 입을 연 사람 등이 반드시 나온다.

우리 영주가 아무것도 할 수 없었던 이유는 타국 상회를 취조할 수가 없었기 때문이다. 증거도 없이 이곳 영주에게 항의를 했다가는 큰 문제가 될 테니.

그러나 저쪽에서 싸움을 걸어온다면 이야기는 다르다.

증거를 내놓으라고 하면서 상대 영주로 하여금 상회를 철저히 조사하도록 요구할 수가 있다.

……아니, 애당초 항의하기 전에 이곳 영주가 상회주의 주장이 정당한지 아닌지부터 철저히 조사하겠지.

타국 귀족에게 항의했다가 추후에 실은 우리 측이 잘못했다는 사실이 밝혀진다면 망신은커녕 왕궁으로 불려가더라도 이상하지 않은 큰 추태다.

또한 정말로 상회주의 말이 옳다고 판단했더라도 타국 귀족과 분쟁이 벌어질까 봐 무시할 가능성도 있겠지.

그러므로 상회주가 이곳 영주를 통해 정식으로 항의할 가능성은 대단히 낮다.

상회주의 수하가 달아난 양녀를 데리러 왔다면서 리틀 실버에 나타난다면?

안 와, 안 와!

정말로 심부름꾼이 도망쳤다면 직원이 데리러 오더라도 이상하지는 않다.

그러나 '상회주의 양녀'를 상회주 부부가 아니라 직원이 데리러 오는 건 이상하겠지.

그리고 직원이든, 상회주든 간에 우리 영지에 와서 그런 소리를 하는 순간 체포될 거다.

우리 영지에서는 이미 2대 원장의 악행이 만천하에 드러나 심판이 내려졌다. 그런 상황에서 공범이 나타난다면 당장 구속이지.

타국에 있을 때는 손을 쓸 수가 없지만, 자기 영지 내에서 범죄행위를 저지른 범죄자를 영지 내에서 붙잡았을 경우에는 해당 영주에게 처벌할 권한이 있다. 범인이 어느 나라 사람이든 관계 없다.

……그러니 절대로 안 온다.

어지간한 바보가 아닌 이상.

"그럼 밤에 데리러 올게."

"예?"

어머, 지금 당장 이대로 자기를 데려갈 거라고 생각했던 건가? 왠지 놀란 듯한 표정인데…….

"지금 데려가면 네가 없어졌다는 게 금세 들통이 날 거 아냐.

밤에 사라져야 시간을 더 벌 수 있다고 생각하지 않니?"
"드, 듣고 보니……."
머리가 영리한 건지, 아니면 초대 원장에게서 교육을 확실히 받았던 건지 내 설명에 납득하고서 수긍하는 이리.
"그럼 이대로 아무 일도 없었던 것처럼 일하도록 해. 그리고 모두가 잠자리에 들었을 즈음에 데리러 올 테니 짐을 꾸려두고. 아, 짐이 많아도 괜찮아. 네 소지품은 전부 챙겨갈 수 있으니까."
어떤 큰 짐이든 아이템 박스가 있으니 문제없다.
"……내 소지품이라고 해봤자 갈아입을 옷밖에 없어. 한 손으로도 간단히 들 수 있을 정도……."
그야 그런가. 이런 처지에서 수학여행을 온 학생처럼 기념 깃발이나 연어를 물고 있는 곰 조각상 같은 걸 갖고 있을 리가 없나…….
그리고 물론 가족과 함께 찍은 사진이 한가득 실려 있는 앨범 같은 것도…….
"그래서 나는 어디서 기다리고 있으면 되는 거야?"
으~음, 한밤중에 짐을 들고서 배회하다가 경비원이나 다른 직원에게 발견된다면 위험하지…….
"네 방에서 기다리면 돼."
"어……. 하지만 나, 6인실을 쓰고 있는데? 다른 사람이……."
"괜찮아! 나와 레이코의 직업이 뭐다?"
"……마법……사……."

"그래. 그럼 그런 줄 알고 있어!"

그리고 출연할 기회가 없어서 지루해하고 있는 레이코에게 신호를 보내 불가시 마법을 발동!

그대로 미네의 손을 잡고서 창고에서 조용히 나갔다…….

아, 들어올 때는 이리가 문을 여는 순간을 노려 옆을 스쳐 지나갔지만, 나갈 때는 우리가 직접 문을 열었다. 문이 열리고 닫히는 광경을 훤히 내보이고 말았다.

조심성 없네…….

아니, 문 닫는 건 조심했다고!

**

"오래 기다렸지!"

눈앞에서 느닷없이 레이코가 나타나자 이리가 흠칫 놀라 몸을 떨었다.

같은 방을 쓰는 다섯 사람이 침대에 들어가 잠에 든 뒤에도 미네는 동물 기름으로 밝히는 등불이 꺼진 암흑 속에서 침대에 걸터앉은 채로 깨어 있었다.

물론 앞으로 일어날 일을 생각하면 졸음이 오려야 올 수가 없다. 침대에 누워서 대기한다면 일어날 때 나는 소리나 진동 때문에 다른 사람을 깨울 가능성이 있다.

더욱이 잠옷으로 갈아입지 않고 작업복 그대로 침대에 들어가면 모두의 의심을 살 수가 있다. 그래서 이렇게 할 수밖에 없었던 건데…….

방에 나타난 사람은 낮에 창고에서 만났을 때 뒤에서 대기한 채 거의 말을 하지 않았던 레이코 한 사람뿐이었다. 그러나 이리는 의문을 품지 않았다.

당연하다. 한밤중에 몰래 잠입해야 하는데 아이를 데리고서 우르르 몰려오는 바보는 없겠지.

그리고 이리는 자신에게 여러 설명을 해준 '마법사'가 두 아이를 호위하기 위해서 남아 있으리라는 예상을 할 수 있을 만큼 총명하다.

"그럼, 함께……."

레이코가 목소리를 낮추지 않고 평범한 음량으로 말을 걸자 미네가 황급히 양손으로 입을 막는 시늉을 하면서 '조용히!' 하고 어필했는데…….

"아, 괜찮아. 차음(遮音) 마법……, 소리나 목소리가 다른 사람한테 들리지 않는 마법을 썼거든."

"!!"

굉장해. 역시 마법사!!

이리는 그렇게 외치고 싶었지만, 제아무리 '다른 사람에게 들리지 않는다'고 하더라도 그것을 전적으로 믿고서 큰 소리를 내는 건 힘들었다. 그동안 워낙 세상 풍파에 시달렸던지라…….

"이만 가자!"

끄덕!

**

"고생했어!"

레이코가 이리를 데리고서 미네와 아랄, 그리고 행과 배드와 함께 기다리고 있는 도시 밖 공터로 데리고 왔다.

레이코가 엄지를 가볍게 척 세우는 것을 보니 별문제는 없었던 모양이다.

지구의 대도시 번화가도 아니니 이런 한밤중에 도시 밖 공터에 우리를 지켜보는 사람이 있을 리가 없다.

그래도 만약을 위해 주변에 인적이 없는지 확인하고서…….

아, 모처럼 이리를 위해서 마법사다운 연출을 보여주도록 할까…….

"나와라, 여신의 마차!"

두둥!

"우와아아아!!"

좋아, 놀랐다, 놀랐어…….

불가시 마법만으로는 그다지 마법사처럼 보이지 않으니 말이야. 이 대목에서 그럴듯한 모습을 한 번쯤을 보여주는 편이 좋겠지. 중요한 순간에 아군을 놀라게 해서 멈칫하기라도 하면 큰일이니까.

"좋아, 승차!"

(……방금 여신의 마차라고 했어…….)

(응, 분명 '여신의 마차'라고 했지…….)

"응? 아랄, 미네, 무슨 말 했어?"

""아뇨, 아무 말도!""

"그래? 그럼 어서 타!"

"""예!"""

이 도시에서는 이리가 바라는 대로 상회주의 악행을 탄핵하는 것을 그만두기로 했다.

상회에는 평범한 직원이 많다. 그들의 생활에 지장이 생기는 것을 이리가 원치 않았기 때문이다.

분명 이리를 부려먹고 괴롭혔던 사람도 있긴 했지만, 상냥하게 대해줬던 사람도 많다고 한다.

그 사람들은 이리를 '부모가 팔아넘긴 아이'로 여기고 있고, 그런 처지의 아이가 다소 괴롭힘을 당하는 것쯤은 '지극히 평범한 대우'란다. 그래서 직원에게 민폐를 끼치고 싶지 않단다.

……바보네…….

그래도 나와 레이코는 그런 바보가 싫지 않다.

그러나 아무것도 하지 않은 채 도망친다면 상회주가 이리를 데려오기 위해 수색대를 보낼지도 모른다.

그래서 편지를 남겨두고 왔다.

양녀로서 거두는 척 불법으로 인신매매를 했다는 의혹에 관해서.

고아원 경영자는 이미 붙잡혀 처벌을 받았다는 것.

이 사건의 관계자가 인접국에 한 발자국이라도 들어온 순간 바로 체포당해 처벌받을 거라는 것.

고아원 측에 넘긴 서류를 현재 영주님이 갖고 있다는 것.

그런 사실을 적은 편지를 남겨두고 왔다.

상회주 책상 위에 놔둔 뒤 바람에 날아가지 않도록 나이프를 힘껏 박아뒀지…….

자, 목표는 두 번째 아이가 있는 도시.

좋아, 출발!

**

그래서 왔습니다, '세 번째 아이'가 있는 도시.

……응, '세 번째'다.

두 번째 아이인 프리아(8살)는 이미 탈환 완료.

응, 뭐, 이리 때와 별반 다른 게 없어서 생략했다.

그리고 이 도시에서는 마지막 아이인 류시(7살)를 탈환할 예정이다.

오늘은 우선 여관을 잡은 뒤 류시를 거뒀다는 상회를 찾아서 가게 외관과 상황만이라도 확인해두자.

그렇게 생각했는데…….

……뭐야, 이거?

아이들을 레이코에게 맡긴 뒤 나 혼자서 문제의 상점을 살펴보러 왔는데…….

폐점 시간이 아직 아닐 텐데도, 이런 가게는 정기 휴일 같은 게 없을 텐데도 닫혀 있다. 그리고 문과 벽에는 낙서가 그려져 있고, 쓰레기가 투척된 흔적도 있다…….

"아아, 거기 이틀 전에 문을 닫았어."

"어?"

내가 황당해하며 멍하니 서 있으니 지나가던 아저씨가 멈춰 서서 설명해줬다.

"고아원에서 양녀랍시고 거둔 아이를 품삯 수십 년 치를 선지급한 심부름꾼이라고 속이고서 공짜로 부려먹었다고 하구먼. 그 아이가 그 사실을 폭로하는 벽보를 온 도시에 붙인 데다 금고에 넣지 않은 계약서니 서류 같은 걸 모조리 폐기시키고서 도망쳐서 아주 큰 난리가 벌어졌다니까. 물론 벽보 때문에 온 도시에 소문이 쫙 퍼져서 영주님도 무거운 엉덩이를 뗄 수밖에 없었지. 사태가 이 지경이 됐으니 아무리 말단 관리한테 뇌물을 바친들 별수 있겠나. 더 높은 양반이 조사하러 나올 텐데 말이야. 영주님도 체면이 있고, 그런 녀석을 내버려 뒀다는 얘기가 국왕 폐하의 귀에 들어가기라도 하면 큰일 나지. 게다가 사기를 쳐서 인접국의 고아원 아이를 데려왔으니 자칫 잘못하면 두 국가 사이에서 분쟁이 벌어질 수도 있어. 상회주과 총지배인을 경비대 건물이 아니라 영주님 저택으로 끌고 갔으니 아마도, 끝장났을 거야…….”

“에에에에에엥!!”

고급 아이스크림을 먹은 것 같은 느낌.

……그래, ‘레이디 벙벙(고급 아이스크림 브랜드인 레이디 보든의 패러디)’ 말이다.

아주 제대로 저질렀다……. 미네와 동일한 수법이다.

고아원 초대 원장의 가르침이 아이들에게 너무나도 완벽하게, 강렬하게 전해졌다.

……뭐 하는 작자야, 그 초대 원장은!!

아니, 아니, 지금 중요한 건 그게 아냐!

“아, 저기, 그 아이는 지금…….”

“아아, 행방불명이라고 하는구먼. 다만…….”

“다만?”

“끌려가기 전에 상회주가 주먹들한테 그 아이를 잡아 오라고 의뢰했다는구먼. 생사불문, 무조건 끌고 오라 의뢰했다고 취조를 받으면서 실토했대…….”

“에에에에에~~엥!! ……아니, 어떻게 그렇게 잘 알아요, 아저씨…….”

"아, 아저씨라니……."

내가 무심코 아저씨라고 부르자 어깨를 축 늘어뜨리고 말았다…….

그러나 지금은 그런 걸 신경 쓸 상황이 아니다!

"그 소문의 신빙성은!"

그래, 그게 중요하다.

"왜 그렇게 날을 세우는 거야……."

그렇게 어이없어하면서도 아저씨가 자세히 설명해줬다.

"……오늘 비번이긴 하지만 실은 나, '그쪽' 사람이거든……."

경찰, 혹은 영주의 수하였던 거야!

그렇다면 방금 그 이야기는 거의 정확하다고 봐도 틀림없다.

비밀엄수주의를 어기게 된 셈인데 괜찮나? 라는 생각도 들긴 했지만, 아마도 그 이야기는 이미 공표되어 있거나, 말해도 문제가 없는 범위겠지. 역시나 숨겨야 할 정보까지 술술 내뱉는 그런 바보로는 보이지 않는다. 닫혀 있는 가게 앞에서 내가 멍하니 서 있으니 친절하게 말을 걸어준 거겠지.

현재 이 도시 주민 중에 이 상황을 모르는 사람은 없을 테니 다른 도시에서 온 사람이 가게 상황을 보고서 경악하여 굳어버린 것으로 여겼나 보다.

……응, 뭐, 그게 맞긴 하지만.

으, 지금 그걸 따지고 있을 때가 아냐!

어깨에 메고 있는 가방에 손을 찔러 넣고서……, 고급 브랜드와 맛과 향과 알코올 도수가 동일하고, 몸에 조금 좋은 포션, 이 세계에서 그럭저럭 고급스러운 병에 담겨서 나와라!

"아저씨, 여러 가지를 알려줘서 고마워요! 이건 답례! 우리 도시에서 만들고 있는 고급술이니 제대로 음미하며 마시도록 해요. 그럼 이만!"

일부러 조금 흥분한 척 일방적으로 그렇게 떠들어대고서 이탈!

뒤에서 '이봐, 이런 걸 받을 수는……' 하는 소리가 들렸지만 무시. 지금은 이러고 있을 때가 아냐.

제59장 세 번째 아이

여관으로 뛰어들어 잡아놓은 객실로 돌입.

“긴급 출격! 여관을 떠나 바로 출발할 거야. 당장 옷들 갈아입어! 설명은 마차 안에서 할게. 서둘러!”

어리둥절한 모두에게 준비하라고 재촉하고서 나는 먼저 접수처로 가서 지금 떠나겠다고 알렸다.

숙박비 일부를 되돌려주겠다고 했지만, 그 돈을 팁으로 마구간지기와 반씩 나눠줄 테니 당장 말들이 나갈 수 있도록 준비해달라고 부탁하자 접수처 아이가 어디론가 맹렬히 달려갔다.

……아마도 마구간으로 향했겠지…….

잠시 뒤 모두가 실내복에서 외출복으로 갈아입고서 다가왔다. 다 함께 마구간으로 향했다.

행과 배드는 이미 준비가 되어 있었다. 그대로 타고서 마구간지기와 접수처 아이의 극진한 경례를 받으며 출발!

행의 등에는 나, 미네, 아랄.

배드의 등에는 레이코, 이리, 프리아.

한 마리당 세 사람씩.

정원 초과다.

[미안…….]

[무슨 소리. 우리 군마들은 원래 무기와 갑옷을 장착한 완전 무

장 남성을 태우고서 전장을 누빈다고. 맨몸인 아이 셋 정도야 깃털이나 마찬가지지. 우릴 얕보지 말라고?]

[너 또 그런 무례한 말을……. 하지만 배드의 말이 맞습니다. 개의치 마시길……. 게다가 어차피 도시를 떠나면 마차를 타실 거 아닙니까?]

응, 두 마리 모두 말투는 다르지만 좋은 녀석이다. 역시 에드의 자손답다.

뭐, 그 말대로 도시를 벗어나는 대로 마차를 꺼낼 예정이지만.

아이템 박스에 넣어둔 모든 마차들은 아이들끼리만 타기에는 너무 부자연스러워서 범죄자들을 너무 꼬이게 한다. 그래서 늘 도시에 들어가기 전에 마차는 아이템 박스에 수납하고서 말 위에 오르는 것이다.

……인원수가 조금 과하게 늘어서 그 역시 조금 부자연스럽긴 하지만…….

더 늘어난다면 한 마리당 네 세람이 타야해. 역시 그건 좀…….

아이들만 태우고서 나와 레이코는 고삐를 잡은 채 걸어서 도시로 들어가는 건 어떨까.

으, 지금은 그런 생각을 하고 있을 때가 아냐!

척척 진행하여 도시를 나간 뒤 가장 먼저 나타나는 공터에서 정지.

주변에 사람이 없는지 잘 확인한 뒤에…….

"나와라. '신의 전차(메르카바).'"

두둥!

신의 전차, 소환.

이번에는 다급해서 중량급 판처는 피했다. 페넬로프호는 화려하기도 하고, 아무리 아이들뿐이라고 해도 2인승 마차에 6명이 타는 건 조금 가혹하다. 잠깐이라면 모를까

그러므로 신의 전차(메르카바)를 택했다.

마음 같아서는 바로 마차를 몰아 차 안에서 설명을 하고 싶지만, 그건 불가능하다.

……왜냐면 지금부터 '어디로 가야 할지' 논의해야만 하니까.

반대 방향으로 갔다가는 오히려 시간 낭비다.

그러므로 어쨌든 모두를 마차에 태운 뒤 설명을 해야만 한다.

**

"……그래서 속히 고용된 녀석들보다 류시를 먼저 확보해야만 해."

내가 설명을 끝마치자 차 안에 정적이 흘렀다.

그러나 허투루 낭비할 시간은 없다.

나는 아이템 박스에서 지도 한 장을 꺼냈다.

일본의 판타지 게임의 부록으로 딸려 있을 것 같은, 축척 따윈 완전히 무시한 산과 하천과 숲과 바다와 마을만이 그려져 있는

그거 말이다.

이런 세계에서는 정확하고 정밀한 지도는 군사 기밀일 테니 어쩔 수 없다.

그래도 없는 것보다는 100만 배 나아서 사뒀다.

그걸 탁자 위에 펼쳤다.

"여길 벗어나는 루트는 세 가지. 이 나라의 왕도로 향하는 길, 서쪽 나라로 향하는 길, 그리고 우리가 살고 있는, 전 고아원, 현 리틀 실버가 있는 나라로 돌아가는 길. 그리고 이 돌아가는 길은 숲을 크게 우회하여 숲과 바위산의 사이를 지나가야만 해. 어느 쪽으로 가야 좋을까?"

나와 레이코는 류시가 어느 루트를 택할지 판단한 만한 근거를 갖고 있지 않다.

그야 나라면 어떻게 할까, 라는 물음이라면 여러모로 생각한 끝에 결론을 내리겠지. 그러나 이 세계의, 모든 것을 잃은 7살짜리 고아가 어떻게 생각했을지 알 수 있을 턱이 없다.

그걸 알 수 있을 만한 사람을 꼽자면…….

"여기야! 류시는 여길 지나갔어!"

"응. 류시가 택할 길은 여기밖에 없네!"

"그 애가 여기 말고 다른 경로를 고를 가능성은 없어……."

그리고 그 소녀를 가장 잘 이해하고 있는 세 소녀들이 하나의 길을 손가락으로 가리켰다.

자신들이 살았던 그 전 고아원으로 돌아가는 길.

……하지만 그 손가락이 더듬고 있는 것은 숲을 우회하는 길이 아니라 그 깊은 숲, 야수나 마물이 출몰한다고 하는 위험한 숲 한 가운데를 곧장 지나는 너무나도 무모한 루트였다…….

"어, 어째서……."

아니, 고아원으로 돌아가는 루트일 거라는 생각은 했다. 미네와 마찬가지로 영특하고 결단력이 있는 아이라면 은밀히 주변 지리와 고아원으로 돌아가는 길을 조사했을 테니…….

모두와 논의를 한 이유는 어디까지나 혹시 몰라서 확인하려는 것이었다. 류시가 비관주의자라서 고아원이 자신을 팔아넘겼다고 여겨 타국으로 떠나는 아이일 수도 있고, 무모한 아이라서 한 번도 본 적 없는 신세계를 목표로 삼는 애일 수도 있으니까…….

원래 나라로 돌아갈 확률이 가장 높다고 생각했기에 그것 자체는 하나도 놀랍지 않다.

그런데 어째서 7살짜리 소녀가 위험한 숲을 횡단하는 길을 택한다는 거야! 변변한 길조차 없는데!

"당연히 그 아이는 고아원으로 돌아가려고 할 거야."

"가도를 이용하면 말이나 마차를 탄 추격자들이 금세 따라잡을 거고, 쉽게 발각될 거야."

"그렇다면 길이 없어서 마차도, 말도 지날 수 없고, 시야를 가로막는 장애물이 많고 위험한 곳을 지나가면 돼. 그럼 발견될 확률이 낮아져. 그리고……."

"자길 찾아서 붙잡았을 때 얻을 수 있는 이득보다 그러기 위해 무릎써야만 하는 위험이나 손실을 더 키우면 돼. 그럼 추격자는 체념하지."

기왕이면 난 이 붉은 길을 택하겠어(일본에선 쓰레기 게임의 대명사인「데스 크림존」의 대사를 패러디한 것), 뭐 그런 건가?

입을 벌린 어벙한 얼굴로 굳어 있는 레이코.

……아마 나도 똑같은 표정을 짓고 있겠지.

그리고 몇 초 뒤에 나와 레이코가 동시에 말했다.

""무서워, 너희들!!""

그리고 몇 분 뒤 메르카바가 가도를 타고 동쪽으로 달리고 있었다.

……상식에서 벗어난 속도로…….

페넬로프호 정도는 아니지만, 티타늄, 두랄루민, FRP, 카본나노튜브를 써서 만든 메르카바는 일반 마차와 비슷하게 생겼지만 아주 가볍고 튼튼하다.

그리고 실버종 중에서도 탑클래스에다가 포션을 먹인 두 말이 날아가듯 달리고 있다.

마수도, 마물도, 도적도 관계없다. 습격하려고 해도 너무 빨라서 따라잡을 수가 없고, 만약 전방이 막혀 있다고 해도 마법이나, 유사 니트로글리세린으로 순식간에 날려버려 길 위에서 치워버릴 수 있다.

귀여운 소녀를 구하기 위해서라면 'KKR'의 힘은 일기당천!

치트 능력이 없는 지구에서도 그랬다. 지금 우리는 귀신이라도 막을 수 없다.

……만약에 소녀가 귀엽지 않았다면?

귀엽지 않은 소녀, 혹은 유녀는 전 우주에 존재하지 않아!

소녀와 유녀는 소녀와 유녀라는 이유만으로 귀여운 거라고! 외모 따윈 관계없어!

새끼 고양이와 작은 새가 모두 귀엽듯이 여자애는 모두 귀여운 거야. 이의는 인정치 않겠어!!

**

"여기가, 숲의 경계인가……."

"여기서부터는 이 숲을 왼쪽으로 크게 우회하는구나. ……가도는."

"그래. ……가도는."

모두 마차에서 내려 주위를 둘러보고 있다.

정면은 숲. 가도는 왼쪽으로 꺾여 숲을 피하듯이 뻗어 나간다.

그리고 우리는 그 숲을 통과한다.

"숲 안으로 조금 들어가 가도에서 보이지 않는 지점에서 마차를 세울 거야. 수색은 나와 레이코, 그리고 미네 셋이서. 미네는 류시한테 설명을 해줘야만 하니 미안하지만 함께해줘야겠어. 다른 사람들은 마차 안에서 대기. 장벽 마법으로 마차를 중심으로 반경 10미터를 감쌀 테니 행과 배드가 풀을 뜯는 데 방해는 안 될 거야. 행, 배드, 이 아이들을 부탁할게. 절대로 장벽 밖으로 나가지 않도록! 외적은 장벽 안으로 들어올 수 없지만, 만약을 위해 안에서는 밖으로 나갈 수 있도록 해둘 테니까."

인간의 언어와 말의 언어로 같은 내용을 반복하여 지시했더니…….

[하? 대체 무슨 소리?]

[그 명령은 차마 받아들일 수가 없습니다.]

행과 배드가 거부했다.

[우린 여신의 말. 이처럼 중요한 상황에서 주인은 걷게 하고, 우리들만 안전한 곳에서 대기하는 건 도저히 용납할 수 없어!]

아니, 아무리 그래도…….

[하지만 말은 포장되지 않은 깊은 숲속을 걸을 수가 없잖아. 거친 땅바닥, 진창, 풀과 덩굴, 쓰러진 나무, 기타 등등……. 발이 접질려 골절되기 십상인데…….]

[그게 뭐?]

[어…….]

행이 무슨 소리를 하는지 모르겠다는 듯이 말투로 그렇게 물었다.

지금 배드의 표정이 어떻냐고? ……난 말의 표정 같은 건 못 읽어…….

그리고 배드가…….

[둔감하네, 아가씨. 그게 우리가 아가씨의 앞길에 무슨 지장이

되느냐고 묻는 거라고! 70년 넘게 기다리고 기다렸던, 수많은 실버종 말들이 갈망했고, 또 이루지 못했던 사도님의 말로서의 역할을 수행하게 되었는데, 다리가 부러지거나 목이 부러지는 게 무슨 대수냐고…….]

[우리가 쓰러지면 다른 실버종이 달려옵니다. 그 말이 쓰러지면 또 다른 말이. ……실버종 최후의 한 마리가 쓰러질 때까지! 그것이…….]

[[위대하신 선조, 에드 님의 바람!!]]

……바보다.

에드도.

그 말을 고지식하게 지키려고 하는 이 녀석들도.

뭐, 부상을 당하더라도 포션으로 치료할 수 있겠지. 고통은 겪을 테지만.

더욱이 놔두고 갔다가는 이 녀석들이 무슨 짓을 벌일지 알 수가 없다.

무조건 장벽을 나와 졸졸 따라오지 않을까. 아랄과 이리, 프리아를 태운 마차를 그대로 방치하고서…….

안에 가뒀다가는 나가려고 몸을 날리든가, 난동을 피울 것 같고 말이야…….

아무리 장벽으로 보호한다고 해도 역시나 어린아이들만 남겨두고 갈 수는 없다.

행과 배드가 나온 뒤에 안에서도 나갈 수 없도록 장벽을 변경하는 것은 가능하지만, 10살도 안 된 아이들 셋이서 언제 돌아올지, 정말로 돌아올지 알 수 없는 우리를 계속 기다리게 하는 것은 견디기 어려운 공포겠지.

해가 진 뒤 닥쳐오는 어둠. 멀리서 들려오는 마물의 울부짖음. 하루가 지나도, 이틀이 지나도 돌아오지 않는 우리들.

그리고 배리어를 에워싸고 있는 흉악한 야수와 마물떼.

……무서울 거다.

행과 배드가 있다면 그 역시 어떻게든 될 줄 알았다. 이 녀석들은 실제 나이보다 비교적 야무지니 몸집이 큰 말이 곁에서 지켜준다면 안심할 테고, 우리가 아이들을 놔두고서 그대로 떠날지도 모른다는 불안감도 해소시켜줄 테니까.

이 아이들은 고아이기에 언제든 쉽게 버림받을 수 있다는 것을 이상하게 여기지 않는다. 그러나 값비싼 말 두 마리와 마차를 놔두면서까지 자신을 떠날 사람은 없으리라 생각하겠지.

……그걸 따지기 이전에 우리가 숲에 들어가려는 이유가 바로 '고아를 찾기 위해서'인데 말이야.

뭐, 어린애, 그것도 어른들에게 줄곧 배신당해왔던 아이에게 그렇게 말해본들 소용없나…….

좋아!

"작전 변경! 메르카바를 수납한다. 모두 행과 배드에 나눠서 탄 뒤 다 함께 류시를 찾으러 가는 거야! [행, 배드, 우릴 세 사람씩

태울 수 있겠어? 그 상태에서 숲속을 나아갈 수 있겠어?]"

마지막 말은 말의 언어로 행과 배드에게.

[맡겨둬! 아이 셋은 무기와 갑옷으로 완전 무장한 병사에 비하면 깃털이나 마찬가지지.]

[맞습니다! 길 없는 숲속도 마치 초원을 질주하듯 달려 보이겠습니다!]

[아~, 달릴 필요까지는…….]

행과 배드가 힘차게 대답해줬지만 역시나 달리는 건 안 된다.

……그보다도 배드의 대사를 조금 전에도 들은 적이 있는 것 같은데……. 본인이 강하게 미는 결정적인 대사 같은 건가?

어쨌든…….

"그럼 모두 마차에서 내려. 수통만 지참하도록 해."

응, 누군가가 목이 마를 때마다 내가 일일이 물을 만들어내는 건 성가시다. 애당초 포션 생성 능력은 비밀이니까.

그리고 메르카바를 수납한 뒤 아이들을 행과 배드에 나눠 태우고서, 나와 레이코도 각각 말에 오르고서…… 출발!

**

행은 '초원을 질주하듯이'라고 말했지만, 물론 평범하게……, 아니, 조금 느리게 걷는 두 말.

이런 곳에서 달렸다가는 몇 걸음을 채 떼기도 전에 다리가 접질려 넘어져 골절을 당할 게 틀림없다.

앞서고 있는 류시는 7살이니 이 정도 속도로 걸어 나가더라도 숲을 벗어나기 전에 따라잡을 수 있을 터.

아니, 숲에 들어가지 않고 가도를 그대로 나아가 반대편에서 기다리는 방법이 있다는 건 알고 있다. 마차로 숲을 우회하여 가도를 달리는 게 몇 곱절은 더 빠르다.

……그러나 류시가 '마물, 야수, 부상, 굶주림, 갈증, 공포, 추격자 등등'을 이겨내 숲을 돌파할 수 있음을 확신하고 있어야만 그 수단을 택할 수가 있다.

추격자인 주먹들이 숲에 들어갈 확률은 낮지만, 결코 제로는 아니지.

그리고 설령 류시의 안전이 보장되어 있다고 해도 역시나 우리는 이 루트를 택한다.

아무리 무사히 숲을 빠져나갈 수 있다고 해도 7살짜리 아이로 하여금 더 이상 숲속에서 불안에 떨며 밤을 보내게 할 수야 없지!

그리고 물론 현실은 류시가 무사히 숲을 빠져나갈 수 있다는 보증 따윈 전무하다.

아니, 빠져나가지 못할 확률이 훨씬 높겠지. 이곳은 일본의 숲이 아니라 마물이나 야수가 있는 이세계의 숲이니까.

그리고 류시가 장비를 얼마나 갖고 있는지 모른다. 물, 식량, 야영 도구, 부상약 등등…….

그러므로 한시라도 빨리 따라잡아야만 한다. 행과 배드가 다리가 접질려 넘어지지 않을 아슬아슬한 속도로…….
뭐, 그래서 우리에게 이 루트 말고는 다른 선택지가 없었다는 거다.
그래, 그거다.
'기왕 이렇게 됐으니 난 이 붉은 길을 택하겠어.'

"카오루 님, 진로를 조금 왼쪽으로 옮기도록 하죠."
"어? 가도가 숲과 만나는 지점부터, 그대로 반대쪽으로 빠져나가 다시 가도와 합류하는 루트를 나아가고 있는데? 류시도 시간을 들여 탈출 경로를 조사했을 테니 이 루트를 택할……."
미네의 의견에 내가 그렇게 반론했더니…….
"예, 그건 그런데요. 만에 하나 추격자가 숲에 들어왔을 경우에 그들도 당연히 그렇게 생각할 테니 류시라면 일부러 루트를 틀 거예요. 문제는 오른쪽이냐 왼쪽이냐는 건데, 오른쪽을 택하면 일직선 루트를 택했을 때보다 조금 먼저 가도와 합류하고, 왼쪽을 택하면 조금 뒤늦게 합류하니……."
"그럼 시간을 낭비하지 않기 위해 오른쪽으로 틀 것 같은데……."
"예, 그리고 당연히 추격자도 그렇게 생각하겠죠? 그리고 애당초 류시에겐 자신이 파악하고 있는 최단거리, 최단시간으로 숲을 빠져나갈 생각이 없을 거라 생각해요. 그렇게 했다가는 가도로 나오자마자 붙잡힐 가능성이 있으니까. 아마도 며칠 동안 숲속에 숨어 추격자가 포기하고 물러나기를 기다릴 터……."

"뭐야, 너희들! 무슨 특수부대냐!!"

진짜, 뭐냐고, 이 녀석들…….

무서워라!

그래도 뭐, 동일한 교육을 받았고, 몇 년씩이나 함께 살아온 사람의 말이니 그 판단은 적어도 나나 레이코의 판단보다는 '류시의 생각과 가깝다'고 봐야겠지.

그것이 논리적이고 옳은 판단인지는 별개로 치고, '류시가 취할 만한 선택지'로서는…….

"……알겠어. 조금 왼쪽으로 진로를 바꾸자."

행과 배드에게 그렇게 말하고서 진로를 살짝 변경.

우리는 숲속에서 방향을 잃지 않도록 나침반을 사용하고 있다. ……물론 안에 포션이 담겨 있는 것.

류시가 어떻게 방위를 확인하고 있을지 걱정이 돼서 미네에게 물어봤더니 태양, 별, 그루터기를 살펴보는 몇몇 방법이 있다는데…….

그루터기의 나이테를 보는 방법은 지형이나 주변 상황에 영향을 받으므로 정확하지 않지만, 다른 방법과 접목하여 분석하면 없는 것보다는 낫다고 한다. 초대 원장 선생님이 가르쳐줬다나 뭐라나…….

아니, 그래서, 뭐 하는 작자냐고요, 고아원 초대 원장이!!

"멈춰주세요!"

배드의 등에 타고서 줄곧 앞을 응시하고 있던 이리가 갑자기 큰

소리로 정지를 지시했다.

행과 배드는 인간의 말을 모르지만, 상황을 헤아려 짐작할 수 있을 만한 능력은 갖고 있다. 내가 따로 지시를 할 것도 없이 이리의 목소리만으로 정지했다.

"저기 보이는 나뭇가지가 부자연스럽게 꺾여 있습니다. 작은 동물이 그랬다고 하기에는 위치가 높아요. 반대로 대형 동물이라면 명백한 흔적이 남아 있었을 겁니다. 그러므로 지극히 최근……, 요 며칠 사이에 이곳을 통과했던 세로로 길쭉한, 즉 이족 보행을 하는 그리 크지 않은 동물……, 예를 들어 어린애가 통과한 흔적일 가능성이……."

"너도냐아아!"

역시 한 지붕 한 식구인가…….

이리가 타고 있는 배드가 앞장을 선 채로 한동안 나뭇가지나 풀에 남겨진 흔적을 쫓아가고 있으니…….

"아, 이쪽으로 꺾여 있어……."

나도 알아차릴 수 있을 만큼 초목이 헝클어진 흔적이 있었다. 그래서 그렇게 말했더니…….

"그건 일부러 남긴 가짜 흔적입니다. 너무 노골적이잖아요? 진짜 진로는 이쪽입니다. 흔적을 지운 자국이 희미하게 남아 있습니다."

"뭐냐고, 진짜……."

이제 너희들 마음대로 해! 우린 잠자코 따라갈 테니까!!

"……흔적이 사라졌습니다. 아마도 나무를 타고 이동했거나, 나무와 덩굴로 죽마라도 만들었거나……."

예예…….

이제 익숙해졌다.

"카오루, '여신의 눈' 아이들도 이런 느낌이었니?"

"그럴 리가 있겠냐!"

레이코의 질문에 바로 대답했다.

('여신의 눈'이라고 했어…….)

('여신의 눈'이라고 했네…….)

"응? 미네, 아랄, 무슨 말 했어?"

""아뇨, 아무 말도!""

뭔가 말한 것 같은데. 뭐, 자기들끼리 비밀 이야기 정도는 하려나. 직원이 푸념이나 고용주의 흉을 보는 건 당연하고, 스트레스 해소에도 필요하다.

……너무 흉을 심하게 보지 않기만을 바랄 뿐…….

"이리, 류시를 쫓고 있는 사람의 흔적은 없어?"

그래, 마수나 야수도 위험하지만 류시에게 가장 위험한 존재는 인간……, 추격자다.

마수나 야수는 먹잇감으로 찍히기 전까지는 문제없다. 그러나 추격자는 처음부터 표적으로 삼고서 집요하게 쫓아와 습격한다.

"현재 그런 흔적은 보이지 않습니다. 여러 어른들이 숲을 마구 돌파했다면 흔적이 확실히 남을 테니까요. 단, '이 지점에 류시의 뒤를 쫓은 흔적이 없다'라는 뜻입니다. 그들이 다른 경로를 지나 저 앞에서 류시와, 혹은 그 아이가 이동한 흔적과 맞닥뜨렸을지 어떨지는 모르겠네요……."

진짜 이 녀석, 10살 맞냐!

일단 속히 따라잡아야 할 텐데…….

"그래도 아마 괜찮을 겁니다."

"어?"

"보통 7살짜리 아이를 찾으려고 숲에 들어오는 주먹들은 없습니다. 생사 불문 데려오기만 하라고 했으니 정규 헌터를 고용한 게 아닐 테고요. 그리고 용병이 이런 의뢰를 받아들일 리도 없으니 추적자는 병사도, 용병도, 헌터도 될 수 없는 일개 양아치. 그러니 아무런 노하우도, 장비도 없는 양아치 따위가 숲속을 며칠씩이나 수색할 수 있을 리가 없죠. 가도를 중심으로 찾을 게 분명해요. 게다가 만에 하나 숲으로 들어갔다고 해도 부스럭거리거나, 동료들끼리 대화를 나누면서 걷는다면 류시가 먼저 알아차릴 겁니다. 7살짜리 아이가 웅크려서 수풀이나 나무 뒤에 숨어 있으면 쉽게 찾을 수 없어요."

이리의 말을 듣고서 고개를 끄덕이는 미네와 프리아.

““…………….””

말문이 막힌 나와 레이코.

무슨 이야기인지 몰라 그저 멍하니 있는 아랄을 보며 위안을 얻는다.

그런가? 이 아이는 그 고아원 출신이 아니었어! ‘이쪽’ 인간이야. 좋아, 좋아…….

머리를 쓰다듬어주니 아랄이 기뻐하며 웃었다.

음, 귀여워어어…….

행의 등에 순서대로 미네, 아랄, 내가 타고 있어서 마구 쓰다듬을 수 있다.

……이유는 모르겠지만 미네가 고개를 힘껏 돌려 나와 아랄을 물끄러미 보고 있는데…….

그런 자세로 있으면 목과 허리가 아프단 말이야…….

아랄의 누나 역할을 빼앗길까 걱정하는 건가?

아니, 그보다도 어서 앞으로 나아가자…….

그리고 나무가 듬성듬성 있는 곳에 이르렀을 때 아이템 박스에서 마차와 텐트를 꺼내 야영을 하기로 했다.

리클라이닝 시트를 눕히면 쾌적한 잠자리가 완성되긴 하지만, 아무리 어린애들밖에 없다고 해도 메르카바 안에서 6명이 한꺼번에 자는 건 좀 괴로울 것 같아 판처도 꺼냈다. 그리고 식사를 하고 식후에 도란도란 담소를 나누기 위해 대형 텐트도.

물론 텐트는 조립되어 있으므로 그대로 꺼내기만 했다. 잠을 자기 전에 수납할 거라 배수로를 파거나, 못을 박아 땅바닥에 고정시키지 않는다. 식사를 할 때와 단란한 시간을 보낼 때만 이용할 거니까.

그리고 행과 배드에게 먼저 여물을 먹였다.

귀리, 콩류, 건초 등을 섞은 것에 회복 포션을 끼얹은 여물. 디저트로는 사과, 옥수수, 당근, 각설탕을 원하는 대로 먹였다.

단것을 너무 먹이면 당뇨병에 걸릴 수 있다고 하지만, 뭐, 나와 함께 있는 동안에는 병에 걸릴 걱정은 없겠지.

그리고 조리대와 조리기구, 물탱크와 식재료를 꺼낸 뒤 조리 개시.

숲속이니 화재를 방지하고, 냄새를 맡고서 마물이 오지 않도록, 그리고 만에 하나의 '추격자'에 대비할 수 있도록 요리는 불을 쓰지 않을 거다. 즉 굽거나 조리거나 볶지 않는 간단한 걸로 한다는 거다.

이미 이리와 프리아를 회수한 뒤로 여러 번이나 야영을 했기에 이 정도로 새삼스레 놀랄 사람은 없다.

두 사람에게도 미네와 아랄에게 그랬듯이 '마법사'라고 알려줬으니 아무 문제 없다.

도시에서 숲으로 갈 때 가도를 이용하여 시간을 크게 단축했고, 숲으로 들어선 뒤에도 류시보다 꽤 빠르게 나아갔을 테니 잘하면 내일 중에 따라잡을 수 있을지도 모른다.

어쨌든 7살짜리 여자애가 이런 곳에서 홀로 밤을 보내는 것은 오늘이 마지막이었으면 한다. 그것이 내 바람이며 의무다.

그리고 고아원 트리오의 바람에 따라 메르카바에는 미네, 이리, 프리아 세 사람이, 판처에는 나, 레이코, 아랄 셋이 자기로 했다.

뭔가 밸런스가 나쁘긴 하지만, 여자회라고 해야 하나, 고아원 동지끼리 하고 싶은 이야기도 있겠지.

아이 넷과 우리 둘로 나뉘었다면 울적했겠지만, 이쪽으로 아랄이 왔으니 나도, 레이코도 불만 없음!

좋아, 늘 미네에게 달라붙어 있는 아랄에게 일본의 동화를 이 세계풍으로 변형하여 들려줄까…….

**

"……그래서 여러모로 수상하게 여기고 있을 테지만, 카오루 님과 레이코 님은 '마법사'라고 여기도록 해. 실수로라도 여신님이나 사도님이라고 부르지 않도록 해!"

끄덕끄덕!

메르카바 안에서 미네가 이리와 프리아에게 무언가 설명을 하고 있었다.

"'마법사'라는 가짜 설정도 어디까지나 우리 '리틀 실버' 직원들한테만 통용되는 거야. 대외적으로는 전 고아원 건물을 사들여서 고아들을 고용해준 독지가, 혹은 취미가 별난 어느 귀족이나 부잣집 아가씨로 알려져 있으니…….”

끄덕끄덕!

“그럼 류시를 회수하면 다 함께 카오루 님과 레이코 님한테 충성을 바치도록 하고, 그리고 아랄한테 아버지(초대 원장)가 알려준 것들을 전부 전수하여 훌륭하게 키운 뒤 행복을 거머쥐도록 하자!”

“““오~!!”””

그 무렵 판처에서는 자신의 앞날에 무엇이 기다리고 있는지 모르는 아랄이 카오루와 레이코와 함께 놀면서 꺄꺄, 하고 재밌게 웃고 있었다…….

**

이튿날, 미리 만들어둔 음식을 아이템 박스에서 꺼내 아침을 때운 뒤 2대의 마차를 수납하고서 곧바로 출발했다.

날이 저물어 어두워진 뒤에는 이동하려야 할 수가 없어서 느긋하게 지냈지만, 날이 밝았으니 한시라도 빨리 출발하여 일 초라도 빨리 류시를 찾아내야만 한다.

나중에 일을 그르치고 나서 ‘10분만 더 빨랐더라면……’, ‘그때 느긋하게 차를 마시지 않고 곧바로 출발했더라면……’ 하고 평생

후회하는 건 딱 질색이다.

그리고 수색이라고 해야 하나, 추적이라고 해야 하나, 어쨌든 중간중간 점심이나 휴식을 취하면서 계속 나아갔다. 그렇게 슬슬 해가 저물기 시작했을 즈음…….

"류시를 불러보겠습니다."

"어?"

슬슬 류시와 가까워졌다고 판단했는지 이리가 갑자기 그렇게 말했다.

뭐, 추격자들이 근처에 있을 것 같지는 않고, 설령 있다고 해도 아무 문제도 없다. 지금은 한시라도 빨리 류시를 찾아내어 안전을 확보하는 것이 급선무다.

이름을 외쳐봤자 이런 숲속에서는 그리 멀리까지 퍼져나가지 못한다.

그래도 눈으로 작은 아이를 인식할 수 있는 거리는 훨씬 짧겠지.

목이 갈라져도 포션이 있으니 어떻게든 된다. 그렇다면 가만히 있는 것보다 해보는 편이 낫겠다.

"아, 응, 알겠어. 부탁해!"

아이의 목소리가 주파수가 더 높으니까 뭐……, 아니, 여기에 있는 모두가 크게 다를 게 없잖아!

……그렇게 생각하고 있었는데…….

삐이이이이이이~~!

손피리냐!

이 방법이라면 목도 갈라지지 않고, 이름을 부르는 것보다 훨씬 멀리까지 전해진다.

……뭐, 설령 들렸다고 해도 류시가 아군의 신호임을 알아차릴 수 있어야지만 유용할 테지만.

"……동료의 신호임을 알아차릴 수 있도록 특별한 템포를 붙여 불고 있어요."

내 생각을 읽었는지 미네가 내 귓가에 대고 속삭였다.

"오……, 그래……."

……그러니까, 뭐냐고, 너희들!!

**

앞으로 나아가면서 이따금씩 이리와 미네가 손피리를 불었다. 프리아는 피리를 부는 법을 아예 모르지는 않지만 조금 서투른지 두 사람에게 맡긴 모양이다.

뭐, 류시의 목숨이 걸려 있으니 최대출력을 낼 수 있는 사람이 맡는 게 당연하다.

일본인 중에는 휘파람을 불 줄 아는 사람은 많아도 손피리를 불 줄 아는 사람은 적다. 미국인은 대체로 불 줄 안다고 하던데…….

역시 그건가? 미국은 광대하니 미아가 되었을 때나, 따로 행동을 하고 있는 사람에게 신호를 보낼 필요가 있어서 그런 건가?

일본에서도 밤길에 습격을 받거나, 등산이나 캠프하면서 길을 잃었을 때를 대비해 손피리를 부는 법을 널리 알려야 하는데…….

그렇게 여러 번 손피리를 불었더니…….

삐이이이이이이~!

똑같은 느낌의 손피리 소리가 희미하게 들린 것 같았다.

"류시예요. 저 소리는 '건재, 문제없음'을 알리는 신호입니다. 방향은 저쪽이니 어서 가죠!"

"오……, 그래……."

그러니까, 뭐냐고, 너희들!!

**

호우!

호우호우!

손피리 소리가 들려온 방향으로 나아가고 있으니 부엉이인지 뭔지 알 수 없는 야행성 새의 울음소리가 들렸다.

"지근거리에 있어요."

"""…………."""

그런 신호도 정해뒀던 거니…….

뭐, 새 울음소리로 위장하면 적에게 들킬 확률을 낮출 수 있으려나.

걸스카우트 같은 데서 배웠나?

그러고 보니 '걸스카우트'는 빼어난 재능이 있는 여자애를 스카우트한다는 의미일까? 아니면 여자애를 척후 · 정찰 요원으로 육성한다는 의미일까?

……아마도 전혀 아니겠지…….

그리고 종종 신호를 주고받으며 방향을 수정하면서 나아가고 있으니…….

"여기야!"

덤불 속에서 어린 소녀의 목소리가 들렸다.

"류시!"

"……이리?"

"미네랑 프리아도 있어!"

"살았다……."

신호를 듣고서 아군(고아원 동료)일 거라고 예상하고 있었을 테지만, 상대가 누구인지는 몰랐겠지. 류시는 정말로, 진심으로 안도한 듯 보였다.

그야 뭐, 아무리 야무지다고 해도 고작 7살짜리 여자애가 위험한 숲속에서 홀로, 더욱이 밤을 보내려고 했으니 불안해하지 않았을 리가 없다.

이윽고 덤불을 헤치는 소리가 들리더니…….

"이리! 미네, 프리아!"

덤불에서 뛰쳐나온 작은 실루엣이 이리에게 달려들었다.

"……오래 기다렸지!"

"응! 응! 응, 응, 으……, 우아아아아아아……."

안심하여 긴장이 풀렸는지 류시가 울음을 터뜨리고 말았다.

……무리도 아니다. 지금껏 잔뜩 긴장하며 필사적으로 버티고 있었을 테지…….

물론 이리와 미네, 프리아도 울고 있다.

다들 낯선 곳으로 팔려가 여러모로 고생했구나…….

"그래서 구조하러 온 사람들은?"

"어?"

울음을 그친 뒤 류시가 질문하자 이리는 순간 무슨 뜻인지 알아차리지 못하고 멍한 표정을 지었다.

"아니, 그러니까 어른들은? 이리와 애들은 신호를 보내고, 내가 어떻게 행동할지 알려주기 위해서 따라온 안내역이잖아? 마물이나 야수로부터 보호해줄 성인 호위들은?"

아~…….

보통은 그렇게 생각하겠구나…….

"없어. 우리들밖에."

"어? 어어? 어어어어어어어?"

미네가 옆에서 끼어들자 류시가 경악했다.

“그럼 마물이나 야수랑 마주치거나 추격자한테 발각되면 싸워야 하는데 전투력이 나 혼자 있을 때랑 별반 다를 게 없잖아! 어느 쪽이든 오히려 먹잇감이 늘어서 기쁘게만 해줄 뿐이잖아아아아~~!!”

……응, 류시, 네 생각은 잘 알고 있어…….

아니, 어라?

“류시, 그 다리…….”

“아아, 좀 삐었는데……. 그 후로 다리를 좀 끌다가 거친 바위에 긁혔거든. 싹, 하고…….”

류시의 왼쪽 다리를 보니 발목을 고정시키고자 빙빙 두른 덩굴이 피로 물들어 있었다.

“‘건재, 문제없음’이라는 신호 아니었어?”

내가 말하자 류시가 수상쩍다는 표정을 지었다.

“……이리, 얘는?”

쿠~웅!

7살짜리 아이에게서 ‘얘’라는 소리를 들었다…….

“이쪽은 날 구해주고 고용해주신, 사업소 ‘리틀 실버’의 경영자인 카오루 님과 레이코 님. 그리고 이 아이는 내가 탈출할 때 함께 데리고 나온 아랄이야. 다른 고아원 출신이지만 사정은 우리랑 같아.”

이리를 대신하여 미네가 고아원 출신이 아닌 사람들을 간략하게 소개해줬다.

그리고…….

"……경영자?"

응, 뭐, 당연히 그 부분에 의문을 품겠지. 나를 평범한 12살 아이쯤으로 여기고 있다면…….

**

"에에에에엥! 그 나이에 가공작업장 경영자! 그리고 우리 고아원을 차지했다고?"

"무슨 소리야! 거금을 지불하고서 정식으로 사들였다고!!"

그 지점에서 조금 이동하여 나무들 사이에 펼쳐진 초지에 앉은 우리는 일단 류시에게 상황부터 설명했다.

그리고 우리와 미네가 만났을 때를 이야기하던 도중에 류시가 갑자기 소란을 피웠다.

"죄, 죄송합니다. 얘가 호들갑쟁이에다가 덜렁이라서……. 얘, 류시. 소란을 피울 거면 이야기를 끝까지 듣고 나서 하도록 해! ……게다가 이런 숲속에서, 심야에 큰소리를 내면 마물이나 야수가 바로 다가올 거 아냐!"

"힉!"

류시가 작은 비명과 함께 입을 다물었다. 아마도 마물이나 야수 때문이 아니라 이리와 미네의 얼굴을 봤기 때문이겠지.

……응, 그야 그야 그야 그야 무서운 표정을 짓고 있었을 테니까. 둘 다…….

어, 뭐? 내 얼굴이 더 무섭다고? 시끄러워!

뭐, 미네와 이리도 도움을 준 나와 레이코에게 굉장히 고마워하고 있는 모양이니까.

그리고 다섯 고아의 미래가 우리들에게 달려 있다고 여기고 있을 테니 나와 레이코의 심기를 거슬리게 하는 언동을 간과할 수 없는 거겠지.

……나와 레이코는 어린애의 생각 없는 언동쯤은 신경 쓰지 않지만 말이야.

"근데 이 언니는 누가 어떻게 봐도 완전히 악인상……."

""""""…………."""""""

"왜 아무도 부정하지 않는 거냐고~!!"

**

설명을 마치자 류시가 드디어 납득해준 듯하다.

"그럼 영원히 잘 부탁드리겠습니다!"

나와 결혼이라도 할 생각이냐!

아니, 난 아직 고용하겠다는 소리를 안 했는데……. 으, 그래서 내가 무슨 말을 하기 전에 기정사실로 만들려고 한 발언인 건가?

역시 끝내주게 야무지다.

아니, 뭐, 물론 처음부터 고용할 생각이긴 했지만.

……으! 나, 바보인가!

류시의 다리에 난 상처가 아직 그대로잖아!

본인이 태연한 표정을 짓고 있어서 무심코 이야기에 집중해버린 바람에 깜빡했다!

아프지 않을 리가 없다. 꽤 지독하다(덩굴로 칭칭 감고서 꽉 묶지 않으면 걸을 수 없을 정도로, 그리고 다리를 질질 끌며 걸어야 할 정도로). 더군다나 바위에 긁혔는데도.

보기만 해도 얼마나 아플지 짐작할 수 있을 정도였다. 상처 부위가 보라색이라고 해야 할지, 검은색이라고 해야 할지, 더 놔뒀다가는 큰일이 날 것처럼 변색되고 부어 있는 상태였다.

"다리 좀 보여 봐!"

"어……."

"어서 그 다리를 내보이라고!"

내가 무슨 짓을 할지 두려웠는지, 아니면 수고를 끼치는 게 싫었는지 조금 빼던 류시에게 다리를 보이라고 강요했다. 미네가 어서 시키는 대로 하라고 눈빛으로 재촉해줘서인지 류시가 체념하고서 왼쪽 발목을 머뭇머뭇 내 쪽으로 뻗었다.

다친 발목을 건드리지 않도록 조심하면서 장딴지를 아래서부터 받치듯이 잡고서 유심히 살펴봤다.

"……'문제없다'라는 신호를 보냈었잖아?"

“이 정도쯤은 ‘문제없는’ 범위야. 죽을 정도로 심각한 부상을 입은 게 아니고, 이동 속도가 다소 떨어지긴 했어도 아예 꼼짝도 못 하는 지경도 아니고…….”

바보 아냐?

무리를 하면 부상이 더욱 악화되고 후유증까지 남을지도 모른다. 또한 세균이 들어가 화농이 생기거나, 파상풍 같은 질환을 앓을 가능성도 있다.

그래서…….

황급히 가방에 손을 찔러넣고서…….

(치유 포션, 나와라!)

생성해낸 포션 병을 움켜쥐고서 꺼냈다.

“자, 이걸 뿌려!”

그렇게 말하며 가방에서 꺼낸 포션을 내밀었다.

혹시 몰라서 2병. 1병은 부상을 입은 부위에 뿌리고, 나머지 1병은 마시는 용이다. 이미 체내로 세균이 들어갔을 경우에 대비하기 위해…….

포션을 마시기만 해도 괜찮을 테지만, 마시는 약만으로 외상을 치료하는 건 확실히 이상하니까…….

그러나 류시는 포션 병을 받으려고 하지 않았다.

수상한 약을 사용하는 게 내키지 않나? 아니면 고가의 약을 섣불리 사용했다가 몇 년씩이나 공짜 노동을 또 해야 할까봐 경계하는 건가…….

어쩔 수 없나. 초면인 사람을 쉽사리 믿기에는 이 아이들은 지금껏 너무 큰 고생을 해왔다.

그럼 어쩔 수 없다. 내가 직접 해야지.

포션 마개를 열고서 류시의 왼쪽 다리에 슥 뿌렸다.

우선은 바위에 긁힌 부위부터. 그리고 삐어서 부어 있는 부위로…….

그리고 나머지 한 병을 마시게 했다. 반쯤 억지로.

"어……."

"""…………."""

멍…….

"아……."

부상이 순식간에 치유되는 것을 보고 류시가 놀라워했다. 미네와 아랄은 당연하다는 듯한 표정이고, 이리와 프리아는 눈이 휘둥그레졌다. 그리고 레이코는 기가 막힌다는 표정을 짓고 있다.

"사……, 우읍!"

"여……, 우우읍!"

그리고 무슨 말을 하려던 이리의 입을 손으로 틀어막은 미네.

마찬가지로 미네를 따라 프리아의 입을 틀어막은 아랄.

사? 여?

무슨 말을 하려고 한 걸까?

그리고 미네와 아랄은 어째서 그렇게 부랴부랴 두 사람의 입을 막은 걸까?

류시는 굳은 채로 미동조차 하지 않고 있고…….

**

"오늘 밤은 이대로 여기서 야영합니다."

끄덕끄덕!

모두의 승낙을 받은 뒤 이곳에서 야영하기로 결정했다.

이곳은 류시를 확보한 곳에서 아주 가까운, 나무들이 조금 듬성듬성 있는 곳이다.

그곳에 평소처럼 마차를 꺼내고서 뒤이어 조립되어 있는 텐트, 조리대, 물탱크, 식재료, 의자와 탁자 등등을…….

아이들은 2대의 마차에 나눠서 재우고, 나와 레이코는 텐트를 쓰기로 하자. ……그동안 쌓인 이야기가 터질 지경이라서 아이들이 좀처럼 잠에 들지 못할 테니까.

……뭐, 그건 나중 일이니 나중에 생각하면 되려나.

우선은 식사 준비부터!

(……이제 숨길 생각이 없는 거 아냐?)

(으~음……. 그래도 뭐, 아직 일단은 '알아차리지 못한 척'을 해야만 하는 게 아닐까 싶은데……. 이야기에서는 대개 그렇잖아? '너, 어떻게 이걸 눈치채지 못할 수가 있어?'라는 상황이 이어지는 게 약속이잖아?)

(아, 역시?)

“아랄, 미네, 무슨 말 했니?”
““아뇨, 아무 말도!””
“어라, 그래? 그럼 저녁 만들자. 모두 도와줘.”
끄덕끄덕!
그리고 무슨 영문인지 신규 멤버 세 사람이 필사적으로 고개를 끄덕이고 있다…….

**

이튿날, 만들어둔 음식을 아이템 박스에서 꺼내 아침을 간단히 때운 뒤 곧바로 출발.
우리와 합류했으니 류시의 안전은 확보된 셈이지만, 어린아이들을 숲속에서 몇 박씩이나 야영을 시킬 생각은 없다. 그러므로 어서 숲을 통과하여 반대쪽 가도로 나간 뒤 그대로 ‘리틀 실버’를 향해 일직선으로 달려갈 예정이다.
아니, 도중에 가도 인근에서 야영을 하거나, 역참 도시의 여관에서 묵거나, 미네가 일했던 상회의 상황도 확인할 예정이니 ‘일직선’은 아닐지도 모르겠지만…….
뭐, 현재 ‘리틀 실버’는 건어물과 훈제 등 기호 식품밖에 취급하고 있지 않으니 일, 이주쯤 쉬더라도 곤란해할 사람이 없다. 더군다나 영주님이 공인해준 여행이니 오랫동안 가게 문을 닫더라도 전혀 문제없다.

애당초 상품을 매입하기 위해 며칠, 길게는 몇 주씩 쉬는 것은 이 세계에서는 지극히 보통이다.

……뭐, 식재료를 근처에서 구할 수 있는 우리 '리틀 실버'는 그런 여행을 할 필요가 없긴 하지만!

그러니…….

[정지!]

으앗!

레이코가 말 언어로 지시를 내리자 행과 배드가 정지했다.

뭐, 천천히 걸어 나가고 있었으니 급정지를 했다고 타고 있는 사람들이 놀라지는 않았다.

아, 현재 행의 등에는 미네, 아랄, 프리아가, 배드의 등에는 이리와 류시가 타고 있다.

역시나 네 명이 타면 버거워할 것 같아서 나와 레이코는 도보로 이동한다. 도보…….

미네와 아이들이 자기들이 걸어갈 테니 나와 레이코더러 말에 타라고 성화를 부렸지만, 고용주 권한으로 명령했다.

뭐, 고용주를 걷게 하고 자기들만 말에 타는 게 켕겼을 테지만, 연약한 아가씨가 숲을 걷는 건 무리라고 여긴 게 컸겠지. 고아인 자기들은 단련되어 있으니 문제없다는 생각인 걸까…….

분명 평범한 아가씨였다면 그럴지도 모른다.

그러나 우리에게는 피로 회복 포션이 있으니 별거 아니다. 풀이나 잡목 때문에 다리에 생채기가 생기더라도 포션으로 금세 치료할 수 있고.

포션 만세!

……아니, 지금은 이럴 때가 아니다.

"중형 마물 4마리, 급속도로 접근 중! 분명 우릴 노리고 있어. 모두, 한데 뭉쳐!"

탐색 마법으로 마물을 탐지한 모양인 레이코가 지시를 내리자 나는 아이들을 태우고 있는 행과 배드를 가까이 붙였다. 그리고 그 광경을 보고서 레이코가 주문을 읊었다.

"배리어(장벽 마법)!"

실은 주문(마법 이름을 영창) 따윈 필요 없지만, 아이들을 안심시키기 위해서, 그리고 '지금 모두가 어떤 마법으로 보호를 받고 있는지'를 나에게 알려주기 위해서 여유가 있을 때는 마법 이름을 읊고 있다.

……진짜 이유는 '그러는 편이 더 멋있으니까'인 듯하지만…….

물론 상대가 인간이고, 우리의 정체를 드러내고 싶지 않을 경우에는 영창하지 않지만.

이럴 때 내 포션 생성 능력은 별로 유용하지 않으니…….

아니, 결코 도움이 되지 않는 것은 아니다. 부상을 입더라도 금세 치유될 수 있으니 죽지만 않으면 괜찮다는 걸 알고 있으면 대단히 안심할 수가 있다.

……그래도 적의 기습이나 선제공격, 스스로를 지킬 때는 그다지 상성이 좋질 않지.

엄청난 속도로 나무 뒤에서 뛰쳐나와 습격하는 마물에게 '유사니트로글리세린'을 생성하여 폭발에 휘말리게 하는 건 절대로 무리다.

마물을 쫓는 약제 역시 야영할 때 주위에 뿌려두는 것이라면 모를까, 이동하는 중에는 의도한 대로 사용하기가 쉽지 않다. 또한 쉽게 사냥할 수 있는 부드럽고 맛있는 먹잇감을 발견했는데 다소 역겨운 냄새가 풍긴다고 해서 습격을 포기하지는 않을 테니까.

……지금처럼.

……총기형 포션 용기?

무리, 무리! 아군의 등을 쏘거나 폭발시켜 손가락을 날릴 게 뻔하다.

애당초 지근거리에서 갑작스레 나무 뒤에서 뛰쳐나온 마물이나 야수를 별안간에 쏴서 명중시키라니. 내가 무슨 어디에 나오는 건맨인 줄 알아…….

더욱이 총을 일상처럼 사용하는 건 내키지 않는다.

여신의 기적이나 사도님의 분노라면 괜찮다. 다소 거하게 연출하더라도.

그것들은 인간 나부랭이가 감당할 수 없는 '절대로 손에 넣을 수 없는 힘'이니까.

그러나 내가 총을 사용하는 것을 본 사람은 어떻게 생각할까?

그래, '저걸 손에 넣으면 나도 그 힘을 쓸 수 있다'라고 생각할 거다.

그러면 큰일 나겠지.

뭐, 목숨이 경각에 달린 상황에서는 그렇게 한가한 소리를 할 수가 없다는 걸 알고 있다.

그래도 지금은 레이코가 있다.

……그런 거다.

적재적소. 서로 뛰어난 부분으로 서로의 부족한 점을 메워준다.

지금은 그것으로 충분하다.

"레이건(광선총)!"

삐융, 삐융, 삐융, 삐융!

상대의 모습이 보인 순간 권총 모양처럼 엄지와 검지를 세운 레이코의 오른손 끝에서 빔이 방출되었다.

레이저(laser)인지 메이저(maser)인지는 모르겠지만, 뭐, 레이건(광선총)과 히트건(열선총), 블래스터 같은 무기는 SF소설의 단골 소재다. 현재는 군대에서 실용화하려는 단계까지……. 아니, 레이코가 세상을 떠났을 즈음에는 진즉에 완성되어 민간에게까지 보급되었을지도. 나중에 물어보자…….

아니, 곰곰이 생각해보니 그거 마법이나 마찬가지 아냐…….

뭐, '충분히 발달한 과학 기술은 마법과 구분할 수 없다'라는 말도 있으니까…….

"굉장해!"
"포레스트 울프를 순삭……."
"역시 사도……, 아니, 마법사님!!"
"역시마법!"
뭐야, 그게…….

그리고 다시 전진 개시.
류시 혼자서 조용히 이동하고 있었을 때와 달리 여럿이서 요란하게 이동해서인지 그 이후로도 마물이나 야수가 이따금씩 출몰했지만 레이코가 별문제 없이 전부 격퇴.
아주 편리해, 레이코! 집집마다 한 대씩 갖추고 있어야 할 듯.

**

우리와 합류한 이상 추격자를 따돌리기 위해 숲에서 시간을 낭비해야 할 필요가 없다. 그러므로 시간이 낭비되지 않게끔 경로를 조금 오른쪽으로 되돌려 나아갔다. 이윽고 우리는 숲을 빠져나와 가도로 나왔다.
그러나 이미 해가 지기 시작했기에 내일 마차를 타고서 출발하기로 했다. 오늘은 가도 옆에서 야영을 하기로 했다. 여행자 야영용으로 만들어진 공터가 아니라 가도에서 보이지 않도록 숲으로 조금 들어가 나무들 사이에 자리를 잡았다.

메르카바와 판처를 모두 꺼내서 아이들을 재우기로 했다.

나와 레이코는 이번에도 텐트에서 자는 게 좋으려나.

뭐, 그건 나중에 해도 된다. 따로 텐트 설치 작업을 벌일 필요가 없으니 잠을 자기 직전에 꺼내면 되겠지. 일단 마물과 야수와 벌레를 쫓는 약제를 뿌리고서 저녁 준비부터 하자.

숲속에서는 되도록 불을 쓰고 싶지 않았고, 냄새에 이끌려 마수와 야수가 다가오는 것도 달갑지 않았기에 만들어둔 음식이나 빵, 생야채와 과일 같은 걸 꺼냈다. 그러니 제대로 된 요리를 류시에게 먹이는 건 이번이 처음이다. 좋아, 기합을 팍팍 넣어 만들자!

그리고 아이템 박스에서 간이 화덕과 조리대, 바비큐대 등을 꺼낸 뒤 착착 썬 고기와 야채를 볶기 시작했다. 아이들이 기쁜지 떠들썩대고 있다.

……응, 뭐, 이런 건 처음이겠지. 이런 식재료도 처음 봤을 테고, 이런 상황도 처음일 테고.

그리고 잠시 뒤 맛있는 냄새가…….

응?

아이들이 있는 쪽이 아닌 반대쪽에서 무언가 강한 시선이 느껴져 뒤를 돌아보니…….

"으앗!"

……뭔가가 있었다.

"……."

""……….""

"""…………….."""

"레이아……."

그래, 세레스의 동족(단, 세레스보다 더 수준이 낮은 열화 분신체인지 '통상 상태의 어벙한 세레스'보다 더욱 얼빠진 문제아)이 물끄러미 이쪽을……, 아니, 바비큐대를 응시하고 있었다.

……아~…….

"자자, 좋아, 함께 먹자. ……근데 왜 이런 곳에?"

아니, 뭐, 예상은 되긴 하지만…….

"괜찮다고? 아싸! ……정보를 수집하기 위해 당신들을 지켜보고 있었는데 맛있을 것 같아서 그만……."

처음에는 본성을 드러내며 아이처럼 말했지만, 레이아는 이내 평소처럼 어른스러운 척 말투를 고쳤다.

그래도 첫 대면 때와 비교하면 상당히 솔직해진 느낌이긴 하네.

실은 세레스처럼 나이를 엄청나게 먹었을 테지만 그건 본체나 상위 분신체에게나 해당하는 말이다. 아무리 그 존재들이 막대한 기억과 엄청난 능력을 갖고 있다고 해도 이 아이가 분신체로서, 인간 수준의 저레벨 사고체(思考體)로서 태어난 것은 불과 최근인 듯하다. 신체도 우리들보다 대단히 뛰어날 테지만, 강철만큼이나 단단한 것은 아닐 테고…….

더욱이 세레스에게 발각되고 싶지 않아서 '수수께끼의 힘'을 그다지 쓰고 싶어 하지 않는 눈치다.

그러므로 사실은 혼자서 뭐든 가능한 주제에 나에게 금화를 달라고 조르는 것이다.

얼마나 손해가 큰 줄 알아! 흥흥!

뭐, 그러니 시답잖게 배려하지 말고 평범하게 상대해주면 되겠지.

세레스도 그렇게 대해주는 걸 은근히 기뻐했던 듯하니까.

아마도 초월자(오버로드)인 상위 존재가 아닌, 현지 생물과 교류를 하기 위해 극단적으로 지능과 사고 속도를 떨어뜨린 세레스나 레이아 같은 존재는 본체가 진즉에 없애버린 '그러한 감정'을 일부나마 갖고 있을 거다.

그래서 세레스는 개인적으로 나를 챙겨주고 있을 테고, '그분'을 향한 감정 역시…….

그 역시 '원생생물과 소통'을 하기 위해, 하등생물의 사고를 이해하기 위해 의도적으로 부여된 걸지도 모른다. 그러나 그 모든 것을 포함한 것이 '세레스'라는 존재이며, 또 '레이아'라는 존재이니 깊이 생각하지 말자.

뭐, 어쨌든 모두에게 레이아를 소개했다.

아니, 물론 표면적인 신분으로 말이야. 우리의 감찰역, 감시역이라는 구실로 쫓아왔지만, 실은 본인도 부모님과 떨어져 마음대로 살고 싶을 뿐인 말괄량이 아가씨라는 설정으로.

(……이 아이도 사도님?)

(글쎄……. 그저 카오루 님과 레이코 님의 친척일 뿐인지도. 여신님께서 사도를 그렇게 마구 뽑으셨을까…….)

(((과연…….)))

"무슨 말 했어?"

""""""아뇨, 아무 말도!""""""

기분 탓인가…….

뭐, '외모 나이가 비슷한 아이들'과 함께 보내면 레이아에게도 좋은 경험이 될지도 모른다. 만약에, 조금이라도 '하등생물'에게 애착을 갖게 할 수 있다면 더할 나위 없다.

……설령 그것이 애완동물에게 품는 감정일지라도…….

그리고 나는 분위기를 띄우기 위해서 맛있는 요리를…….

"어럽쇼, 거참 음식들이 맛나 보이는구만……."

또 뭔가가 왔다~!!

……이제 막 굽기 시작해서 아직 먹으면 안 되는데.

아니, 그건 아무래도 상관없나.

어쨌든 수상한 녀석들이 나타났다.

겉모습을 보아하니 대놓고 나 불량배입니다, 하고 과시하고 다니는 듯한 녀석들이었다. 머릿수는 넷.

……류시를 찾고 있는 녀석인가? 아니면 다른 녀석?

제60장 적

"애들이랑 비싼 말 두 마리밖에 없다고? 부모들은 어디에 있냐? 이거 봐라, 부주의한 것도 정도가 있지……."

"이렇게 꼬맹이들이 많은 걸 보니 그 꼬맹이와는 관계가 없겠네요……."

"첫, 빗나갔나."

"야영용 공터가 아닌 나무들 사이에서 불이 보이길래 영락없이 의뢰받은 그 꼬맹이인 줄 알았더니만……."

아~, 요리하려고 피운 불이 가도에서 보였던 건가……. 풍향을 고려하여 화덕 위치를 정했는데, 하필이면 가도에서 잘 보이는 방향이었구나. 실수다…….

닌자 만화에서 '바람이 부는 방향에 서다니 내 불찰이구나!' 하고 말하는 장면을 몇 번이나 봤건만……. 젠장!

그리고 역시 이 녀석들은 류시를 추격하는 자들인가?

그러나 사진도, 용모파기도 없으니 아마도 이 녀석들은 류시의 머리카락 색깔 정도나 들었겠지. 그 외엔 '혼자서 가도를 걷고 있는, 추레하게 생긴 7살짜리 소녀'라는 정보밖에 없을 거다.

뭐, 류시 말고 그런 애가 이 근방에 또 있을 리는 없을 테니.

어쨌든 그래서 8명의 아이 중에서 머리 색깔이 같은 아이가 섞여 있는데도 류시라는 걸 눈치 채지 못한 거 아닐까? 8명 중 6명이 6살에서 10살 사이에 있는 어린애니까…….

뭐, 아마도 나와 레이코도 12~13살 정도로 여기고 있을 테지만 말이야.

그리고 아이들끼리 여행을 하는 일은 있을 수 없으니 무슨 사정이 있어서 어른들은 잠시 자리를 비웠다고 여기는 게 당연하다.

"……아니, 뭐냐, 너희들은……."

어머, 요 며칠 동안 여러 번 들었던……, 아니, 내가 내뱉었던 말이다. 그 말이 어째서 양아치들의 입에서 흘러나온 걸까?

"어째서 한밤중에 이런 데서 수상한 남자들과 얽혔는데도 모두 태연한 거냐고! 보통은 겁을 먹거나 경계하기 마련이잖아! 그리고 너! 어째서 조리를 계속하고 있는 거냐아!!"

……아, 나? 아니, 그야 양아치 4명 정도는 아무런 위협도 안 되니까…….

레이코의 배리어, 공격 마법, 나의 '유사 니트로글리세린', 체내에 독극물 생성 등등 대처법이야 많다.

응, 시야 밖에서 고속으로 덮쳐오는 상대와는 상성이 나쁘지만, 돌아다니지 않는 인간이라면 나도 간단히 대처할 수 있다.

뭐, 아직 공격을 받지 않았으니 아무것도 하지 않을 테지만.

이 녀석들도 일단은 '류시를 찾으라는 의뢰를 받아서 수행하고 있을 뿐'이니 우리가 굳이 선제공격을 해야 할 정도는 아니다.

……아무리 그것이 길드를 통하지 않은 의뢰일지라도.

이 녀석들은 품삯을 선지급 받고서 달아난 사용인을 붙잡아달라는 의뢰를 받고서 류시를 찾아내 의뢰자에게 넘기려는 것뿐이다. 이 녀석들이 그 의뢰를 받은 것 자체는 불법이 아니다. 불법을 저지른 사람은 허위 의뢰를 한 상인뿐이다.

생사를 불문하고 잡아 오라는 조건이 달려 있긴 하지만, 붙잡았을 때 꼭 죽여야 한다는 뜻은 아니다. 생포한 소녀를 굳이 죽이지도 않을 테고 말이다. 그러니 시체를 발견했을 경우에도 보수를 주겠다는 조건이라고 해석한다면 그렇게까지 이상한 의뢰라고도 할 수 없겠지.

……그러나 아까 자기네들 입으로 말했다. '수상한 남자들'이라고…….

자각, 하고 있었구나…….

"……야, 그거 우리가 좀 먹자."

하아? '우리도'가 아니라 '**우리가**'? 바보 아냐?

"거절한다!"

"썩 사라져."

"하등생물 놈이……."

나, 레이코, 레이아의 트리플 콤보, 제트 스트림 어택.

"뭐라!"

"꼬맹이 주제에!"

"감히 입을 함부로 놀리다니……."

아니, 아니, 입을 함부로 놀린 쪽이 대체 누군데?

"……이봐, 의뢰받은 그 꼬맹이는 어찌 되든 상관없으니 이 녀석들을 데리고 가는 게 어때? 꼬맹이 8마리에다가 고급 말 2마리. 꽤 짭짤할걸. 그 꼬맹이 1마리보다야 훨씬 돈벌이가 되지 않겠어?"

어머나. 4번째 남자가 '좋은 생각이 떠올랐다!'라는 듯한 얼굴로 그런 소리를…….

""""과연, 그거 좋은 생각이군!""""

어머머……. 굳이 호의적으로 해석해줘서 '도망친 심부름꾼을 찾아달라는 의뢰를 받았을 뿐인 사람들'이었는데 '완벽한 범죄자, 그것도 아동 유괴와 인신매매를 벌이려는 중범죄자'로 레벨 업할 예정이네?

……아니, 레벨 업이 아니고 레벨 다운인가?

"그럼 결정. 부모가 돌아오기 전에 후다닥 끝내자고. 뭐, 이 녀석들을 인질로 삼으면 설령 부모들이 돌아오더라도 어쩔 재간이 없으려나. 아이들만 내버려 두고서 자리를 뜬 어리석은 자신을 원망해야겠지. 하하, 이거 꼬맹이 1마리를 붙잡아서 받는 보수보다도 훨씬 벌 수 있겠다! 가도에 없었으니 아마도 숲속으로 달아난 것 같은데, 어차피 꼬맹이 혼자서 며칠씩이나 숲속에서 살아남을 수 있을 리가 없잖냐. 지금쯤 마물한테 먹혀 뼈다귀만 남았을걸? 이제 그쪽은 포기하고 이 녀석들로 한몫 단단히 잡는 게 낫지 않겠냐? 말 2마리랑 이 녀석들을 팔아치우면 당분간은 놀면서 보낼 수 있다고!"

“그거 좋구만! 크하하하하!”

어른들이 돌아오더라도 우리를 인질로 삼겠다고 말하긴 했지만, 되도록 어른들과 맞닥뜨리지 않는 편이 낫겠지. 아이들을 데려가는 놈들을 잠자코 지켜만 보는 부모는 없다.

이곳에서 저항하거나, 은밀히 미행하거나, 가장 가까운 도시에 있는 경비대에게 신고하는 등 취할 수 있는 수단은 많으니.

응, 서둘러서 일을 마치려고 하겠네…….

좋아, 이 녀석들을 완전히 ‘적으로’ 인식. 우리에게 손을 댄 순간 실행범으로서 아웃.

이미 레이코가 안전조치를 취해놨을 테니 아이들은 위험하지 않겠지.

자, 어떻게 나오려나…….

“일단 꽁꽁 묶어둔 뒤 굽고 있는 고기만 얼른 먹고서 여기서 급히 떠나는 게 어때?”

“그렇게 하자고!”

어머, 한시라도 빨리 여기서 벗어나는 게 급선무일 텐데 그전에 고기를 먹겠다니…….

그렇게나 배가 고팠나?

아, 요 며칠 동안 류시를 쭉 찾아다녔다면 휴대식량밖에 먹지 못했으려나. 물은 인근 개울이나 샘이 있다면 보충할 수 있을 테지만…….

“좋아, 이 녀석들, 얌전히……. 아얏!”

4명 중 주도권을 쥐고 있는 듯한 남자가 오른손을 뻗으며 우리에게 다가오려다가 그 손이 무언가와 세차게 부딪쳤다.

“뭐, 뭐냐? 뭔가에 부딪쳤는데? 어? 여, 여기에 뭔가 있다?”

그래, 물론 남자가 부딪친 것은 레이코표 투명 배리어다.

“왜 그래?”

“뭘 꾸물대고 있는 거야!”

다른 남자들도 접근해 왔으나…….

“으앗!

“큭!”

“뭐, 뭐야 이게?”

물론 모두 같은 결과였다.

“범죄행위 선언, 그리고 실력행사 확인.”

레이코가 감정이 느껴지지 않는 평탄한 목소리로 말했다.

“교전규정(ROE), 클리어. 전공격력 사용 자유(All attacking power free).”

뒤이어 나 역시 평탄한 목소리로 말했다.

응, 저쪽이 먼저 선을 넘었다.

이로써 거리낄 필요가 없어졌다.

……죽인다는 건 아니라고?

“뭐야, 이게!”

“뭔가 보이지 않는……벽……이…….”

“““………….”””

소란을 떨던 네 남자들이 갑자기 입을 다물었다.

그리고…….

“……모, 몰라. 난 무관해.”

“나도야. 그저 에이라스가 꼬셔서 미아를 찾는 일에 어울렸을 뿐이야. 다른 건 아무것도 모른다고!”

“나, 나도야! 에이라스가 수주받은 일을 도와달라고 부탁해서 함께 했을 뿐 무슨 사정인지 전혀 몰라!”

“너, 너희들…….”

동료들이 선선히 배신하자 에이라스라고 하는, 맨 먼저 우리에게 접근하려고 했던 남자의 얼굴이 공포에 질려 창백해졌다가 이내 분노에 시뻘게졌다.

응, 뭐, ‘보이지 않는 벽이 지켜준 아이들’이니까. 동화 속에서 나오는, 여신의 가호로 보호를 받은 마음씨 고운 아이들이거나, 혹은 마법사의 소행이라는 생각밖에 들지 않겠지.

만약에 마법사의 소행일 경우…….

마법사 중에는 정의의 마법사와 사악한 마법사가 있다. ……평민들의 일반 상식에 따르면.

그러나 어느 쪽이든 적으로 돌리면 똑같은 결과를 맞이하므로 굳이 신경 쓸 필요는 없다.

적대자에게 공평하게 찾아오는 것은 ‘죽음과 파멸’이다. ……평민들의 일반 상식에 따르면.

그리고 만약에 여신의 가호였을 경우.

……이 세계의 여신은 세레스인데?

그거다. '여기 들어오는 자, 모든 희망을 버릴지어다'(단테의 신곡).

그러니 전력으로 다른 사람에게 책임을 떠넘기려는 각축전이 벌어질 수밖에…….

"젠장, 이런 마법을 걸 수 있으니 아무 걱정 없이 아이들만 남겨두고 떠난 거였어……. 그래. 부모들이 돌아오기 전에 달아나면 아무 문제도 없잖아! 이 녀석들은 무력하고, 벽 밖으론 못 나오니 우리 뒤를 쫓을 수도, 부모한테 알리러 갈 수도 없는 노릇이지. 우리가 도망치는 척하다가 이 녀석들이 마법의 벽 밖으로 나오기를 잠복하며 기다리고 있을 가능성이 있는 한은……."

어머, 심리전으로 나오는 거야? 머리를 꽤 쓰네…….

그래도 아쉽게 됐네~요!

"전격, 약(弱)!"

털썩!

이 녀석들의 리더로 보이는 에이라스라는 남자가 레이코의 전격 마법을 맞고서 막대기처럼 굳은 채로 쓰러졌다.

뭐, 흙바닥이고 풀도 나 있으니 크게 다치지는 않았을 것이다.

"아닛! 부모뿐만 아니라 이 녀석들도 마법사……."

"아니, 부모가 마법사라면 자식한테도 마법을 가르치는 게 당연해. 하나도 이상할 게 없잖아!"

"행운이야! 여신님과 관계가 없었다니 행운이라고, 우리!!"

아~, 뭐, 분명 그건 그럴지도 모르겠네, 마지막 사람…….

역시 이런 때는 마음대로 구사할 수 있는 레이코의 마법이 좋구나.

나는 조절하기가 어렵다. '유사 니트로글리세린'으로 머리를 쾅? 너무 극단적이야, 위력이…….

마취약을 쓰려고 해도 심장이나 호흡마저 멎을 것 같아서 상대가 도적 같은 '죽어도 싼 녀석'일 경우를 제외하고는 사용하기가 조금 꺼려지긴 하지…….

이 녀석들은 양아치에다가 범죄자일지라도 살인을 범한 적이 있는지까지는 알 수가 없으니까.

뭐, 일단…….

"전격, 약!"

"""""꺄아아아아아~!"""""

응, 붙잡아두도록 하자.

"배리어 해제!"

레이코가 양아치들을 모두 쓰러뜨리고서 장벽마법을 풀었다. 이제는 포박하고서……. 으, 이 녀석들이 도시까지 순순히 걸어가려나?

가급적 국경을 넘은 뒤 경비병에게 떠밀고 싶지만 가장 가까운 도시조차……. 아, 나 바보 아냐! 마차 2대를 이용하면……, 아니, 끌 말이 2마리밖에 없잖아. 마차는 모두 쌍두마차인데!

젠장…….

레이코가 아이템 박스에서 꺼낸 밧줄을 받고서 아이들이 쓰러진 양아치들 쪽으로 다가가고 있다. 레이아도 구경을 하고 싶은지 함께 따라가고 있다.

응, 나나 레이코는 성인을 옴짝달싹 못 하게 꽁꽁 묶는 스킬을 갖고 있지 않다.

그러나 이 아이들로 말할 것 같으면. ……하하하…….

초대 원장은 대체 아이들을 어떻게 키우고 싶었던 거야…….

""""""앗!""""""

어?

나는 양아치들을 포박하는 일을 '그쪽 방면 프로'에게 맡기고서 바비큐 준비를 재개하기 시작했고, 레이코는 뭔가 디저트로 먹을 만한 것이 없는지 아이템 박스의 내용물을 확인하고 있었다.

그리고 아이들이 내지른 소리에 놀라 뒤를 돌아본 내가 본 것은…….

단검을 꽉 쥐고서 레이아에게 곧장 달려가는 양아치들의 리더인 에이라스였다.

죽지 않도록 '전격, 약'을 영창했던 레이코가 너무 봐줬나? 아니면 전격에 비교적 내성이 있었나? 아니면 근성으로?

레이코 쪽을 힐끗 쳐다봤다. 아이템 박스를 확인하고 있던 터라 반응이 나보다 늦었다.

내 포션 생성 능력으로 대처하기에는 늦었다. 고속으로 움직이는 표적과 출현 지점을 정확히 맞출 수가 없다.

레이아는 아이들 중에서 유일하게 귀족 아가씨처럼 입고 있는 유별난 미소녀이며, 가난한 사람은 돈과 시간 때문에 엄두도 낼 수 없는 '허리 부근까지 내려오는 아름다운 장발'을 하고 있다. 그래서 '마법사의 자식이자 아까 공격 마법을 쓴 사람'이라고 판단된 거겠지. 레이코가 주문을 영창하긴 했는데, 목소리가 작아서 떨어진 곳에 있던 저 녀석들의 귀에 들리지 않았나…….

그러니 레이아만 제압한다면 나머지 아이들은 무력해질 테니 마법사 부모들을 꼼짝 못 하게 하는 인질로서도, 유괴하여 팔아치울 수 있는 상품으로서도 최고의 먹잇감이라고 생각했겠지…….

그런데 저 아이, 그건데? 세레스와 동류인데?

세레스에게 발각되기 싫어서 여신의 힘은 쓰지 않을 테지만, 그 신체는, 물론 강철로 만들어진 것은 아니지만, 동체시력, 운동속도, 근력 등등이 인간을 능가하지 않을까~.

그러니 아무 걱정도 없다. 레이아 본인도 평온하게 있고.

아마도 손가락으로 단검을 가볍게 쥐어 저지하든가 일격으로 처치…….

"물러서!"

써억!

"어……."

순간 무슨 일이 벌어졌는지 알 수가 없었다.

뛰쳐나가 단검을 든 양아치, 에이라스 앞을 가로막은 미네.

자신의 진로를 막는 장애물을 치우기 위해 단검을 휘둘러 베어버린 에이라스.

아아, 찔러버리면 멈춰선 미네의 몸을 발로 차내서 단검을 뽑아야 하니 시간을 아끼려면 휘둘러 베는 게 정답인가? 머릿속에서 그런 얼토당토않은 생각이 떠올랐다.

현실감을 상실하여 순간 멍해졌기 때문이겠지.

그래도 그건 순식간의 일이었다.

"미네!"

제정신을 차리고서 그렇게 외쳤을 때, 이미 에이라스는 레이아에게 얻어맞고서 땅바닥을 구르고 있었다.

그리고…….

"어째서……."

에이라스를 때려눕힌 뒤레이아가 우두커니 선 채로 눈을 크게 뜨고서 뭐라 중얼거렸다.

레이아에게 이 정도는 아무것도 아니었다.

본인에게 상처를 입힐 수도 없는 날벌레를 가볍게 쫓아냈고, 최근에 만난 하등생물이 다치고 말았다. 그저 그뿐이니 마음에 담아둘 일은 아니다.

그럴 텐데도.

무슨 영문인지 레이아가 똑같은 말을 되풀이하고 있었다.

"……어째서."

"아!"

제정신을 차렸는지 레이아가 땅바닥에 쓰러져 있는 미네에게 달려갔다.

그러고는 쪼그려 앉아 미네의 몸에 손을 대려고 했지만, 마찬가지로 달려온 내가 그 손을 붙잡았다.

"뭐 하는 거야! 어서 치료해야……."

레이아의 그 말이 기쁘긴 했지만 그건 안 될 말이다.

"그건 이 아이의 고용주이자 이 모험 여행(퀘스트)을 계획한 내 역할이야. ……게다가 세레스한테 발각되길 원치 않잖아?"

"그딴 건 아무래도 상관없어!!"

무슨 영문인지 레이아가 성이 난 듯했다. 그러나 나는 이미 달려가는 도중에 포션을 생성하여 왼손에 쥐고 있다. 아이템 박스에서 꺼내는 것보다 새롭게 만드는 편이 더 빠르고, 처음부터 마개가 없는 상태로 만들었으니 그대로 바로 사용할 수 있다.

그러므로 레이아는 무시하고서 왼손에 쥔 병 내용물을 미네의 상처에 뿌리고서 빈 병을 아이템 박스에 수납한 뒤 이번에는 미네의 머리를 받쳐 올리고서 오른손으로 꺼낸 포션을 마시게 했다.

어쨌든 지금은 한시라도 빨리 미네의 고통을 덜어주는 것이 먼저다.

"왜 이런 바보 같은 짓을 한 거야!"

내가 질책하자 눈을 희미하게 뜬 미네가 가냘픈 목소리로 대답했다.

"저, 저희들이 곁에 있었는데도 카오루 님과 레이코 님의 소중한 분을 다치게 한다면 다른 고아들한테 면목이……. 두 분은 앞으로 수많은 고아들을 위해 활약해주셔야 하니……. 카, 카오루 님, 레이코 님……. 아, 아랄과, 다른 고아들을, 자, 잘 부탁드려요……. 아아, 이제 고통도, 뭣도 느껴지질 않아……. 짧은 생애였지만 멋진 꿈을 꿀 수가 있었습니다. 감사했습니다……. 그럼 한발 먼저 여신님 곁으로……."

쿵!

"아얏!"

내가 무릎 위에 올려 받치고 있던 머리를 내려놓자 땅바닥에 머리를 찧은 미네가 소리를 질렀다.

"내 본 직업이 뭔지 한번 생각해봐. 마법사가 치유 마법을 쓰지 못할 리가 없잖아!"

"어……."

응, 그런 것으로 해두자. ……아니, 그보다도 류시의 다리 부상을 치료하는 광경을 봤잖아…….

"에에에에에에엥!!"

자신의 몸을 착착 매만지고서 벌어져 있어야 할 상처가 없다는 사실에 경악하고 있는 미네.

그리고…….

"아아아아아아아! 오, 옷이! 카오루 님이 사주신 소중한 옷이이이이이!!"

아~, 그야 포션으로 옷까지 고치지는 못하니까.

내가 사줬던 옷이 그렇게까지 소중했나…….

"어째서……."

어머, 레이아 녀석, 또 저러고 있네…….

"어째서냐고요! 그딴 건 내게 아무것도 아닌데! 고작 수십 년밖에 못사는 주제에! 그 짧은 인생을 거의 살지도 않은 유생체인 주제에! 어째서……."

뭔가 엄청 동요하고 있네, 레이아 녀석……. 대체 왜 저러는 거야.

레이아에게 고작 물벼룩이나 진배없는 하등생물 한 마리의 생사 따윈 아무 의미도 없을 텐데…….

"왜 그래, 레이아. 진정해!"

"……생각했어."

"어?

"생각했다고. '소멸되고 싶지 않다'라고……."

"아니, 그야 누구든 그렇게 생각할 거야. 당연한 거 아냐."

……뭐, 레이아와 그 존재들에게는 당연한 일이 아닐지도 모르겠지만.

"그야 하등생물한테는 그럴지도 모르겠지만, 우리한테는 그런 개념은 없어……. 아까와 같은 단순한 물리 현상에 소멸할 일은 없고, 설령 어떤 사정으로 소멸했다고 해도 난 본체에서 분기된, 아주 하위 분신체이니 본체에는 아무런 영향도 없어. 게다가 내 기억과 경험은 가장 가까운 분신체에게로 회수되어 전체한테 피

드백되니 내 존재와 활동이 사라지는 것도 아냐. 그러니 소멸하더라도 아무 문제도 없어. 그런데…… 아까, 그 남자가 달려들었을 때 그 금속 쪼가리에 찔리더라도 별거 아님을 알고 있었는데, 설령 이 몸이 파손되거나 소멸되더라도 아무런 문제도 없었는데. ……순간, 살짝, 아주 살짝 '소멸되고 싶지 않다'라고 생각했어……. 처음으로 경험한 '먹는다', '마신다', '논다'……. 하등생물인 '여관 직원'과 '숙박객'이라는 생물들과의 아무 가치도 없는 무의미한 정보교환(대화). 그게, 그게……."

아~, 그게 '재미'있었기 때문이란 건가?

"그런데 어째서 그런 짓을……. 아직 얼마 살지도 못했으면서. 쉽사리 소멸되는 주제에. 소멸하면 우리들과 달리 모든 정보가 사라져버리는데. 본인이 모은 정보도, 본인이 존재했다는 의미와 사실도 완전히 전부 소멸해버리는데. 몇 번 만나지도 않은 본인과 아무 관계도 없는 날 위해서……."

레이아 녀석, 너무 동요했다. 그만한 성능(스펙)이 아닐 텐데.

더욱이 위험천만한 발언을 너무 많이 내뱉고 있다!

아이들의 귀에 들리더라도 이해하지 못할 테지만, 그래도 저 녀석들은 방심할 수가 없으니까…….

우리가 뭉그적거리는 사이에 아이들이 양아치(이제 살인 미수범이니 양아치는 졸업하고 어엿한 흉악범이 된 건가?)를 단단히 포박했다.

빠~…….

그나저나 이 녀석들을 어떻게 한담…….

역시나 행과 배드일지라도 혼자서 메르카바와 판처를 끄는 건 무리일 테고, 혼자서도 끌 수 있을 만한 소형경량 페넬로프호도 2인승이라서 의미가 없다. 애당초 나머지 한 마리가 끌 수 있는 마차가 없고 말이야.

……역시 이번 한 번만 쓰자고 12인승 마차를 새롭게 만들어내는 건 내키지 않은데.

열두 사람 중 여덟 사람이 작고 가벼운 아이(우리도 포함해서)이긴 하지만, 울퉁불퉁하고 험한 길에서는 아무리 마차가 가볍더라도 끌기가 꽤나 벅찰 듯하다.

"레이코, 어쩌지……. 아니, 저게 뭐야!"

"……뭐야, 저게……."

레이코도 모르는 눈치인데 무리도 아니다.

하늘에 떠 있는 수수께끼의 물체.

……응, 즉 UFO다.

왜 그렇게 단언할 수 있냐고?

아니, 애당초 UFO란 정체가 미확인된 비행물체를 뜻하니 정체불명에다가 하늘을 날고 있는 시점에서 이미 어엿한 UFO다. 우주인이 꼭 타고 있어야만 하는 게 아니다.

"……그래서 저게 뭐일 것 같아……?"

금속으로 된 구체가 수십 미터 상공 위에 떠 있다.

……아니, 어쩌면 수백 미터일지도. 비교 대상이 없는 밤하늘

에 떠 있어서 고도도, 크기도 가늠할 수가 없었지만, 크기가 제법 큰 듯하다. 직경 수십 미터 정도?

명백히 이 세계의 문명 수준과는 걸맞지 않은 이물질.

이 대목에서는 인생을 오래 경험한 레이코 선생님의 의견을 존중하도록 하자.

"가능성을 꼽자면 이성인(異星人), 지저인, 해저인, 무 제국(전설 속의 초고대 문명)인, 이차원인, 미래인, 기계지성체, 여신님의 탈것, ……그리고 무언가 치트 능력을 받을 때 전혀 자중하지 않은 녀석."

내가 어리둥절해하며 묻자 레이코가 성실하게 대답해줬다.

……아니, 마지막 건 너잖아.

세레스의 본래 임무는 차원세계의 붕괴를 방지하고자 관리하는 것뿐이다. 그 이외에 다른 것들은 어디까지나 심심풀이에 지나지 않는다. 이따금씩 인간들에게 대규모 재해를 경고해주거나, 충동적으로 간섭하는 것까지도 전부.

그러므로 우주인이 오든, 지저인이 튀어나오든 별로 개의치 않을 것이다. 자신의 임무와는 관계가 없는 '아무래도 상관없는 일'이니까.

그리고 세레스는 강림할 때 저런 탈것을 사용할 리가 없다.

……응, 세레스와는 무관한 것 같네.

저것이 하필 지금 이곳에 나타난 것은 우연이라고 생각하기 어렵다.

아까 레이코가 쏜 전격 마법의 에너지나 파동이나 시공의 흔들림 같은 걸 감지한 건가?

우리는 늘 최악의 사태에 대비해야만 한다.

그러므로 일단 우리에게 위해를 가할 가능성이 있는 적성 물체로 판단하고서 대처하도록 하자.

단, 우리가 선제공격을 했는데 사실 적이 아니었다는 불행한 엇갈림은 최대한 피하고 싶으니 자극하지 않으면서도 기습을 받더라도 응전할 수 있도록…….

"레이코, 배리어를 최대강도로 전개! 빔 계열과 실체탄 계열을 준비하고서 대기. 적의 공격은 완전히 반사할 수 있어? 카라미티(만화 자이언트 로보에 등장하는 로봇. 자동반사장치가 장착되어 있다)나 무지개색 살인광선을 거대반사장치로 되받아친 '백미러 작전'처럼……."

"바루곤(특촬영화 「대괴수결투 가메라 대 바루곤」에 등장하는 괴수)?! ……그건 무리!!"

"라저. 그럼 공격을 받으면 '모든 것을 녹이는 약품'이라도 뿌릴까……."

"그게 땅바닥에 떨어지면 이 별의 뒷면까지 뚫려버리지 않을까……."

뭐든지 녹이는 약품에서 비롯될 수 있는 문제점으로 딴죽을 거는 레이코.

그리고 내 대답은 물론.

"그런 일이 벌어질 리가 없잖아!"

"그렇겠지……."

"그런 건 '이 별의 중심부까지만' 뚫어버리는 게 상식이잖아!"

"그러고는 슬금슬금 이 별을 몽땅 녹인다……."

""아핫핫!""

옛날에 늘 해왔던 '그리운 만담'이다.

우리는 상황이 나빠질수록 우스갯소리가 는다.

……즉 현재 최대한으로 경계하며 바짝 긴장하고 있다는 뜻.

일단 이쪽에는 비장의 무기인 레이아가 있다.

그래도 세레스와 달리 레이아에게는 우리를 도와야 할 이유가 없다. 우리가 죽어가는 것을 아무 생각 없이 그저 무표정하게 지켜볼 가능성이 충분히……. 아, 우리에게 '금화의 공급원'이라는 가치가 있었다!

뭐, 레이아가 우리에게 직접 관여할 생각이 있는지는 모르겠지만 지금 상태가 조금 이상해진 것이 마음에 걸리는데.

좋았어, 올 테면 와라! UFO를 격퇴할 준비는 되어 있다!!

제61장 옛 친구

"……움직였어!"

구형 UFO 하부에서 여러 가닥의 돌기가 뻗어 나왔다.

인드라의 화살(천공의 성 라퓨타), 뭐 그런 건가? 지금쯤 저 안에서 '에너지 충전 120퍼센트!', 혹은 '대(對) 쇼크, 대 섬광방어!(우주 전함 야마토)' 같은 소리를 하고 있으려나?

초장부터 느닷없이 스페시움 광선(울트라맨의 필살기)이냐!

"레이코, 장벽을 있는 대로 다 치도록 해! 인프라 라듐과 울트라 골드(도서 「우주선 아르고호의 모험」에 등장하는 신물질)로 만들어진 포션 용기, 나와라!"

…….

…………….

……………………….

[오랜만~!]

UFO에 달려 있는 확성기 같은 장치에서 그런 목소리가 들렸다.

……털썩.

마지막 가능성이었더냐!
응, 맞다. 레이코가 꼽았던 가능성 중 가장 마지막 것.
'……무언가 치트 능력을 받을 때 전혀 자중하지 않은 녀석' 말이야!
"쿄코, 왜 이렇게 늦었어~!"
레이코 녀석이 무시근하게 그런 소리를……. 아, 야, 야단났다! 아이들이 전부 보고 있어!!
"레이코, 쿄짱과의 대화는 일본어로!"
아이들에게는 머리를 짜내서 나중에 적당히 설명하도록 하자.
중력을 무시하고서 천천히 내려오는 '둥근 물체.' 하단부에서 튀어나온 것은 공격용 무기가 아니라 착륙용 다리인 모양이다.
뭐, 모든 중량을 다리로 떠받칠 작정은 아닌 듯하다. 반중력장치나 무언가로 중량 대부분을 상쇄해뒀겠지…….
그러지 않으면 접촉 면적이 좁은 다리로는 중량을 버텨내지 못할 것이다. 다리가 땅바닥에 박혀서 크게 기울거나, 경우에 따라서는 벌러덩 넘어져 성가신 일이 벌어질 것 같다.
……구형은, 땅바닥에 착륙하기에 절대로 적합한 모양이 아니라고…….
'둥근 물체'의 크기는 직경 수십 미터 정도다.
지구에는 전장 300미터가 넘는 호화 여객선이나 전장 400미터가 넘는 컨테이너선, 유조선 등 훨씬 큰 배가 잔뜩 존재하긴 하지만, 직경 수십 미터짜리 구형은 결코 작은 편이 아니다. ……특히 짐이나 승객을 싣기 위한 공간이 주체인 배가 아니라 기능적인 면에 그 체적이 할당되어 있는 탈것치고는.

더욱이 구형은 일반 선박과 비교하여 겉보기에 비해 체적이 훨씬 크다.

……뭐, 그 역시 사소한 거지. 저걸 타고 온 녀석의 존재와 비교하자면…….

응, 아까 들린 목소리와 그 억양만으로 알아차렸다. 우리 'KKR'의 마지막 한 사람, 니시조노 쿄코, 쿄짱이다.

KKR의 일반인 역할 담당.

……이라고 본인은 생각하고 있는 듯하지만, 그것은 '우리 셋 중에서 비교적 평범한 사람처럼 발언한다'는 의미에 지나지 않는다.

그리고 나와 레이코가 여러 일들을 저지를 수밖에 없는 상황에 내몰리는 이유는 대체로 쿄짱이 '말썽거리를 끌고 오는 것'이 원인이다.

'일반인(一般人)'이 아닌 일반에서 일탈해버린 여자, '일반인(逸般人)'이다.

응, 쿄짱은 역시 '있을 만해서 있는' 동료란 말이지…….

아, 둥근 물체가 하강을 멈췄다.

……응, 저런 게 착륙할 수 있을 만한 공간이 없어, 여기.

상공에 떠 있을 때는 몰랐는데 자세히 보니 제법 크네, 이거. 직경 60미터쯤 되려나?

……어째서 이렇게 커다란 걸 타고 온 거야? 더 작은 건 없었어?

아니, 그 이전에 이게 대체 뭔지…….

상공 10미터쯤에서 정지한 둥근 물체의 하부에서 착륙 다리가 아닌 무언가가 뻗어 나왔다.

……아아, 승강용 튜브인가?

그리고 그것이 땅에 도달하고 슬라이드 형태로 된 앞부분이 열리더니…….

"카오루! 레이코! ……의 중학생 버전!! ……나도 그렇지만!"

"쿄짱!"

"쿄코……."

쿄짱이 달려와 끌어안자 나와 레이코도 응해줬다.

쿄짱의 입장에서 나는 수십 년이나 전에(내 입장에서는 5년쯤 지났지만) 헤어진 아주 오랜만에 만난 친구인걸.

그리고 이로써 'KKR'은 진정한 힘을 발휘할 수 있게 되었다.

……응, 우리는 셋이 모여야만 완성체라고!

(여신님이다…….)

(별님을 타고서 땅으로 내려오다니. 이제 숨기거나 얼버무릴 생각은 전혀 없는 거 맞지?)

(이런 데도 '마법사'라는 설정을 아직

도 지켜야만 하는 거야?)

(으~음…….)

"어, 무슨 말 했어?"

""""아뇨, 아무 말도!""""

기분 탓인가…….

어쨌든 쿄짱과의 재회를 축하하고서…….

"쿄짱, 저걸로 우리랑 살인미수범을 도시까지 옮겨주지 않을래?"

응, 서 있을 수 있는 사람은 클라라(「알프스 소녀 하이디」 속 등장인물)일지라도 써먹어라. 세계명작극장의 유명한 격언이다.

또 다른 격언으로는 '죽을 거라면 개도 길동무로!(「플랜더스의 개」)'라는 것도 있다.

써먹을 만한 격언이네…….

"그건 써먹을 만한 게 아니라 글러먹은 거잖아!"

레이코가 딴죽을 걸었다.

어머, 입 밖으로 나왔나…….

어쨌든 지금은 아이들의 눈과 귀가 있으니 아무리 일본어를 쓴다고 해도 쌓인 이야기를 하기에는 적절치 않다.

"지금 가면 곤히 자고 있을 경비대 사람들과 영주님을 깨우게 될 테고, 야간 당직을 서고 있는 사람이 책임자를 부르러 달려가야만 할 테니 참 딱하겠네……. 좋아, 오늘은 이대로 여기서 야영하고 내일 일찍 이동하자. ……새벽이 찾아들기 전 어둑할 때 말이야. 여행객한테 이 물건을 보이는 것도, 환해진 뒤에 도시 인근에서 이 물건에서 내리는 것도 곤란하잖아."

내가 하늘에 떠 있는 녀석을 가리키며 제안하자 쿄짱과 레이코는 그저 고개를 끄덕일 수밖에 없었다.

뭐, 그야 그렇겠지.

살인미수범들은 포박을 해두긴 했지만, 혹시 몰라서 '푹 잠드는 포션'을 먹여놨으니 깨우기 전까지는 푹 자겠지. 부자연스러운 자세로, 그것도 아무것도 깔지 않은 땅바닥에 누워 있으니 이튿날 아침에는 삭신이 쑤실 테지만, 죽는 것에 비해서야 그 정도쯤은 별거 아니다.

그리고 바비큐를 재개하고서 다 함께 식사.

그 뒤에 아이들은 메르카바와 판처에 나눠 재우고서(어차피 양쪽 모두 밤이 깊을 때까지 자지도 않고 지금껏 겪었던 일들을 이야기 나눌 테지만), 우리 셋은 텐트에서 대화.

쿄짱이 탑재정(搭載艇) 쪽이 더 아늑하다고 말하며 위를 가리켰지만, 저런 물건을 타고 있으면 혹여나 아이들에게 무슨 일이 벌어졌을 때 늦게 알아차릴 가능성이 있다. 그러니 마차 옆에 친 텐트에 머무는 편이 더 안심할 수 있다.

……그리고 저게 '탑재정'이었냐! 저렇게 큰데…….

**

"……근데 저게 뭐야?"
레이코가 그렇게 말하고서 위를 가리켰다.
그 손가락은 텐트 천장부를 가리키고 있지만, 물론 레이코가 듣고 싶은 말은 텐트 천장에 관한 해설이 아니겠지.
"탑재정인데?"
그리고 쿄짱이 간략하게 대답했다.
"……탑재정이라고 했으니 물론 탑재를 시킬 모함이 있는 거겠지?"
"물론!"
""…………."""
그리고 나와 레이코가 동시에 한 목소리로 말했다.
""대체 어떤 치트 능력을 받은 거냐아!!""

쿄짱의 말에 따르면 그녀도 레이코와 마찬가지로 나이를 먹었을 적의 기억이나 경험은 그대로이긴 하지만, '객관적으로 내려다보는 듯한 느낌'이라고 한다. 신님이 불러일으키고서 강화시킨 듯한 '22살 때까지의 기억'이 큰 영향을 끼치고 있는 것 같다고…….
그러므로 노인이 될 때까지 살아온 인생의 후속편이라기보다 내가 지구에서 죽었던 그 당시, 22살 때 시점에서 분기된 별개의 인생 같은 느낌이란다.
……앞으로 70년쯤 지나면 두 인생이 통합되는 건가.

더욱이 젊어진 육체 때문인지 지금은 정말로 그 시절처럼 느껴진다고 한다.

그야 뭐, 아무리 지식과 경험이 축적되어 있다고 해도 본체(몸)와 CPU(두뇌)가 낡아서야 어쩔 도리가 없지.

그래, 그러니 새로운 활력을 불어넣은 영혼과 의식체가 젊었을 적 신체로 들어갔다면…….

"그러니 이 새로운 생명으로 새로운 세계에서 살아간다!"

"너도냐!"

응, 똑같은 책을 읽고, 똑같은 애니메이션을 봤으니까, 우리들은…….

"그나저나 카오루랑 레이코는 지금 이 대륙을 여행하고 있는 거야?"

쿄짱이 갑자기 물었다.

"응? 아니, 일단은 어느 정도 정착을 할까 생각해서 준비를 하고 있는데……. 뭐, 대륙을 횡단한 지 얼마 되지 않았고, 지금은 인접국을 여행하고서 돌아오는 중이니 넓은 시점에서 본다면 그렇게 말할 수도 있으려나. ……근데 왜 그런 걸?"

내가 묻자…….

"아니, 신님이 카오루 짱이 동료들과 함께 대륙을 여행하고 있다고 해서……."

"""아~……."""

그 존재들의 시간 감각은 우리와는 전혀 다르다. 그러니 신님의 입장에서 본다면 우리는 대륙을 횡단한 뒤에 곧장 여행을 떠난 것처럼 비쳤겠지.

아니, 그 지구의 신님은 인간의 감각이나 상식을 잘 아는지도 모른다. 아마도 세레스에게서 말을 전해 들었기 때문이겠지. 세레스가 준 정보가 왜곡되어 있었으니 지구의 신님이 잘 못 해석하더라도 어쩔 수 없는 일이다.

……응, 전부 세레스 탓이겠네. 납득.

"……근데 쿄코는 대체 어떤 능력을 받은 거야?"

아, 이야기가 좀처럼 진척되지 않아서 레이코가 드디어 그 화제를 꺼냈다.

응, 문제는 그거다. 저 '머리 위의 위협(위에 떠 있는 물체)'은 무조건 **그것** 때문이겠지…….

그리고 그 물음에 대한 쿄짱의 대답은…….

"아, '내가 아는 배를 창조하는 힘'이야. 그 배에 관해 적혀 있는 서적의 내용대로 건조되고, 그 배를 사용하는 법에 관한 지식도 자동으로 습득하지."

"""…………."""

납득했다.

나와 레이코에게 부여해준 치트 능력이 조금 지나쳤다고 생각하고 있던 세레스가 그 정도쯤은 괜찮을 것 같다며 허락해줬겠지.

……그리고 그 결과가 위에 떠 있는 바로 저것이다.

"가공의 배도 가능한 거니!"

내가 무심코 외치자 쿄짱이 방긋 웃으며 대답해줬다.

"아니, 신과 구별할 수 없을 정도로 진화해버린 종족한텐 범선이든 호화 여객선이든 SF소설에 등장하는 우주선이든 모두 똑같아. 별반 다를 게 없는걸. 우리의 입장에서 봤을 때 카누와 뗏목의 차이에 불과할 테니 문제없어!"

……그랬다. 쿄짱은 이런 녀석이었어…….

"황당무계하네……."

레이코가 하늘을 올려다보며 그렇게 말했다. 그때 쿄짱이 곤혹스러운 듯한 표정을 지었다.

"……근데 말이야. 좀 문제가 있어, 이 능력……."

"어? 창조할 수 있는 배에 제한이 있는 거야?"

"너무 무리하면 페널티로서 뭔가 부작용 같은 게 있다거나?"

레이코와 내가 그렇게 묻자 쿄짱이 아쉬워하는 듯한 얼굴로 말했다.

"배는 장비를 완전히 갖춘 상태로 만들어낼 수 있는데, ……승조원이 없어……."

""하아아아아?""

너무나도 뜬금없는 대답에 나와 레이코는 무심코 큰소리를 흘렸다.

"그러니까 배가 만들어지고, 내 머릿속에 그 조작법이 흘러드는 것까지는 좋은데, 그 안에 승조원이 타고 있지 않다는 소리야. 그러니 혼자서 작동시킬 수 있는 배밖에 만들어내지 못해. 참고로 인간을 포함한 모든 생물은 물론이고, 인간과 거의 같은 지성을 지닌 안드로이드나 메인컴퓨터 같은 것도 만들어낼 수 없대. 그 정도까지 진화된 AI는 여신님의 입장에서는 생물이나 마찬가지라서 멋대로 갖고 노는 건 금지래. 아, 우리가 그런 것들을 이용하는 건 딱히 상관없는데, 여신님이 그런 것들을 만들어서 우리한테 노예로서 제공하는 건 그 종족의 윤리상 안 된다나 뭐라나……. 원생생물을 대량으로 죽이는 건 눈 하나 깜빡하지 않으면서 참 알쏭달쏭한 종족……."

나는 황급히 쿄짱의 입을 틀어막았다.

세레스 녀석, 이따금씩 들여다보거든…….

"뭐, 인격이 부여된 컴퓨터라고는 해도 시키는 것을 해주기만 할 뿐이야. 스스로 생각하거나, 조언해주거나, 친구처럼 대화를 나눌 수 있는 AI는 아니라는 말이지. 자동조종 같은 기능은 문제가 없긴 하지만……."

과연, 로봇선(船)은 괜찮지만, 차이까(16~17세기 리투아니아 등지에서 쓰였던 군사용 소형배. 운행하려면 수많은 노잡이가 필요하다)나 파오론(「하이 스피드 제시」에 등장하는 생체우주선), 소드브레이커(「로스트 유니버스」에 등장하는 거대 우주선), 리프림호(만화「맵스」에 등장하는 천사형 우주선) 같은 건 안 된다는 건가…….

SF소설에 등장하는 대부분의 우주전투함은 무슨 영문인지 과학이 꽤 진보된 세계관인데도 수많은 승조원이 필요하지.

조타와 무기 관제 등 세세한 부분은 자동화하여 함교에서 혼자서 모든 것을 조작할 수 있도록 건조할 수 있을 것 같은데 말이야. AI에게는 공격하라 같은 대략적인 지시만 내리고. 모든 포를 꼭 눈으로 직접 조준하고서 쏴야만 하는 것도 아닐 텐데……. 기계지성체의 반란을 방지하기 위한 건가?

더욱이 범선이나 증기기관선을 만들어내도 승조원이 없으면 운행할 수가 없지.

어째서 그렇게 불편한 능력을 받게 된 것인가.

아마도, 그건…….

“세레스니까…….”

응, 그런 거다.

꼬투리를 잡으려는 생각은 결코 없었을 것이다. 세레스는 그런 녀석이 아니다.

그저 단순히 알아차리지 못했을 뿐. 들리는 대로 능력을 부여했을 뿐.

……아마도 쿄짱에게 신에 필적하는 창조력을 부여한 것이 아니라 쿄짱이 배를 만들려고 하면 그것을 감지한 ‘무언가’가 주문한 대로 만들어서 보내주는 거겠지.

순식간에 배를 만들어 내다니 대체…….

혹시 시간 진행 속도가 지구나 이 세계에 비해 수백만 배 더 빠른 세계에서 느긋하게 만들어 완성시킨 뒤 이 세계로 보내주는 거려나?

……어쨌든 그런 연유로…….

"유용한지 안 유용한지 알 수 없는 미묘한 능력이네……."

레이코의 말에 쿄짱과 나는 고개를 털썩 떨궜다…….

**

그리고 쌓인 이야기를 나누다가 늦게 잠에 든 우리는 졸린 눈으로 아침을 차린 뒤 아이들을 깨웠다.

일출 때까지 시간이 꽤 남아 있어서 주변이 아직 어둡다.

쿄짱의 배로 이동하면 순식간에 갈 수 있을 테니 식사를 재빠르게 마치고서 바로 출발하면 날이 환해지기 전에 리틀 실버에 도착할 수 있겠지. 그리고 그 후에 살인미수범들을 영주님에게 넘기면 된다. 이번 사건을 우리 입맛에 맞게 잘 설명하고서.

타국에서 붙잡긴 했지만, 피해자가 영지 주민이다. '어디서' 붙잡았는지는 아무도 신경 쓰지 않겠지.

녀석들의 영주도 소수의 범죄자들 때문에 타국 영주와 분쟁을 벌이고 싶지는 않을 거다. 큰일로 번져 양국의 왕궁에까지 이야기가 올라간다면 영지 내 상인이 큰 죄를 저질렀을 뿐만 아니라 입막음을 하고자 자객을 보내 피해자인 아이들까지 죽이려고 했다는 사실이 발각될 테고, 그러면 본인의 위치가 얼마나 위태로워질지 잘 알 테니까. 바보가 아닌 한.

응, 문제가 전혀 없다.

레이아는 어젯밤에 홀연히 사라졌다.

아침 식사 때는 호화로운 요리가 나오지 않을 것 같아 또 멀리서 관찰하는 패턴으로 되돌아간 건가?

어젯밤에 나온 이유는 사실 요리 때문이라기보다 다 함께 왁자지껄 음식을 즐기는 분위기에 이끌렸는지도.

아침을 다 먹은 뒤에 바로 철수. 아이템 박스에 넣기만 하면 되니 순식간이다. 빨래 같은 건 나중에 하자.

눈빛을 반짝거리기도 하고, 흠칫흠칫 떨기도 하는 등 다양한 반응을 보이는 아이들과 마치 여신의 손에 이끌려 지옥으로 끌려가는 듯한 공포에 휩싸인 살인미수범들을 차례대로 튜브 안으로 밀어 넣고서 승선.

마차와 텐트는 아이템 박스에 넣었지만, 행과 배드는 그대로 승선시켰다.

……승선용 튜브의 굵기가 변하는구나…….

뭐, 그 정도쯤은 간단한가. 성간제국의 기술력으로 만들어졌을 테니까…….

"좋아, 발진!"

"아아아, 그거 내가 꼭 하려고 벼렸던 대사인데!"

쿄짱이 삐쳐서 뺨을 부풀렸는데…….

뭐, 어때? 가끔은 나도 즐겨보자고!

추가 이야기 자식들

"얍!"

퍽!

"아윽!"

20대 초반쯤으로 보이는 여성이 휘두른 목검에 맞고서 무릎을 털썩 꿇고 만 열두어 살쯤으로 보이는 소녀.

분한 표정을 짓고 있지만 실력 차가 확연하기에 결과를 순순히 받아들일 수밖에 없었다.

"아직 멀었군요. 이래서야 당신의 바람을 들어줄 수가 없습니다. 더 정진하세요."

"예……."

소녀가 어깨를 축 늘어뜨린 채 훈련장 구석으로 이동하자 공간이 생겼다.

"다음!"

"예!"

그리고 다음에는 열네댓 살쯤으로 보이는 소년이 목검을 들고서 중앙으로 나왔다.

"당신의 바람은 '용돈 증액'이었죠. 그럼 난 왼손만으로, 새끼손가락은 편 상태로 목검을 쥐고서 양발은 한 발자국도 움직이지 않는 조건으로 상대하도록 하죠. 내 몸에 살짝이라도 목검이 닿

든가, 한 발자국이라도 움직이게 한다면 당신의 승리로 간주할게요. 됐나요?"

"오!"

그리고 격렬한 공방이 시작됐다.

여성이 제아무리 강하다고 해도 왼손만으로, 더욱이 새끼손가락을 펴고서 칼자루를 느슨하게 쥔 상태에서 양발도 움직일 수가 없는 상황이다. 후방에서 공격을 받으면 방어해낼 재간이 없……어야 했다. 그러나…….

쿵!

"용돈은 현상 유지! 다음!!"

몸통에 강렬한 일격을 받은 소년이 몇 미터 날아가더니 그대로 훈련장 구석으로 굴러가 버렸다.

시종들이 이제는 여신의 포션이 없으니 연습 때 중상자가 나오지 않도록 조심해달라고 충언했지만, 이 여성은 이 정도로 꺾이는 사람은 필요 없다고 무시하며 아이들을 계속 지도해나갔다.

(근육 뇌…….)

그리고 시종들이 괴로워하는 얼굴로 속으로 푸념을 내뱉었다.

……그 여성과 불화가 있는 건 아니다.

오히려 진심으로 존경하고 있고, 그녀를 지키기 위해서라면 주저 없이 목숨을 바쳐 그 방패가 될 것이다.

그러나 그 여성은 이 나라의 언어가 아니라 '육체 언어'라고 해야 하나, 뭔지 알 수 없는 수단으로 커뮤니케이션을 꾀하려고 하는 경우가 많다.

아니, 딱히 그 사람이 이상하다거나 바보 같다는 말을 하려는 게 아니다. 그녀는 늘 공정하고, 사사로운 이익이 아닌 백성들을 우선하여 언동에 주의한다. 귀족이나 왕족으로서, 그리고 한 사람의 기사로서 훌륭한 인물이다.

……근육 뇌만 아니라면…….

결코 바보라는 뜻은 아니다.

남들만큼 지혜와 지식을 충분히 갖추고 있다.

……다만.

다만 그것들이 전혀 눈에 들어오지 않을 정도로 근육이 너무나도 강인하다.

그저 그뿐이었다…….

시종들이 충언을 하거나, 속으로 푸념할 만도 하다.

그녀가 큰 부상을 입을 수 있을 정도로 훈련을 시키고 있는 사람은 병사나 견습 기사가 아니라 모시는 주인의 자제들이기 때문이다.

그리고 무모한 훈련을 강행하고 있는 장본인인 그 여성의 아들과 딸들이기도 하다.

……그래, 구국의 대영웅이자 대륙의 수호신, 절대영웅 '귀신 프란'의…….

**

“프란, 시종들이 고충을 토로하고 있어. 아이들을 교육시킬 때 안전을 조금만 더 고려해달라고…….”

“무슨 한가하기 짝이 없는 소리를! 고작 이 정도로 다음에 카오루 님께서 강림하셨을 때 어떻게 지켜드릴 수가 있겠어요!”

로랜드가 말하자 프란세트가 험악한 목소리로 대답했다.

그래, 평소에 프란세트는 로랜드를 앞세우고서 비교적 온후하게 순종한다. 그러나 도저히 양보할 수 없을 때는 절대로 물러서지 않는다. ……특히 자식들의 교육과 카오루에 관한 일은.

“아니, 하지만 우리 자식들은 이미 모두 충분히 강하잖나? 막내인 리리스조차 요전 훈련 때 경비대장을 이겼잖아? 그 후에 낙담한 경비대장이 사직하겠다고 해서 소동이 벌어졌던 걸 그새 잊었나…….”

……리리스는 아직 11살 소녀다.

카오루가 자중이라는 단어를 깨닫기 전에 만든 초창기 사기 포션 때문에 젊음을 되찾고 육체가 강화된(억지로 강화된) 프란세트. 그녀는 유전자까지 개조되어, 지극히 일부이긴 하지만 엄청난 능력을 아이들에게 물려준 것일까.

(……아니, 지극히 평범한 아이들인데 말문이 트이기 시작했을 때부터 시작된 상식을 초월한 특훈 때문에 이렇게 돼버렸을 가능성도……. 미안하다! 미안하다, 아이들아! ……특히 딸들아!!)

로랜드도 만류하려고 했지만 역부족이었던 모양이다.

"어쨌든 아이들한테 내가 가진 모든 기술을 전수할 겁니다!"
"어? 그거, 적의 참격을 손가락 사이에 끼워 막아내거나, 커다란 돌을 던져 적의 대형노포(발리스타)나 투석기(캐터펄트)를 파괴하는 기술도 포함된 건가?"
"당연합니다만?"
"…………."
그런 게 가능한 건 너뿐이야(적어도 인간 중에서는). 그렇게 생각하면서도 입 밖으로 꺼낼 수가 없는 로랜드. 프란세트가 '절대로 양보하지 않는 두 가지'가 '아이들의 교육'과 '카오루 님을 위한 일'인데 그 둘이 모두 겹쳐 있으니 무슨 말을 하든 소용없다.
괜히 반론했다가는 아침까지 설교를 들어야 할 뿐만 아니라 앞으로 일주일 동안은 말도 섞지 못하게 된다. 로랜드는 그것만은 절대로 피하고 싶었다.
(미안, 애들아……. 정말로, 미안!!)

**

"……그래서 대련을 시키면 네 자식이 우리 딸들을 이길 수 있을 것 같나?"
"말도 안 되는 소리 좀 하지 마십시오! 무리! 절대로 무리라고 요오!!”

로랜드가 어려운 요구를 하자 로랜드의 동생이자 국왕인 세르쥬가 고개를 마구 가로저었다.

“그럼 형, 프란세트는 이길 수 있습니까?”

“윽…….”

다행히도 프란세트는 처음 만나기 전에 이미 로랜드에게 존경과 동경하는 마음을 품고 있었었다.

더욱이 당시에는 왕형 전하와 일개 기사였기에 프란세트에게 로랜드는 그야말로 현대 일본의 일반인의 시선으로 말하자면 아이돌 탤런트와 왕족을 결합해놓은 존재나 마찬가지였다.

그런 상황에서 서로 사랑했으니 맺어지지 않았을 리가 없다.

그러나 지금 세르쥬의 아들과 로랜드의 딸은 각각 왕태자 전하와 공작가 영애. 확실히 신분은 걸맞긴 하지만, 달리 말하자면 ‘아가씨 쪽도 최고위 계급이라서 왕태자를 향한 맹목적인 존경과 동경은 별로 품고 있지 않다’라고도 할 수 있다.

제약이 많고 바쁜 데다가 멸사봉공의 대명사로 일컬어지는 왕비 전하가 되길 원치 않는 귀족가 영애는 많다. 25년 전쯤에 인접국에서 갑작스레 퍼져나간 사상 때문이긴 하지만…….

귀족이나 왕족의 결혼은 부모가 명령하면 따라야 한다.

그러나 반려자를 스스로 결정한, 즉 ‘연애결혼’을 한 로랜드와 세르쥬는 역시나 명령을 내리면서까지 자식들을 결혼시키고 싶지 않았다. 그래서 자연스레 연애감정이 싹트도록 만남의 자리를 은근히 마련해왔는데…….

'전 저보다 어리석거나 약한 남성분한테 흥미가 없습니다.'

여성이 결혼 상대에게 내미는 조건으로서 지극히 당연한 것이다.
그리고 그 조건을 만족시킬 수 있는 남성은 아주 많을 것이다.
……프란세트의 딸이 아니었다면…….

"그럼 어쩔 거냐고!"
"그걸 저한테 물어봐도 뭐……."
세르쥬는 그렇게 대답할 수밖에 없었지만, 애당초 자신의 장남과 로랜드의 딸을 결혼시키고 싶다고 먼저 말을 꺼낸 사람은 세르쥬였다. 그러니 세르쥬 본인이 어떻게든 해야만 하는 문제인데…….
"이러다가 형의 딸들은 모두 평생 결혼을 못 할 텐데요? 그래도 괜찮겠습니까?"
"윽!"
아픈 곳을 찔렸다.
분명 그런 조건을 만족할 만한 젊은 남자가 그리 많을 것 같지는 않다.
검의 달인이 분명 있기야 할 테지만, 대부분 중년이나 초로에 들어섰을 테고 이미 처자식이 있는 몸이겠지.

"야단났군……."
"야단났군요……."
""어쩌지…….""

**

"저기, 애들아. 자기보다 약한 남자와 결혼하여 지켜주는 것도 재미난 인생이라고 생각하지 않니?"
어느 날, 두 딸을 상대로 계몽 활동을 시작한 로랜드.
"아뇨, 전혀 그렇게 생각하지 않습니다만?"
"어머님과 아버님을 말하는 건가요?"
"시, 시끄럽다!"

"저기, 애들아. 귀족이나 왕족 남성의 가치는 완력이 아니라 지력이나 정치 능력으로 결정된다고 생각하지 않니?"
"아뇨, 전혀 그렇게 생각하지 않습니다만?"
"아버님 본인을 옹호하는 발언인가요?"
"시, 시끄럽다!"

"저기, 애들아. 왕태자 전하는 꽤 훌륭하신 분이라고 생각하지 않니?"
"아뇨, 전혀 그렇게 생각하지 않습니다만?"

"여성인 저희들보다 약하고 미숙하죠. 아, 혹시 정략결혼 같은 걸 생각하고 계신가요? 아버님께서는 평민 출신 여성 기사를 자작, 후작으로 잇달아 승작시키면서까지 결혼하셨으면서……. 설마 함께 푸념을 늘어놓을 수 있는 '아내를 이기지 못하는 남편 동지'를 늘리려고……."

"시, 시끄럽다!!"

로랜드(아니, 정확하게 말하자면 세르쥬)의 바람이 이루어질 날은 아직 먼 듯하다.

**

"……근데 프란은 정말이지 통 늙지 않는구만……."

로랜드가 개인실에서 혼잣말을 흘렸다.

프란세트는 27살 때 포션을 마셔 16살 신체로 되돌아갔다. 그래서 현재 실제 나이는 52살, 육체 나이는 41살이다.

그러나 그 외모는 20대 초반으로밖에 보이지 않았다.

성장(이라고 해야 하나, 노화라고 해야 하나)하지 않은 것은 아니지만, 일반인에 비해 명백히 동안이다. 피부의 윤기나 탄력도…….

이미 50대에 들어선 자신과 젊디젊은 아내의 모습을 비교할 때면 무심코 웃음이 흘러 나온다.

나도 젊음을 되찾을 수 있었으면, 하는 생각을 안 하는 것은 아니지만, 그것은 사치.

언제나 젊고 강하고 아름다운 아내가, 그리고 귀여운 자식들이 있으니 그 이상 바랄 것은 없다.

아이들이 나이에 비해 몸집이 작아서 처음에는 성장이 느린 줄 알고 조금 걱정했지만, 지금은 아무 걱정도 하지 않는다.

그것이 '성장이 느린 것'이 아니라 '노화가 느린 것'임을 알았기 때문이다.

오래 살고, 신체 능력이 뛰어난 프란세트의 피와 왕족인 로랜드의 피를 물려받은 아이들.

그 피를 자신의 가계에 섞고 싶어 하는 자는 많다. 국내에도, 국외에도.

그리고 그 가치의 대부분은 로랜드가 아닌 프란세트 쪽에 있다.

그녀는 자국을 구했을 뿐만 아니라 대륙에 사는 모든 생명체를 구해낸, 공전절후의 대영웅이다.

여신 세레스티느에게 간언하여 자신의 뜻을 따르게 했다는 업적. 사기꾼이나 음유시인조차 믿기지 않는다고 웃음을 터뜨릴 만한 일이다. 그녀는 인류사에 깊이 새겨져 영원토록 전해질 대위업을 달성한 현인신이다. 세레스티느에게 대항할 수 있는 인류 유일의 비장의 패.

이미 '여신의 총아' 수준이 아니다.

여신 그 자체.

세레스티느의 마수로부터 인류를 구해낸 세계의 희망!!

……이상한 형태로 추앙을 받고 있는 프란세트이지만, 어쨌든 그 피를 원하는 사람이 얼마나 많은지는 헤아려봤자 소용이 없다.

그러나 동생 세르쥬만은 프란세트가 아니라 로랜드의 피를 원해서 자식끼리 결혼을 시키려고 한다.

동생 때문에 왕이 되지 못했고, 그리고 여신의 포션 덕분에 부상이 치유되었는데도 국왕 자리를 동생에게 양보해준, 총명하고 동생보다도 훨씬 국왕 자리에 걸맞은 형.

그 형의 핏줄을 왕가의 본류로서 남긴다.

그것이 세르쥬의 유일한 희망이었다.

그리고 그 생각을 이해하기에 굳이 반대하지는 않는 로랜드.

……다만 딸의 의사에 반하여 그것을 강요하거나, 딸을 불행하게 만드는 녀석은 용납하지 않는다. ……절대로.

그러나 그런 걱정을 전혀 할 필요가 없다는 것을 로랜드도 잘 알고 있다.

그 아이들의 어머니가 바로 프란이니까.

……귀신 프란.

화나게 하면…… 세계가 멸망한다.

그런 짓을 벌일 용사는 절대로 존재하지 않는다. 세계정복을 꾀하는 마왕조차도 맨발로 달아나게 만드는 '귀신 프란'이니까…….

"뭐, 흘러가는 대로 내버려 둬야 하나……. 적어도 프란의 뜻에 거슬리지 않게끔 조심하도록 하자……."

프란세트가 딸과 왕태자 전하의 결혼 그 자체를 반대하지 않는 것이 위안이었다.

그것이 딸의 행복을 위해서인지, 아니면 '왕가 중추부에 자기 자식을 심어두면 카오루 님이 다시 강림하셨을 때 나라의 총력을 기울여 지킬 수가 있어서'인지는 잘 모르겠다.

굳이 그렇게 하지 않더라도 현재 프란세트는 일국의 왕보다도 더 큰 영향력을 행사할 수 있건만…….

그러나 자신이 죽은 뒤를 생각한다면 고아들이 세운 종교 '여신 카오루 진교'의 가르침을 철저히 주입시킨 자식을 국모로서 시집보내 그 뜻을 왕가 대대로 전하게 하는 건 좋은 방법일지도 모른다.

프란세트는 책략 같은 걸 그다지 즐겨 쓰지 않지만, 카오루와 관련이 있을 때는 간계도 태연하게 사용한다. '정의를 위해서라면 그 어떤 악행도 용납할 수 있다'라고 생각하는 전형적인 인물이다.

마음씨 착한 왕이 다스리고, 총명한 왕형 전하가 떠받치고 있고, '귀신'이 눈을 번뜩이고 있는 나라.

성녀 카오루가 살았었고, 그 양자인 '여신의 축복을 받은 아이들, 나가세의 자식들'이 경영하고 있는, 규모는 작지만 국제적으로 커다란 위치를 점하고 있는 상회 '여신의 눈'의 본거지가 있는 나라.

당분간 이 나라가 쇠퇴할 일은 없을 듯하다…….

저자 후기

오랜만입니다. FUNA입니다.

「포션빨로 연명합니다」, 드디어 7권이 발행되었습니다!

미네와 아랄을 영입한 뒤 '리틀 실버' 사업 개시!

조금 성가신 손님도 오긴 했지만 문제 따윈 없다!

몰려드는 날벌레들을 가볍게 쫓아내고서 인재확보를 핑계 삼아 팔려나간 고아들을 회수.

……그리고 나타난 '그것.'

다음 제8권에서는 '다 모인' 삼인방이 옛날처럼 무슨 일을 저지를지…….

원체 외출을 잘 하지 않아서 코로나 영향을 별로 받고 있지는 않습니다만, 원래는 한 달에 한 번꼴로 외식을 하곤 했습니다. 그마저도 지금은 나가지도 못하고, 스스로 밥을 해먹거나 슈퍼에서 파는 반찬으로 버티고 있는 나날입니다.

'외출하지 않는다'와 '외출할 수 없다'는 비슷한 듯 하면서도 역시 전혀 다르군요…….

하루빨리 '본인의 의지로 외출하지 않을 수 있는' 선택의 자유를 되찾고 싶습니다.

지금 저에게 허용된 것은 원하는 때 옷을 빨 수 있는 '세탁의 자유'뿐…….

작년 12월 9일에 「포션빨로 연명합니다」, 「노후를 대비해 이세계에서 금화 8만 개를 모읍니다」 코믹스 7권이 동시 발매되었습니다.

소설과 함께 잘 부탁드립니다.

담당편집자님, 일러스트레이터 스키마 님, 표지 디자이너님, 교정 · 교열 담당자님, 그 밖에 조판 · 인쇄 · 제본 · 유통 담당자님, 서점 직원 여러분, 소설 투고 사이트 '소설가가 되자' 운영자님, 감상란을 통해 오탈자를 지적해주시거나 조언해주시거나 소재 아이디어를 제공해주신 분들, 그리고 이 책을 구입해주신 여러분께 진심으로 감사드립니다.

고맙습니다!

그리고 후속권에서 또 만나 뵐 수 있기를…….

FUNA

포션빨로 연명합니다! 7

2023년 6월 15일 1판 1쇄 발행

저 자 FUNA
일러스트 스키마
옮 긴 이 박춘상
발 행 인 유재옥
본 부 장 조병권
담당편집자 박치우
편집 1팀 김준균 김혜연
편집 2팀 정영길 조찬희 박치우 정지원
편집 3팀 오준영 이해빈
편집 4팀 전태영 박소연
디 자 인 김보라 박민솔
라이츠담당 김정미 맹미영 이윤서
디 지 털 박상섭 김지연
발 행 처 ㈜소미미디어
등 록 제2015-000008호
제 작 처 코리아피앤피
주 소 서울시 마포구 토정로222, 403호(신수동, 한국출판콘텐츠센터)
판 매 ㈜소미미디어
영 업 박종욱
마 케 팅 한민지 최원석 최정연 박수진
물 류 허석용
전 화 (02)567-3388, Fax (02)322-7665

ISBN 979-11-384-7854-0 04830
ISBN 979-11-6190-500-6 (세트)